中國語言文字研究輯刊

十四編

許錟輝 主編

第 **12** 冊

從語言共性看上古音複聲母之系統及結構問題

李千慧 著

花木蘭文化事業有限公司

國家圖書館出版品預行編目資料

從語言共性看上古音複聲母之系統及結構問題／李千慧 著
-- 初版 -- 新北市：花木蘭文化事業有限公司，2018〔民
107〕
目 4+214 面；21×29.7 公分
（中國語言文字研究輯刊 十四編；第 12 冊）
ISBN 978-986-485-274-1（精裝）
1. 漢語 2. 聲韻學
802.08   107001304

ISBN-978-986-485-274-1

中國語言文字研究輯刊
十四編　　第十二冊　　　　　ISBN：978-986-485-274-1

從語言共性看上古音複聲母之系統及結構問題

作　　者　李千慧
主　　編　許錟輝
總 編 輯　杜潔祥
副總編輯　楊嘉樂
編　　輯　許郁翎、王　筑　美術編輯　陳逸婷
出　　版　花木蘭文化事業有限公司
發 行 人　高小娟
聯絡地址　235 新北市中和區中安街七二號十三樓
　　　　　電話：02-2923-1455／傳眞：02-2923-1452
網　　址　http://www.huamulan.tw 信箱 hml810518@gmail.com
印　　刷　普羅文化出版廣告事業
初　　版　2018 年 3 月
全書字數　175021 字
定　　價　十四編 14 冊（精裝）台幣 42,000 元

從語言共性看上古音複聲母之系統及結構問題

李千慧 著

作者簡介

李千慧

學歷：國立政治大學中國文學研究所碩士、國立政治大學中國文學研究所博士

現職：國立臺北教育大學博士後研究員

經歷：國立政治大學中國文學系兼任講師（2014～2016）、國立臺北教育大學語文與創作學系
　　　博士後研究員（2017.08 至今）

博士論文《漢語近代音全濁聲母的演化類型研究》

提　要

　　本論文由觀察漢語之親屬語言出發，結合諧聲、通假、同源詞、反切又音、聲訓、重文、古籍注音、異文、聯綿詞、漢語方言、古文字、域外譯音等文獻材料，並結合印歐語系之語言，藉由「語言的普遍性」來全面探討上古複聲母的結合規律、類型甚至是演變。筆者嘗試從漢語的內部材料與親屬語等外部材料中歸納出上古漢語複聲母的種類及其系統性。

　　此外，借助現代「語音學」的研究成果，可檢視音節的輔音配列是否合乎響度原則。利用音素的響度高低判斷輔音結合的可能，並驗證於親屬語言中的複聲母形式，從而認定上古漢語複聲母的可能形式。此種研究方式來檢測學者構擬的複聲母的類型，是一種新的嘗試。雖然，親屬語言中發展不平衡的語音現象，說明了即便是親屬語言也會因爲社會狀態、系統制約等因素的影響之下，使得音變的結果有所不平衡。不過我們相信這種不平衡的差異在親屬語言裡仍可呈現規律的對應，某些形式當是由某個最初的形式演變而來。

　　透過歷史比較的方法，我們期盼可以找出語音演變的規律，重建上古漢語最初的語音形式，進一步將學者們所構擬的上古漢語詞綴與複聲母系統作一個檢視，看看這樣的擬構是否能眞能符合語言演化的「規律性」、「普遍性」與「系統性」。嘗試釐清複聲母與詞頭間錯縱複雜的關係，這二者如何演化？以至於消失在漢語語音的歷史舞台。

目次

表格目錄

第一章 緒 論

第一節 研究動機與目的

在漫長的時代演進中，人類的語言文字不斷地在改變。字形的改變尚有具
體的資料可供研究，除了字書之外，甲骨、竹簡、碑文，甚至璽印，都可以作
爲文字研究的材料；然而語言的改變卻是難以掌握的。遲至魏晉時代，李登《聲
類》爲中國最早對於語音資料出現「保存」、「記錄」的專書。可知有意識保存
的資料，已進入中古音時代。對於使用上古漢語，甚至是原始漢語時代的人們
來說，語言僅是溝通的工具，即使有意保存語音資料，恐怕也礙於知識的不足
或是年代久遠，使得這些具體資料湮沒在時間的滾滾長流裡。然而，上古音的
材料竟如此付之闕如？

所幸有關語言的研究，並非僅能依靠當代的書面記錄，語言在漫長的時間
進程中，雖有巨大的演變，卻也留下了足以讓後人溯源研究的線索。語言是活
的，活在人們的使用當中，語言變化的過程中，更是留下了細微繁瑣，卻鐵證
如山的痕跡。雖然上古沒有所謂的韻書、韻圖的留存，但在從事上古音研究的
同時，我們還是可以藉由中古、近代音以及同族語的資料，溯源上推，建構出
上古音的面貌。

或許會有其他意見認爲，上古音已是不再被使用的語言，復原其面貌有什

麼用處呢？眾所皆知，中國早期將文字、聲韻、訓詁三門學科視爲「小學」，只是讀通經典的工具之學。俗話說：「工欲善其事，必先利其器。」歷史的記載中不乏對上古音缺乏認識產生的烏龍事件，如：唐玄宗爲《尚書》改字，導致古籍內容受到破壞，朱熹的《詩集傳》任意改讀字音，造成「字無定音」等等。因此恢復上古音面貌有助於讀通古代經典，避免誤讀的窘況。除此之外，語言的演化、語音的流傳，乃至語言的層次問題，也應當視爲人類文明的一部分。今日之語言文字來自古代之語言文字，而我們每天都在使用的溝通工具「語言」更是由上古音、中古音、近代音，一代代一步步承襲演變而來，或許這些古代語言今日已經不被使用，卻仍然具有研究、重建的價值。

而古有複聲母的觀點，已經被漢語歷史音韻學界所普遍認可，鄭張尚芳先生在《上古音系》一書中指出：「雖然還有少數人懷疑，但是上古漢語存在複輔音聲母也已成了共識，即使持否定態度且影響很大的王力先生，在《同源字典》也說：『黑』的古音可能是 mxək」〔註1〕；麥耘先生則提出：「到現在爲止，討論上古音或遠古漢語複聲母的論文（或專著中的章節）已不少於 200 篇，其中對此持否定或懷疑態度的大約只有十多篇」〔註2〕；何九盈先生〈關於複輔音問題〉文中，揭示了複聲母課題研究的價值：

> 研究複聲母的直接目的當然是爲了弄清楚漢語語音史的眞面貌，弄清遠古漢語和漢藏語系其他語種的關係，但複輔音的問題與詞彙學、訓詁學、文字學以及古漢語語法都有很密切的關係。梅祖麟曾談到：「高名凱（1957：294～296）看到『之』和『其』上古都用作規定詞，曾疑心這兩個字同出一源，但因不能解決照三系聲母讀舌根音的歷史音韻問題，沒有繼續研討。」這個例子足以說明某些歷史語法問題需要從複輔音找答案。喻世長在討論以 z 起頭的複輔音時說：「我們可以提出這樣一個假設：複輔音第一成分 z，在某些詞裡，可能是一個語法前加成分，表示以 z 起頭的字和名詞相對待的動詞。」（1984）這樣的假設是值得我們重視的。嚴學宭對探討複輔音的意義也有過深刻

〔註1〕 鄭張尚芳《上古音系》（上海：上海教育出版社，2003 年），頁 47。

〔註2〕 麥耘〈潘悟云上古漢語複輔音聲母研究述評〉，《南開大學語言學刊》2003 年第 2 期，頁 135。

的論述。他說：「須知有個複輔音聲母的擬構，不僅可以解釋諧聲系統的種種異常諧聲現象，還可以說明古漢語中的音變，特別是許多稀奇古怪的又音以及形體、訓詁等的許多疑難問題，而且便於尋找漢藏語系的同源詞，組成對應關係，建立原始型。」〔註3〕

由上文的敘述可知，在現階段上古音的研究中，上古漢語複聲母的存在已普遍獲得學界的肯定，而親屬語的比較更是為複聲母的研究取得了一定的成果。然而，關於複聲母系統的研究在比例上卻顯得不足。上古漢語究竟有擁有哪些類型的複聲母，以及這些複聲母輔音群的搭配方式如何，學者們之間更是存在著各種不同的看法，可謂莫衷一是。在本文中，我們將藉由「語言的共性」以及人類發音的「一口原則」特點，企圖從藏緬語、苗瑤語、侗台語等親屬語，設法找出其原始複聲母類型，並透過時空投影法的比對，釐清層次區別與音變規律，重建原始音類，設法替這些原始音類的複聲母類型從漢語內部材料裡找到證明，若此即可為上古漢語建立此一類型的複輔音聲母形式。〔註4〕

因此，我們認為從親屬語言的複聲母形式作為構擬上古漢語複聲母的參照點是一種方式。透過藏緬語、苗瑤語、侗台語等親屬語，所構擬的古聲類能說明語言裡可能有這種複聲母類型的存在。除此，更進一步擴大觀察至其他語系之語言，如歷史語言學長足發展的印歐語系語言。親屬語以及印歐語的古聲類能說明語言裡可能有這種複聲母類型的存在，雖不必然表示上古漢語裡確實有這種複聲母形式，但仍可為古漢語複聲母類型的擬構提供參照。

本論文由觀察漢語之親屬語言出發，結合諧聲、通假、同源詞、反切又音、聲訓、重文、古籍注音、異文、聯綿詞、漢語方言、古文字、域外譯音等文獻材料，並結合印歐語系之語言，藉由「語言的普遍性」來全面探討上古複聲母的結合規律、類型甚至是演變。筆者嘗試從漢語的內部材料與親屬語等外部材料中歸納出上古漢語複聲母的種類及其系統性。此外，更用此所得出之結果檢視當前各家學者所構擬之漢語複聲母系統，看看這樣的擬構是否能真能符合語言演化的「規律性」、「普遍性」與「系統性」。

〔註 3〕 何九盈〈關於複輔音問題〉，《古漢語複聲母論文集》（北京：北京語言文化大學出版社，1998 年），頁 397。

〔註 4〕 李長興〈談構擬上古漢語複聲母的幾個原則〉（臺北：2010 年，未刊），頁 1。

　　除了上述的方法外，我們將由現代「語音學」的角度去看音節的輔音配列是否合乎響度原則，利用音素的響度高低判斷輔音結合的可能，並驗證於親屬語言中的複聲母形式，從而認定上古漢語複聲母的可能形式。這種借助語音學的研究成果來檢測所構擬的上古漢語複聲母的類型，是一種新的嘗試。〔註5〕雖然，親屬語言中發展不平衡的語音現象，說明了即便是親屬語言也會因為社會狀態、系統制約等因素的影響之下，使得音變的結果有所不平衡。不過我們相信這種不平衡的差異在親屬語言裡仍可呈現規律的對應，某些形式當是由某個最初的形式演變而來。透過時空投影的方法，我們期盼可以找出語音演變的規律，重建上古漢語最初的語音形式。

　　此外，我們也應當了解，上古漢語的形態研究和上古漢語語音研究有著極其密切的關係：語音研究為上古漢語的形態研究提供了紮實的基礎；同樣地，上古漢語的形態研究也推進了上古漢語語音研究。眾所皆知，純粹從事上古漢語語法研究的學者絕少涉及到上古漢語的形態，因此本文希望能進一步觸及上古漢語的詞頭問題，將學者們所提出的上古漢語詞頭作一個檢討，對於上古漢語前綴之形態、語法功能有所補充，最後更欲釐清複聲母與詞頭間錯縱複雜的關係，此二者彼此是如何演化？甚至消失在漢語語音的歷史舞台上。

　　由於竺師家寧於《古漢語複聲母研究》〔註6〕書中對 1980 年代以前之學者們所提出的複聲母體系已有所檢討與增補，對於複聲母之系統更有詳實的研究。為了避免重複，本文將接續竺師家寧《古漢語複聲母研究》中未及論述之學者作一探討，故於本文第二節「上古複聲母系統的研究回顧」，僅談論西元 1982～2010 年間學者們所討論的複聲母系統。

第二節　文獻回顧

一、上古複聲母系統的前人成果回顧

　　漢語的歷史上曾經存在複聲母，這個觀念首先被英國漢學家艾約瑟在《漢字研究導論》（1876）首度提出，艾約瑟認為對於來母和其他聲母的諧聲現象

〔註5〕李長興〈談構擬上古漢語複聲母的幾個原則〉，頁2。

〔註6〕竺師家寧《古漢語複聲母研究》，臺北：中國文化大學中國文學研究所博士論文，1981年。

的諸多解釋之一，就是上古漢語有複聲母的假設。

　　這個理論後來由瑞典漢學家高本漢加以闡發，他 1927 年巴黎出版的《中日漢字分析字典》序言中，提出了「各」、「洛」互諧理論。1933 年再度於《漢語詞類》提出了著名的 Cl-型複聲母 ABC 三式理論作補充。在中國最早倡導此說的則是林語堂先生〈古有複輔音說〉〔註7〕，上古漢語擁有複聲母的說法，至今已有一百多年了。

　　然而近二十多年來關於複聲母系統的研究，當從嚴學宭先生 1981 年於第 14 屆國際漢藏語言學會議提出〈原始漢語複聲母類型的痕跡〉一文談起，在此文中嚴學宭對古漢語的複聲母系統作了全面性的擬構，其材料主要以《說文》諧聲爲主，佐以同族語言的複聲母類型語料。嚴先生擬構了二合複聲母 140 個、三合複聲母 90 個、四合複聲母 4 個，共有 234 個原始漢語複聲母。嚴學宭先生構擬的原始漢語複聲母類型共分爲十類：以 p-開頭的複聲母、以 t-開頭的複聲母、以 k-開頭的複聲母、以鼻音開頭的複聲母、以 x-開頭的複聲母、以ʔ-開頭的複聲母、以 s-開頭的複聲母、帶 l 的複聲母、三合複聲母、四合複聲母，試圖建立完整的複聲母系統，然而這樣的體系對於輔音相結合的侷限性並未有所顧及。就語音的性質上說，不是任何音都能結合成複聲母的，特別是三合、四合的輔音叢結構，在語言裡限制更大。此外，嚴學宭先生也未及考慮構擬之複聲母本身之系統性及其演化問題。

　　同年，竺師家寧完成《古漢語複聲母研究》一書，對於上古複聲母也嘗試作了全面的擬訂。竺師家寧所建構的上古複聲母系統，相較於嚴學宭先生則更有條理及合理性，且書中對於複聲母的結構問題、演化痕跡和簡化甚至消失的過程都有詳細論證。值得一提的是竺師所提出的上古複聲母系統中，濁塞音分爲送氣與不送氣兩套，然而濁塞音分送氣、不送氣在漢語的親屬語藏緬語中不僅找不到，也與目前大多數學者所主張的──上古濁塞音僅有不送氣一套，有著明顯地不同。

　　龔煌城先生的複聲母系統主要以李方桂先生系統爲基礎，並稍作修正。如：將李方桂先生的來母 *l-改爲 *r-，喻四改爲 *l-，除此與這兩個聲母相關的構擬

〔註7〕林語堂〈古有複輔音說〉，《語言學論叢》（臺北：民文出版社，1982 年 2 月，臺二版）。

也做了更動，筆者將其列於下表 1：

表 1　李方桂與龔煌城之複聲母系統對照表

	李方桂	龔煌城
喻四	*r-	*l-
與喻四諧聲的透母	——	*hl-
與見系諧聲的照三系	*Crj-	*Clj-
部分審母	*hrj-	*hlj-
邪母	*rj-	*glj->*lj-

　　鄭張尚芳先生自 1982 年起，發表了二十篇以上有關上古音的文章，並在 2003 年《上古音系》〔註8〕書中對於上古漢語的複聲母系統與結構有全面性的探討。鄭張提出複聲母的結構可分為「前加式」與「後加式」兩種：前加式複聲母的前加冠音有噝音、喉音、鼻音、流音、塞音五類；後加式的墊音則有-w-、-j-、-r-、-l-四個，其中-r-、-l-限定在 P（唇音）、K（舌根音）系，-w-現定出現在 K 後面，-j-在 P、T（舌尖音）、K 後面皆可出現，又-j-只出現在章系、邪母及麻三昔三韻，並取消三等介音-j- / -i-。鄭張尚芳的結論與龔煌城先生研究的漢藏語比較所得之結果較為接近。

　　潘悟云先生《漢語歷史音韻學》〔註9〕的複聲母系統大致繼承鄭張尚芳先生而稍作修正，不同的是潘先生的複聲母分兩類，一類是一般所說的複聲母，另一類是次要音節組成的複聲母，即不合響度原則的複聲母形式，又稱為甲類複輔音，他認為這些複聲母其實都是一個半音節的形式，也就是「次要音節＋主要音節」，如「翼」*p·lǔk（服翼）、「猱」*m·lu（馬驪）。〔註10〕但本文以為此種形式與其視為次要音節不如看作是「詞頭」，它們是沒有實質意義的構詞成分。除此，潘悟云先生在 2000 年提出複聲母簡化過程中，發音強度比較弱的輔音會先流失，如果是塞音加上流音的複聲母，流音的強度比塞音弱，所以流音比較容易流失，保存下來的通常是塞音的讀法；這種「發音強度弱者先丟失」之說符合語言演進的大原則。

〔註8〕鄭張尚芳《上古音系》。

〔註9〕潘悟云《漢語歷史音韻學》（上海：上海教育出版社，2000 年 3 月）。

〔註10〕潘悟云〈漢藏語中的次要音節〉，《中國語言學的新拓展》（香港：香港城市大學出版社，1999 年），頁 125~148。

　　金理新先生於《上古漢語音系》〔註11〕提出上古漢語實際上是一種以「雙音節」為主的語言，其中一個是「詞根音節」，另一個是「詞綴音節」，而詞根音節是以諧聲系統中彼此諧聲的依據。詞綴音節由於是一個語詞的次要部分，隨著時間的推延，其元音漸漸弱化，最後脫落，單單剩下一個詞綴輔音，這個詞綴輔音和詞根輔音融合在一起構成複聲母。換言之，在金理新先生的體系當中，所有的複聲母皆是從詞根音節加上詞綴音節演變而來。嚴格說來，金理新先生所談論的上古漢語音系可以算是所謂的「遠古漢語音系」。

　　這裡必須指出，鄭張尚芳、潘悟云、金理新等先生的主張是基於一假設，也就是漢語、藏緬語、苗瑤語、侗台語都是同源的，甚至和南島語、南亞語也都是同源的，因此他們可以充分的利用這些語言作為比較的對象。事實上，苗瑤語和侗台語是否跟漢語、藏緬語同源，國內與國外有不同的意見，大陸地區普遍認為漢語、藏緬語、苗瑤語、侗台語是同源的，但台灣的龔煌城先生卻認為只有漢藏同源，苗瑤、侗台不同源，〔註12〕這一觀點和美國的本尼迪克特（Paul K. Benedict）相同。除此，國外還有另一種意見，法國的沙加爾認為漢藏語與南島語同源，因而在更早的階段，侗台語和漢藏語是同源的，但和苗瑤語不同源。

二、上古漢語詞頭問題簡要回顧

　　根據周法高（西元 1915～1994）先生《中國古代語法：構詞編》〔註13〕中的敘述，早在十八世紀的時候，法國的馬若瑟神父（Prémare）就已指出，古代漢語有名詞和動詞形態的分別，聲調的變化可以使名詞轉變為動詞，動詞轉變為名詞。但馬若瑟神父只注意到漢語聲調的變化是一種形態表現，並未把這項形態推因於詞綴的有無。因此最早提出上古漢語具有詞綴的學者，要算是十九世紀末葉，德國的康拉迪（Conrady，又譯作孔好古，西元 1864～1926）。

　　康拉迪是第一位提出上古漢語（或原始漢語）有構詞前綴的學者。不過，他僅將上古漢語聲母清、濁所呈現的語法形態推源於原始階段的詞綴形態而

〔註11〕金理新《上古漢語音系》（合肥：黃山書社，2002 年 6 月）。

〔註12〕龔煌城〈漢語與苗瑤語同源關係的檢討〉，《中國語言學集刊》創刊號：第一卷・第一期（北京：中華書局，2007 年）。

〔註13〕周法高《中國古代語法：構詞編》（臺北：中研院史語所專刊之三十九，1994 年景印 2 版），頁 9。

已，然而他並未對這個前加成分進行深入的研究。因此康拉迪的說法在當時並沒有引起注意，也沒有造成重大影響。直到二十世紀三十年代，這項有關上古漢語的詞頭理論才由法國馬伯樂正式提出。

二十多年以後，法國學者奧德里古（André G Haudricourt）在馬伯樂研究的基礎上，提出漢語的去聲來自於上古時期的*-s輔音韻尾，至於這個-s韻尾的內涵是什麼？奧德里古認為「那是目前不能斷言的」。但從他對高本漢塞輔音韻尾清濁形態說（用塞音韻尾的清濁交替，表示名詞之間的詞性轉換）的批評約略可以得知奧德里古認為這個-s韻尾具有派生能力，是一個構詞後綴。後來在1962年，加拿大學者蒲立本（Edwin G. Pulleyblank）在前蘇聯學者雅洪托夫（Sergrj E. Yakhontov）「二等字帶-l-介音」的理論上，提出中綴的看法。

歐美學者從印歐比較語言學引進了內部構擬法和歷史比較法，將上古漢語的方塊字轉換成音標並構擬音值，然後針對有形態變化的部分提出可能的詞綴，這樣就突破了清代以來，本國學者始終在音類方面研究的困境。上古漢語的三類詞綴（前綴、中綴、後綴）被提出來以後，就進入詞綴功能討論階段。

1960年，雅洪托夫首先提出*s-前綴的理論。他認為上古漢語有一個*s-前綴，這個前綴可以和其後的響輔音組合。「在很多場合，處在鼻輔音之前的音是構詞前綴；即存在一對同源字，其一為鼻輔音聲母，另一個則為清擦音聲母，這個清擦音來自兩個輔音的組合。」「這個前綴我們顯然也可以在中古以s-為聲母的字和跟它同源的以l-為聲母的字中找到。」「因此，在能夠推測上古漢語的鼻輔音聲母前有某個輔音的那些詞裡，這第一個輔音就是s-。」雅洪托夫從上古漢語同源詞的比較中，正確地指出某些響輔音（包括鼻音m、n、ŋ、n′和邊音l）前帶有*s-前綴；雖然如此，雅洪托夫並未對它的形態功能作進一步的說明。

「非漢語語言學之父」李方桂先生（西元1902～1987）在《上古音研究》〔註14〕書中指出，「心母字普遍跟精系或照系二等的字諧聲」，「高本漢等已經擬有*sl-、*sn-等複聲母，我覺得也該有st-、sk-等複聲母，這個s可以算是一

〔註14〕李方桂《上古音研究》（北京：商務印書館，1998年），頁25。

個詞頭 prefix」。可惜的是，與雅洪托夫一樣，李方桂先生在這方面也沒有深入去探討。

1972 年，本尼迪克特（Paul K. Benedict，又譯作白保羅，西元 1912～1997）在《漢藏語概論》〔註 15〕也論及上古漢語的詞綴。他用輔音韻尾的清濁交替來表明漢語原來是有後綴的。不過，本尼迪克特認爲上古漢語並沒有前綴系統，也沒有能夠提供後綴的證據。

然而，將漢藏同源詞的比較納入上古音研究，並明確指出上古漢語的*s-前綴具有使動或及物化功能的學者，要算是美國的包擬古了。包擬古（Bodman N.C.）指出上古漢語的*st-、*sk-前的 s 可能起過形態學的作用，跟藏語一樣，*s-是一個前綴，通常具有一種使動或及物化的功能。更重要的是，包擬古還進一步指出，上古漢語的*st-後來通過易位作用（metathesis）變成 ts-，也就是中古的精母。這種音素易位說對後來的研究造成一定的影響。後來在 1973 年，包擬古更大量使用藏緬語族的語料印證上古漢語 s-前綴的存在；透過藏緬語族的比較，漢藏同源說與古漢語有複聲母說都得到進一步的肯定。即使如此，包擬古與其他學者一樣得面對這樣一個問題：「在藏文中，非使動跟帶 s-前綴的使動式配對的動詞是很容易找到的，但這樣的配對在漢語中的反映形式的確很罕見。」（1973：29）

不過，針對上古漢語*s-前綴的構詞功能進行總整理的第一人，或許是梅祖麟先生。梅祖麟先生在〈上古漢語*s-前綴的構詞功能〉〔註16〕從藏文的功能出發，整理出屬於上古漢語*s-的各項功用，包括使動化、名謂化、方向化等，其中使動化與名謂化也是方向化的表現。梅先生總結到：「漢語的*s-和藏文的 s-構詞功能相同。漢語從*-s 變來的去聲，構詞功能和藏文的-s 後綴相同。這是漢語、藏語同屬一個語系的重要證據。」（1986：32）

至於上古漢語有多少詞綴？各種詞綴的功能是什麼？直到 1999 年，法國學者沙加爾（Laurent Sagart）的《上古漢語詞根》（"The Roots of Old Chinese"）〔註17〕

〔註15〕本尼迪克特《漢藏語概論》（北京：中國社會科學院民族研究所語言室，1984 年），頁 162～164。

〔註16〕梅祖麟在〈上古漢語*s-前綴的構詞功能〉，《第二屆國際漢學會議論文集》（臺北：中研院史語所，1986 年），頁 23～32。

〔註17〕沙加爾著，龔群虎譯《上古漢語詞根》（上海：上海教育出版社，2004 年）。

才初步完成。雖然早在 1976 年的時候，薛斯勒（Axel Schussler）已經針對上古漢語的詞綴進行了系統的論述；但他的成果僅是初步的，是不夠成熟的。他在"*Affixes in Proto-Chinese*"（《原始漢語的詞綴》）中利用漢語同族詞分析出原始漢語詞綴，但卻沒有對這些詞綴的功能作進一步的說明。因此 1999 年，沙加爾針對上古漢語可能的所有詞綴，以及這些詞綴形態功能進行了全盤的研究，他的研究可以說具備了開創性、系統性與前瞻性。沙加爾（Laurent Sagart）在《上古漢語詞根》（"*The Roots of Old Chinese*"）中，以馬伯樂的詞頭理論作為基礎，針對上古漢語可能的詞綴進行了全面的探索，總共提出了*s-、*N-、*m-、*p-、*t-、*k-、*q-七個前綴，一個中綴*-r-，以及*-s、*-ʔ、*-ŋ、*-n 四個後綴。但除了*s-前綴討論得比較充分外，其餘詞綴只能說是涉及到，但都沒有展開深入的討論。雖然沙加爾的構擬和對詞綴功能的主張仍有討論的空間，但他所作的努力，尤其是首次整理出大部分詞綴的形態功能，卻是前所未有的突破。

在沙加爾之後，2006 年金理新先生《上古漢語形態研究》〔註18〕中對於上古漢語詞綴也作了系統性的整理與探討，他提出了*s-、*g-、*r-、*m-、*ɦ-五個前綴，*-s、*-ɦ、*-d、*-n、*-g 五個後綴。金理新對於這些詞綴的形態功能除了有深入的討論，更旁徵博引了許多古籍中所記錄的用法與注音來驗證其假設的正確性。

雖然上古漢語的形態研究經過這麼多學者的努力與耕耘，還只能算是處於初始階段。正因為上古漢語形態證明相當不充分，因而使得懷疑者更加懷疑上古漢語形態的存在。儘管目前研究還不夠充分，但已經有了初步成果。其中最大的成果就是起碼可以肯定上古漢語與同源語言——藏語一樣具有豐富的形態。

第三節　研究方法與步驟

胡適（西元 1891～1962）先生曾有過一句名言：「大膽假設，小心求證。」這句話用在學術研究上，再適合不過。十九世紀末至二十世紀初，學者從事古音研究提出了許多假設，例如：漢藏同源、上古音有複聲母、漢語的聲調來自

〔註18〕金理新《上古漢語形態研究》（安徽：黃山書社，2006 年 4 月）。

輔音韻尾的影響等等。這些假設都很大膽，但有些證據卻稍嫌薄弱，直到二十一世紀的今天，仍有部分從事古音研究者——特別是傳統音韻研究的學者不能接受。

假設可以是大膽的，但求證勢必要更小心。而古音研究本身就是一個求真的過程，在這個過程中，方法的嚴謹是一個相當重要的環節。早期的研究往往比較粗疏，學者主要提出假設，然後提供零星的語料作爲證據，基於時代的侷限，這也是無可厚非的。但隨著學術的發展，雖然研究的語料仍是諧聲字、同源詞等等，在研究方法的講究上，後學一定要做得比前賢更小心謹慎才行。

由於上古複聲母到中古時，逐漸演變爲單聲母。漢代之後，複聲母的直接證據更少，因此推論大約漢代時複聲母便消失殆盡。既然複聲母已經不存在於現代漢語、甚至是漢語方言之中，對於複聲母系統與詞頭的研究便只能向複聲母與詞頭留下的痕跡去找尋；兩者的研究材料包含了聲訓、讀若、重文、異文、假借、疊韻連緜詞、諧聲字、同族語、同源詞對應等等。本論文則採取以漢語之同族語作爲主要研究材料，諧聲字、漢藏語同源詞對應爲輔助資訊。

在介紹本文所採用的研究方法之前，我們首先要對複聲母作一個簡單的定義，本文所謂的「複聲母」即「複輔音聲母」，意指聲母具有兩個或三個（以上）的輔音，構成一個以輔音群開頭的音節，它們之間沒有明顯的停頓，不夾帶有任何母音音素。另外，若半元音 j、w 與喉擦音 h、ɦ 不處於「輔音叢起首」位置，而是接在其它輔音之後，這時候的半元音與喉擦音則分別代表「顎化聲母」、「唇化聲母」與「送氣符號」，而非構成複聲母之具有辨義作用的獨立音位。因此我們將語言中的圓唇舌根音 kw、gw、送氣之濁塞音 bh、dh、gh、顎化之輔音 kj、tj……等視同「單聲母」。

一、研究方法

方法使用得宜，將有助於研究過程的順利；方法的精密，更有助於研究成果的正確。既然決定選擇上古音複聲母系統與詞頭問題作爲研究對象，接下來所要做的工作，就是運用方法進行論述。本文所使用的研究方法可以分爲以下兩類：

（一）音類的統計

統計法本是數學方法之一，將它移植到聲韻學的領域以處理大規模的音韻資料，可以說是現代聲韻學與傳統聲韻學的重要區別之一。傳統聲韻學在處理音類時，多半使用系聯法系聯聲類和韻類，或者古籍上的諧聲、通假、聲訓等語料進行個別的歸納，因此所得出來的音類往往是不夠全面和精確的。現代聲韻學開始借助於數學上的統計法，針對形聲、通假、讀若等語料進行精密的統計，計算在各種情況下所得出的通轉次數、接觸頻率等，進而統計出所占整體的百分比，這樣就可以得出傳統聲韻學無法求得的結果，在進行比較時，通常會以百分比作爲衡量的標準，如此可以避免次數的多寡所造成的誤差。例如：陸志韋先生在《古音說略》廣韻五十一聲母在說文諧聲通轉次數表〔註 19〕所運用的就是統計法。藉由統計法，我們可以清楚地看出聲母彼此間接觸的頻率，也能明白哪些是正常的諧聲狀態，而哪些又是例外諧聲的例子，如此也比較能夠科學地建立一個符合語言普遍性、規律性的複聲母系統。此外，藉由統計法，我們也可以從眾多親屬語中各類複聲母的出現的頻率、輔音叢中輔音彼此接觸的情況加以統計，而這些方法都可以幫助我們推測出上古漢語具有哪些類型的輔音群以及那些輔音是可以彼此結合組成複輔音的。

（二）音值的考訂

使用統計法只能決定上古複聲母系統與詞頭有哪些音類，以及彼此之間的親疏程度，但仍無法得知這些音類的實際音值，以及同一音類中所包含的小類之間到底差別在哪。欲釐清上古漢語複聲母系統及其與詞頭的演化關係，勢必得求得兩者的音值，因此必須使用其它法以彌補上述音類統計法的不足。針對音值的考訂，本文使用了下列三種方法：

1、內部擬測法

語言中的語音系統有其完整性，然而隨著語言的演變，原本的完整性將會遭受到破壞，進而引起音系的重組，使得音位系統的交替從規則變爲不規則。換言之，某種語言若出現不規則的音位交替，實際上反映了過去的規則性因音系的重組而遭到破壞。因此，若仔細考察該種語言整個音位系統的分布狀況，

〔註19〕陸志韋《古音說略》（臺北：台灣學生書局，1971 年），頁 255。

就能對該語言過去的歷史做出合理的推斷，並且針對其中的「空格」（slot）重構出其語音系統的原始面貌。例如：高本漢在完成中古音的構擬後，就曾以內部構擬法初步描繪出上古音的基本框架。而本文亦欲利用內部擬測法，對現階段研究中關於上古漢語複聲母系統之音位空格進行複聲母系統的建構。

2、歷史比較法

「歷史比較法」是用來確定音值的最好方法之一。歷史比較法是 19 世紀晚期在印歐語系語言的歷史比較研究中產生出來的一種方法，它主要是「透過兩種或幾種方言或親屬語的差別的比較，找出相互間的語音對應關係，確定語言間的親屬關係和這種關係的親疏遠近，然後擬測或重建（reconstruction）它們的共同源頭──原始形式。」〔註 20〕在這方面能提供幫助的是漢藏語的比較，而首要的比較對象則是七至九世紀古藏文（Written Tibetan，又稱書面藏語）。由於古藏文保存了較古老的語音形式，例如：具有豐富的複聲母、複輔音韻尾等。因此可以根據語音上的對應，並結合文獻，參酌音理，進行上古複聲母系統的擬測。亦可藉歷史比較法釐清複聲母與詞頭兩者間語音演變的情形及發生學上的關係。

3、域外對音法

除了上述歷史比較法之外，還可以使用「域外對音法」。漢族與其他民族自古以來就有著非常密切的接觸，因此「利用不同歷史時期的漢語音譯非漢語詞的對音資料以推求當時的漢語音韻面貌」。〔註 21〕在這方面能夠使用的對音材料有：早期梵漢對音、古越南語與越南的漢語借詞、古韓語與漢語早期的接解、日語吳音與漢音借詞等。由於這些材料的年代大致清楚，標音也相當精確，因此透過以上外語借音或音譯的對音語料所提供的線索，就可以為上古漢語的音值進行更精確的擬測，對於本文論及之複聲母系統與詞頭在上古漢語不同階段的音值必能有所助益，對此二者的音變與演化關係也能夠有更詳細的描寫。例如本文將提及潘悟云先生〈喉音考〉一文中，〔註 22〕全面地比較了漢語和侗台、

〔註 20〕徐通鏘《歷史語言學》（北京：商務印書館，2008 年 7 月），頁 80。

〔註 21〕馮蒸〈漢語音韻研究方法論〉，《漢語音韻學論文集》（北京：首都師範大學出版社，1989 年），頁 29。

〔註 22〕潘悟云〈喉音考〉，《民族語文》1997 年第 5 期。

苗瑤、藏緬等語族之民族語言中小舌音的資料，還引用了古代譯音資料和諧聲資料等，證明上古漢語存在小舌音，他認爲小舌音到中古分別變成了影、曉、匣、云等母，逐個進行了較細緻的論證，而這即是域外對音法的運用。

二、研究步驟

上古漢語關於複聲母的研究，雖然近年來借助於漢藏語的比較，取得了一定的成果，不過在複聲母的系統及結構的問題，各家有各家的標準，始終無法達成共識，於是給人一種漫無準繩與上古複聲母不具系統性，並且可還以任意結合的錯覺。故本文認爲：同族語的比較固然帶來了相當大的突破，然而作爲古音研究的基本語料——諧聲字和同源詞，除了必須給予應有的重視外還必須在方法上，讓這兩項材料充分發揮它們的作用。因此本文所採取的研究步驟爲：

首先，觀察世界上其他不同於漢藏語系之語言殘留的複聲母痕跡，如：印歐語系中的希臘語、梵語、拉丁語，本文將由語言普遍性的角度切入看待上古漢語的複聲母系統與結構問題。隨著歷史語言學長足的發展，印歐語關於複聲母的記錄要比漢語詳實的多，因此藉著觀察印歐語系及其他語系複聲母結構與系統共性的情況，可以使我們在上古漢語複聲母系統性研究上獲得一些啓發。

其次，在本文的研究中，特別重視親屬語，它們是今天用以查證複聲母的活材料。故本文亦將觀察漢語之親屬語，例如：藏緬語、苗瑤語、侗台語等語言之複聲母現存狀態，〔註23〕接著分析該語言複聲母結合的規律、組成之方式與類型，歸納出親屬語複聲母系統之結構與共性。最後利用上述所得出之結論來檢視目前學者們對於藏緬語、苗瑤語、侗台語構擬出的複聲母系統，看看這樣的擬構是否符合語言的普遍性、音位的對稱性與系統性，是否能夠與歷史的音韻演變吻合。

第三，將前文所得之結論套用到上古漢語之中。眾所皆知，語言是具有普遍性的，大體上說來人類的發音器官——口腔所能發出的聲音也具有普遍性（即一口原則）。同樣地，上古漢語的複聲母系統除了本身的特殊性之外，當然也具有一口原則下的普遍性。是故本文擬將近二十年來李方桂、龔煌城、鄭張尙芳、潘悟云、金理新等先生們構擬之複聲母系統作一比較，檢視這些

〔註23〕 本文採用傳統漢藏語系之看法，故仍將爭議較大的苗瑤語族、侗台語族歸入漢藏語系的範疇之中。

被構擬出來的複聲母是否具有系統性與普遍性。此外，筆者亦將利用觀察親屬語及印歐語系複聲母所得出之結論來檢視目前學者們對於苗瑤語、侗台語構擬出的複聲母系統，看看這樣的擬構是否符合語言的一般性、音位的對稱性與系統性，又是否能夠與歷史的音韻演變吻合。

　　第四，上古漢語除了有複聲母之外，亦具有詞綴的具體形態及其語法功能。學界對於上古漢語的形態與詞綴也取得了一定的成就。本文在此將針對各家學者所提出之上古漢語前綴作系統性的整理，針對學者們所提出的前綴進行探討。嘗試透過語義的比較，進一步探討它們的語法功能，指出附加哪一種前綴，就會出現哪一種功能的轉換。接著，並對上古漢語的複聲母系統及前綴問題進行分析，究竟上古漢語的複聲母與前綴是否有發生學上的關係？是先有前綴還是先有複聲母，亦或是此二者同時並存於上古漢語，且擔負起不同的語法或語音功能。此外，我們亦將區分上古漢語的複聲母所代表的音韻音位與「前綴＋基本輔音」形態音位的不同之處，並舉若干例子加以討論說明。本文欲釐清兩者發生學的先後順序、演變與消長，並且區分它們本質上的不同之處。

　　第五，上古漢語複聲母系統、結構與前綴問題的研究，最終還得回歸到古音系統層面。無論是複聲母系統的建立，還是詞綴形態與語法功能的探索，最後也是得回歸到音韻的層面，將研究成果全面反映在上古音系統上。換句話說，本文的研究成果必須照顧到上古音系統的整體而非只能解決局部問題，也就是說並非僅僅把上古漢語的複聲母系統與詞頭全都納入一個歷史平面，因為詩韻與諧聲所反映的上古音系統包含了五、六百年來的歷史音變成分，和橫跨各區域的方音雜質。因此，在本文結論中，我們除了提出若干構擬古漢語複聲母原則外，並針對上古漢語的複聲母系統與輔音群的類型、來源以及結合規律提出說明。最後，我們將針對上古漢語複聲母系統與結構研究的未來展望提出些許看法。

第二章　從語言的共性看複聲母結構

第一節　印歐語及其語音體系

　　印歐語系是當代世界上分布最廣、使用人口最多的語系。「印歐語系」（Indo-European Family）得名於這個語系最東端（印度）和最西端（歐洲）地區的名稱。印歐語同出一源的設想始於英國人威廉·瓊斯〔註1〕，此後歐洲學者紛紛投身於語言歷史研究工作，至 1870 年左右把阿爾巴尼亞語和阿爾明尼亞語收入囊中為止。將近百年的時間，學者們完成了對印歐語族語言親屬關係的論證，同時也完成了歷史比較語言學理論和方法的構建，奠定了現代語言科學的基礎。隨著歷史語言學長足的發展，印歐語關於複聲母的記錄要比漢語詳實的多，對輔音群的研究成果也較漢語豐碩。因此，藉著觀察印歐語系及其它語系複聲母結構與系統共性的情況，勢必可以使我們在上古漢語複聲母系統性研究上獲得一些啟發。

〔註1〕 威廉·瓊斯（William Jones 西元 1746～1794）曾任英駐加爾各答法官，熟悉梵語。1786 年他在一次學術演講中指出：「梵語的動詞詞根和語法形式與希臘語、拉丁語酷似，這絕非偶然。任何考察過這三種語言的哲學家，不能不認為這三者同出一源。不過始源語言恐已不存於世。同時也有理由假定（雖然理由不很充足），哥特語、凱爾特語與梵語雖然面目迥異，但與梵語仍屬同源，而波斯語也屬同一語族。」《中國大百科全書·語言文字分冊》（北京：中國大百科全書出版，1988 年），頁 324。

一、印歐語系概述

　　歐洲、亞洲、非洲、美洲和大洋洲的大部分國家都採用印歐語系的語言作為母語或官方語言。印歐語系包括約 443 種（SIL 統計）語言和方言，使用人數大約有 30 億。主要可分為日耳曼語族、希臘語族、羅曼語族、凱爾特語族、斯拉夫語族、波羅的語族、印度——伊朗語族、阿爾巴尼亞語族、吐火羅語族、安那托利亞語族、亞美尼亞語族等十一個語族，每個語族之下又分若干語支。印歐語系組成如下（列舉主要語言及與其比較有關語言，加*號者為已消亡語言）：〔註2〕

（一）印歐語西部語群

1、日耳曼語族（Gremanic）

　　西支：英語（English），佛里斯蘭語（Frisian），低德語（Low German），荷蘭語（Dutuh），高德語（High German）

　　北支：挪威語（Norwegian），冰島語（Icelandic），丹麥語（Danish），瑞典語（Swedish）

　　東支：*哥特語（Gothic）

2、希臘語（Greek）（自成一族）

3、羅曼語族（Romance）

　　西支：拉丁語（Latin），義大利語（Italian），法語（Franch），普羅旺斯語（Provençal），西班牙語（Spanish），葡萄牙語（Portuguese）

　　東支：羅馬尼亞語（Rumanian）

4、凱爾特族語（Celtic）

　　北支：愛爾蘭語（Irish），蘇格蘭語（Scottish），*馬恩語（Manx）

　　南支：威爾士語（Welsh），不列顛語/不列塔尼語（Breton），*康瓦爾語／科尼什語（Cornish）

（二）印歐語東部語群

5、斯拉夫語族（Slavic）

　　東支：俄語（Russian），烏克蘭語（Ukrainian），白俄羅斯語（Belorussian）

〔註2〕周及徐《漢語印歐語詞彙比較》（成都：四川民族出版社，2002 年月 7 第 1 版），頁 89～90。

西支：波蘭語（Polish），捷克語（Czech），斯洛伐克語（Slovak）

南支：古教堂斯拉夫語（Old Church Slavic），保加利亞語（Bulgarian），

　　　塞爾維亞－克洛地亞語（Serbo－Croatian），斯洛文尼亞語

　　　（Slovene）

6、波羅的語族（Baltic）

　　立陶宛語（Lithuanian），拉脫維亞語（Latvian／Lettish）

7、印度－伊朗語族（Indo－Iranian）〔註3〕

　　印度語支：*梵語（Sanskrit），印地語（Hindi），烏爾都語（Urdu）

　　伊朗語支：波斯語（Persian），*阿維斯達語（Aaestan）

8、阿爾巴尼亞語（Albanian）（自成一族）

9、阿爾明尼亞語（Armenian）（自成一族）

（三）二十世紀新出土發現之語族

10、*吐火羅語族（Tocharians）

　　東吐火羅語／焉耆語（Tocharian A）

　　西吐火羅語／龜茲語（Tocharian B）

11、安那托利亞語族（Anatolian）

　　*赫梯語（Hittite）

二、原始印歐語複聲母類型與系統

隨著歷史語言學長足的發展，印歐語關於複聲母的記錄要比漢語詳實的多，因此藉著觀察印歐語系及其他語系複聲母類型、結構與系統共性的情況，可以使我們在上古漢語複聲母系統性研究上獲得一些啟發。下文中我們將觀察原始印歐語中的輔音群的類型與系統，並從中歸納出些許複聲母的組合規律。

（一）原始印歐語的年代和故鄉

原始印歐語又稱共同印歐語，指根據古代各印歐語形式而構擬出的共同印歐語形式，透過比較語言學的方法而倒推出來的假想語言。簡稱 IE

〔註3〕印度－伊朗語系又稱雅利安語（Aryan）。

（Indo-European），時代約在西元前 2000～4000 年之間。這種假想語言被認為是現代印歐語系諸語的共同祖先。雖然原始印歐語沒有得到直接證實，但其所有的發音和辭彙都通過比較法重構了出來，標準慣例是將未證實的形式用星號標記出來：*wódr̥（水，比較英語的 water）、*ḱwón（狗，比較英語的 dog）、*tréyes（三，陽性，比較今日英語沒有詞性的 three）等。現代印歐語的很多詞都是從這些「原始詞」經過有規律的語音變化，如格林定律發展而來。

原始印歐語的故鄉和年代是一個尚在研究的問題。「我們往往能在細微的枝節上尋踪語言的歷史，比一個民族的任何社會制度的歷史要久遠得多。」〔註4〕「印歐母語並不需要我們回溯到人類的童年，而只是要求回溯到某個時期。」〔註5〕對印歐語年代的推測是根據各印歐語留下的最早文字的年代和語言之間的親疏關係作出的。裴特生指出：

> 現在一般的看法是，印歐語族遷徙到印度的是約發生在西元前 2000 年，印度文學約始於西元前 1500 年。……希臘人在西元前 2000 年就已經定居在他們有史以來的國土上了，這一假定是可信的。克爾特語和義大利語之間特別親密的關係使我們不得不估計這一語群分裂從時間的出發點上看也不會晚於西元前 2000 年。……一位挪威學者奧爾生解釋某些挪威地名，據他考證，比西元前 3000 年晚不了多少。假如希太特語是一個純印歐語言而不僅僅是與印歐語有些聯繫的語言，那麼我們就得承認它早在西元前 1500 年就已經經過很長而且很奇怪的發展了。〔註6〕無疑地，約在西元前 2000 年，印歐語系的語言就已經分布在廣大的地區上，有了分歧的發展。……如果我們要追溯印歐語尚未分裂的時期，就必須倒退到西元前 4000 年才行。〔註7〕

布龍菲爾德的推測與此大致相同，他說：「假使我們認為最早的印度文獻的寫作不能晚於西元前 800 年，那麼我們就不得不把我們所構擬的原始印歐語形

〔註4〕 布龍菲爾德《語言論》（北京：商務印書館，1980 年 4 月），頁 402。

〔註5〕 裴特生《十九世紀歐洲語言歷史》（北京：科學出版社，1958 年），318 頁。

〔註6〕 希太特語即赫梯語（Hittite）。現已證實它是印歐語系安那托利亞語族的一個語言。

〔註7〕 裴特生《十九世紀歐洲語言歷史》，317 頁。

式推溯到至少要比這些年代早 1000 年。」〔註 8〕即原始印歐語的時間約在西元前 2000 年以前。又根據印歐語語言的一些共有的基本詞彙，如植物、牛馬等牲畜、車輛工具金屬名稱等等，學者們把原始印歐語社團推到新石器時代。〔註 9〕印歐人未分裂以前的文化階段顯然是石器時代後期。〔註 10〕

　　關於印歐人的故鄉，是根據原始印歐語一些共有詞彙所反映之地理、氣候環境的特徵來推測的。從 17 世紀至 18 世紀末，印歐語系的概念逐漸成型。最早提出這個假設的是荷蘭人 Marcus Zuerius von Boxhorn。當時的學者發現歐洲的語言雖然跟阿拉伯語、希伯來語有明顯區別，卻和印度的語言很相近。他們設想印度和歐洲的語言源於同一個的原始語。自 19 世紀中期直至當代的相繼研究，原始印歐語的發祥地範圍逐漸趨向於一致，1862 年英國人拉沙姆（R.G.Latham）最早提出，印歐語的故鄉在歐洲，因爲印歐語十個語族的傳播重心是在歐洲。而在比較語言學的早期，曾經流行過印歐語的發源地在亞洲的說法，主要是根據最古老、最原始的印歐語－梵語在亞洲。後來人們根據印歐諸語言早期共同的「雪」、「寒冷」等詞彙，因而覺得原始印歐語社群的居住區域不可能是在印度。這種原始語隨著年代的變遷，演變成古典語言拉丁語，希臘語，梵語和現代的語言。

　　1896 年，克萊契梅（P. Kretschmer）把印度、小亞細亞、巴爾幹半島、義大利、愛爾蘭、不列顚、斯堪的納維亞和德國北部等地都排除在外，以西起法國，橫穿歐洲中部，向東經中亞的吉爾吉斯草原直到波斯這樣一條狹長的區域，作爲印歐語的發祥地，更有人認爲歐洲東部地區黑海北部到裏海一帶的地方是印歐母語的起源地。〔註 11〕目前比較多人同意這一理論：黑海以北大草原的地坑墓塚（the Pit Grave）或雅姆那亞（Yamnaya）文化與原始印歐語故鄉最可能相關聯，時間在西元前 3500 年至 2500 年，具體位置是伏爾加河（Volga）下游草原向東延伸至伏爾加中游直至烏拉爾山（Urals）南部的地區。〔註 12〕

〔註 8〕布龍菲爾德《語言論》，頁 402。

〔註 9〕布龍菲爾德《語言論》，頁 402～403。

〔註 10〕裴特生《十九世紀歐洲語言歷史》，322 頁。

〔註 11〕裴特生《十九世紀歐洲語言歷史》，317～318 頁。

〔註 12〕蒲立本：《上古漢語的輔音系統》（北京：中華書局，1999 年 12 月），頁 157。

綜合前述印歐語各語族作出下面梗概的描述：西元前 3500～前 3000 年，原始印歐民族居住在黑海以北的廣大地區，有著發達的新石器文化。約在西元前 2500 年，印歐民族離開故鄉開始向各個地方遷徙。一些移居到希臘，另一些進入義大利，另一些穿越中歐最終抵達不列顛群島。另一部分的一支向北把家搬到俄羅斯，同時這部分的另一支穿越伊朗、阿富汗，最終到達印度半島。〔註 13〕

（二）原始印歐語的複聲母系統

原始印歐語中有豐富的輔音叢，筆者沿用《漢語印歐語詞彙比較》書中的分類框架如下：〔註 14〕

1、s-加塞音、鼻流音的複輔音聲母

即 sC-型、sCr-型與 sCl-型複聲母〔註 15〕。印歐語中，s-可以接 p、t、k、f（＜p、bh）、m、n、l 等組成詞首輔音叢（複輔音聲母）。例如：梵語 snušā「媳婦」，古北歐語 stik「刺」、strange「強壯的」、steypa「浸、漬」、skūfa「推開」、skūr「陣雨」、skȳ「天空」、snara「套索」、snappa「抓住」、skjarr「害羞的」，希臘語 skiá「陰影」，拉丁語 spīro「我呼吸」、stringere「拉緊、收縮」，立陶宛語 smaugti「悶熄」、skùbti「催促」，哥特語 skūra「大風」、skeirs「明亮的」、skrapa「崖岸」、smals「小的」，原始印歐語 *str-to-「army」變爲伊歐里斯語的 strotos，其他方言爲 stratos。

在原始印歐語中，s-是一個廣泛出現於詞首的前綴，s-亦與濁輔音 bh、d、dh、g、gh 在詞首組合，使後面的濁音清化也變成 sp-、st-、sk-等等。此類複輔音聲母可歸納成下圖中的表 2。

〔註 13〕Kenneth Katzner, 1986, *"The Language of the world"*, London Routledge & Kegan Paul plc，頁 10。

〔註 14〕此處分類框架延用周及徐《漢語印歐語詞彙比較》，頁 107～110。

〔註 15〕此處大寫 C 表示輔音（consonant）。本文中凡大寫「C」一律代表輔音，不另加註標示。

表2　原始印歐語 s-起首之二合輔音群〔註16〕

| 前置輔音 | 發音部位輔音性質 | 基　本　輔　音 | | | | 後置輔音 |
		雙唇	舌尖	舌根	小舌	流音 r／l
s	塞音	＋	＋	＋	＋	＋
	鼻音	＋	＋	＋	－	＋
	流音	－	＋	－	－	－
	擦音	－	－	－	－	－
	塞擦音	－	－	－	－	－

2、塞音、續音加 r、l 的複輔音聲母

即 CL-型複聲母。在印歐語中，b、bh、p、k、g、gh、f（＜p、bh）、s、sk 等可以接流音 r、l 組成 PL-型、Tr-型、KL-、sKL-型等複輔音聲母。〔註17〕不過，舌尖塞音 t 與 d 只能與流音 r 組成 Tr-型複聲母，而不能與流音-l-組成 Tl-型複聲母。例如：

表3　印歐語言中的 CL-型複聲母

語　言	詞　彙	漢　譯	語　言	詞　彙	漢　譯
古高德語	bruodor	兄弟	古北歐語	slá	敲打
古高德語	krāēn	公雞鳴	古高德語	bliuwen	打
古北歐語	hross	馬	古高德語	blāen	吹
梵語	grāvā	壓轆石	拉丁語	glōs	小姑
拉丁語	crāter	大杯	拉丁語	plūs	更多地
立陶宛語	groti	（蛙、鴉）鳴叫	希臘語	pluño	我洗
哥特語	graban	挖	希臘語	plinthos	磚、瓦
古北歐語	grōf	墳墓	希臘語	plax	平而寬的東西
古北歐語	krōkr	鈎子	古法語	blanc	明亮的

3、小　結

然而，在原始印歐語音系裡，在音位系統的單向對立和雙向對立的相互轉

〔註16〕表中的輔音群包含「二合複輔音聲母」與「三合複輔音聲母」，其中二合複輔音聲母為「前置輔音＋基本輔音」而三合複輔音聲母為「前置輔音＋基本輔音＋後置輔音」。

〔註17〕本文中大寫 P 表唇音，大寫 T 表舌尖音，大寫 K 表舌根音，大寫 L 表流音（含 r、l），下文中亦同，不再加註標示。

化的情況下，似乎應該能建立起一種理想、對稱且內部合諧一致的音系，但是實際上情況卻不是如此。我們知道音系中總有一些不對稱的現象，單輔音系統如此，複輔音系統亦如是，輔音們並不能任意地結合成複輔音聲母，而上文中關於原始印歐語的複聲母系統反映了哪些語音現象呢？

其一，原始印歐語以二合複輔音聲母為主，可分為 CL-型複聲母與 sC-型複聲母等兩類。三合複輔音聲母則數量較少，皆為 sCL-型複聲母。

其二，不論是二合複輔音聲母還是三合複輔音聲母，輔音叢起首的輔音只有「塞音」與「擦音」兩類。其中輔音叢起首的塞音有 p、b、bh、d、dh、k、kw、g、gw、gh、ghw 等，全部屬於二合複輔音聲母。而擦音只有 s、f 兩種，其中擦音 s-起首的二合複輔音聲母裡，s-之後可接鼻音、塞音與流音，即「s＋流音／鼻音／塞音」。若是在三合複輔音聲母裡，輔音叢組成的順序則為「s＋塞音＋流音」，而唇齒音 f 後只能接流音-r-、-l-。這裡我們要提出解釋的是：為什麼三合輔音音中，輔音叢最後一個音素不是 r 就是 l？

人們發現，音節結構以及音節化（syllabification）〔註 18〕過程，與語音的音響度有直接關係。一個音節中，音響度是「低－高－低」這麼一個形狀；換句話說，音節開頭的音響低，主要音核（即主要元音）音響高，而韻尾音響低，這是音節的最主要規範條件，也就是在一個音節裡的響度必須是先升後降。根據「音響度衡」（sonority scale）顯示「元音＞介音＞流音＞鼻音＞輔音」〔註 19〕，元音響度大於介音，介音響度大於流音，流音響度又大於鼻音，而輔音的響度最小。因此，若將音節可以分成兩部分，以主要元音為分界線，前半部份音響度上升，後半部分音響度下降。

三合複聲母位於音節的前半部份，想當然爾響度必須是漸次升高的，那麼聲母輔音叢中的最後一個音素就勢必得是一個響度僅次於元音的輔音，而流音 r、l 自然是不二的選擇，因此基於「響度原則」在三合複輔音中輔音叢中最後

〔註18〕 生成語言學的一個基本假設就是：詞庫僅僅包含規則推導不出來、一個詞所特有的信息；對於不屬於個別詞的信息一概不列入詞庫，用音系規則加以解決，而音節就是屬於這類信息。因此，一個詞的詞彙形式是一串音段，把音段串成若干音節的過程稱為「音節化」。詳見包智名、侍建國、許德寶《生成音系學理論及其應用》第二版（北京：中國社會科學出版社，1997 年 6 月），頁 95。

〔註19〕 《生成音系學理論及其應用》第二版，頁 95。

一個音素只能是流音 r 或 l，而不能是其他的輔音。

其三，在 Cl-型複聲母中，卻在 tl-與 dl-的位置上留下了空缺。這是什麼原因呢？筆者認爲此乃與 t、d、r、l 四者的發音機制有關，由以下三點說明：

1、「異化作用」影響

若由發音時「舌體高低」（tongue-body hierarchy）的七個層級：p＜n＜l＜t＜ts＜tʂ＜k 看來，我們發現發音時舌體是由 p 至 k 漸次升高的，而 t／d 與 l 分別屬於第四級與第三級，換言之發音時 t／d 與 l 舌體高低程度相當接近，加上 t／d 與 l 三個輔音又都是舌尖音，發音部位同質性高，輔音間「異化作用」而互斥。

2、發音性質

當舌頭發完 t 或 d 後接著發舌尖流音 l 時，我們從發流音 l 時氣流在口腔內「完全受阻」情況來看，流音 l 的發音性質頗似前面所接之舌尖塞輔音，我們如果從這個角度思考便會發現，發複聲母 tl-與 dl-實際上是類似發兩個由舌尖塞音組成的輔音叢。

3、發音機制

由音節的角度切入觀察，我們知道當發 tl-或 dl-這類複輔音時，若發音舌頭的動作不夠迅速，會容易使輔音叢聽起來變成兩個音節，發音器官——舌尖，必須在極短的時間內重複動作兩次，發出「舌尖塞音 t-＋舌尖流音-l-」或「舌尖塞音 d-＋舌尖流音-l-」這樣的輔音叢，而這在人類發音機制的一口原則之下，同一個發音器官短時間內重複動作兩次，比起那些由兩個不同發音部位所組成的複輔音而言是相對費力的。

或許有人感到疑惑：爲何 t、d 後不能接-l-卻能接-r-，在「異化作用」的條件下，爲什麼 t 與 d 卻能夠和同是舌尖音的 r 結合？原因就在於 r、l 發音部位些微的差異。流音 r 在發音的過程中，是以舌尖抵住齒齦脊很快地震動後而發音的。依區別性特徵而言，發 r 時氣流能「連續」自口腔流出。簡而言之，流音 r 的發音性質其實是與擦音非常相似的，是因氣流通過舌尖與硬顎形成的狹窄通道，造成湍流發生摩擦而發聲的。另外，r 還帶有捲舌的成分，屬於「舌尖後」音，發音部位與 t、d、l 等舌尖音略有不同，因此在「異化作用」的影響之下，t、d 不與同是舌尖音-l-結合爲複輔音聲母 tl-、dl-，但卻能夠和舌尖

後的-r-結合成複聲母 tr-與 dr-。而這也是爲什麼在原始印歐語中我們看不到 tl-、dl-型的複輔音聲母的緣故。

其四，在唇齒擦音 f-起首的二合複輔音裡，f-之後只可接流音 r、l。不過，原始印歐語中沒有 f，從下表 4、表 5 中古希臘語和梵語的聲母系統中反映了這個古老的特徵。

表4　古希臘語輔音系統〔註20〕

舌根音	k	kh	g			
唇音	p	ph	b	m		
舌尖音	t	th	d	n	l	r
噝音					s	
塞擦音	dz	ps	ks			

表5　梵語輔音系統〔註21〕

喉音	ka	kha	ga	gha	n□a
顎音	ca	cha	ja	jha	ña
頂音	.ta	.tha	ḍa	ḍha	ṇa
齒音	ta	tha	da	dha	na
唇音	pa	pha	ba	bha	ma
半元音	ya	ra	la	va	
噝音	´sa	ṣa	sa		
氣音	ha				

在原始印歐語裡，表 5 的一、二兩行（喉音、顎音）應該合併，都是舌根音。第二行的顎音是輔音受後面的前高元音影響變來的，特別是舌尖音和舌根音，這就是一般所說的顎化作用，而梵語在這一點上不代表原始母語的特徵。〔註22〕拉丁語的 f 對應於原始印歐語的*bh，〔註23〕是後起的；原始日耳曼語的

〔註20〕根據《中國大百科全書》「希臘語」條，爲西元前 5 世紀古希臘阿提卡方言的發音。不過書中將 dz、ks、ps 等聲母歸爲「雙輔音」，而本文則將其列入「塞擦音」範疇。

〔註21〕根據《中國大百科全書》「婆羅米字母」條，婆羅米字母用拉丁字母轉寫。

〔註22〕這個顎音變化規律由印歐語學者湯姆生（V.Thomsen）、維爾納（K. Verner）龍德（Lund）的臺格那（E. Tegner）索緒爾（F. DSaussure）和施密特（J. Schmidit）等人在 1878 年後相繼發現。

〔註23〕拉丁語 f 的另一部份是從原始印歐語的*dh 演變而來。例如：梵語[´adha:t]「他放

f 對應於原始印歐語的*p 也是後起的。

　　上古漢語沒有輕唇音最早是由清儒錢大昕提出來的。漢語中 f 的出現比印歐語晚得多，直到《切韻》時代，重唇尚未分化爲輕唇。〔註24〕約在西元 11 世紀末重唇與輕唇的區別才分明地反映在當時的韻書《集韻》中，中古漢語的 f 是 p-、ph-、b-在介音-i-前擦化而來。〔註25〕從這裡我們可以看出 f 音的出現，是印歐語和漢語各自獨立發展的結果。在上古時期，印歐語和漢語一樣沒有 f，而在原始印歐語時期也不存在 fL-型或 sf-類型的複聲母。

　　其五，原始印歐語無 ts、tsh、dz 等舌尖塞擦音。關於原始印歐語無舌尖塞擦音 ts、tsh、dz 系列，上文中所談到的梵語、希臘語輔音系統，以及下表中的拉丁語、日耳曼語輔音系統都反映了這個特徵。表 4 裡的古希臘語中雖然有一個單獨的 dz，但卻不成系統。從它與 ps（即雙唇音＋s）、ks（即舌根音＋s）相配的關係來看，dz 似乎更像是濁化了的輔音組合 ts（即舌尖音＋s）。

表 6　古拉丁語輔音系統〔註26〕

舌根音	k	g	h			
圓唇舌根音	kw〔註27〕					
唇音	p	b	f	m		
舌尖音	t	d		n	l	r
噝音					s	

表 7　原始日耳曼輔音系統〔註28〕

舌根音	h	k	g，ɣ			
唇音	f	p	b，v	m		
舌尖音	θ	t	d，ð	n	l	r
噝音					s，z	

　　置了」，希臘語[ˈthe:so:]「我將放置」，拉丁語 fēcī「我做了」，英語 do「做」。

〔註24〕王力《漢語音韻》（北京：北京中華書局，1991 年），頁 73。

〔註25〕周及徐《漢語印歐語詞彙比較》，頁 105。

〔註26〕根據 Kenneth Katzner "the Language of the World" 和肖原《拉丁語基礎》，爲西元前 1 世紀以前發音。

〔註27〕在拉丁語寫作 qu。

〔註28〕g，ɣ表示它們爲互補的音位變體。而「b，v」；「d，ð」；「s，z」彼此亦爲音位變體。

也因為原始印歐語無舌尖塞擦音 ts、tsh、dz 系列，因此在原始印歐語中沒有 TsL-型的複聲母（即舌尖塞擦音加流音），同時也不存在 s-加舌加塞擦音之 sTs-型的複聲母。

其六，藉由比較希臘語、拉丁語和梵語的舌根音（梵語喉音、顎音、嘶音）還可以發現，原始印歐語有三套舌根後部音，即舌根音（K 音），圓唇舌根音（在希臘語變為 P-，梵語變為 h-？）和軟顎音（軟 K 音，梵語變為 ś-），例如表 7〔註29〕。

如果按照梵語的體系，每套音有 4 個（k、g、kh、gh）那麼原始印歐語就有 12 個舌後部音。「我們現在已經頗不習慣於利用舌根部位來構成語言上的一些區別了，不過原始的發音習慣是不同的。學者們主張說發音的動作中心由口腔的後部移到前部是文明的穩步發展，是語言近情化的一個環節，這話也並不是完全虛妄的。反過來說，我們愈往古代追溯，結果我們越會發現喉頭或舌根部位所能發出的不同音彩」。〔註30〕

表8　原始印歐語中的舌根音在希臘語、拉丁語和梵語中之表現

	梵語	希臘語	拉丁語	哥特語
K	k´ekara-s 「斜眼看，睜半眼」	——	Caecus 「盲」	haih-s 「獨眼」
圓唇 K	ka-s 「誰」 katara-s 「二者中哪一個」	pófero-s 「二者中哪一個」	Quis 「誰」	（OE）hwa 「誰」
軟 K	śatá-m 「百」	he-katón	centurn	hund

其七，原始印歐語只有兩個鼻輔音 m、n。梵語另有 ŋ、ñ、ṇ，這幾個在印歐語中顯得特殊的鼻音，是舌尖鼻音 n 在與不同部位的塞音結合後演變出來的，不是原始母語的特徵。在印歐語中，舌根鼻音 ŋ 在詞根尾出現時，是 -g / -k 的鼻音變體。例如：原始印歐詞根*steig-「刺」，拉丁語 stinguere「刺」，古英語 sting「刺」。ŋ 在原始印歐語不出現在詞首。

〔註29〕裴特生《十九世紀歐洲語言歷史》，頁 279。

〔註30〕裴特生《十九世紀歐洲語言歷史》，頁 279。

第二節　印歐語系輔音群之類型與異同

在第一節中，我們觀察了原始印歐語的複聲母類型及其結合之規則。緊接著在這一節，我們將觀察印歐語系希臘語、拉丁語、梵語等語言中的輔音群概況。

一、希臘語的形成及其輔音群概況

原始希臘語是假定之所有已知希臘語變體的共同祖先。包括邁錫尼語，古希臘語方言，如：雅典－愛奧尼亞方言、伊歐里斯方言、多利亞方言和西北希臘方言以及最終的通用之希臘語和現代希臘語……等，它們都源自於所謂的原始希臘語。多數學者甚至將片段的古馬其頓語認定為早期之原始希臘式語言的後代，或者通過定義把它與原始希臘語的後代一起包含在希臘式語言或希臘方言範疇中。

原始希臘語可能在西元前 3000 年後期被使用，最可能的地點在巴爾幹半島。大約在西元前 21 世紀到西元前 17 世紀之間，因多利亞人的入侵，操邁錫尼語〔註31〕前身之語言的人們進入了希臘半島，使得原本統一的原始希臘語因操邁錫語的希臘人遷徙而終結，此後在希臘半島與巴爾幹半島上形成了四個不同的方言：伊奧立雅方言（Aeolic）、愛奧尼亞方言（Ionic）、阿卡第亞方言（Arcado－Cyprian）和多立斯方言（Doric）。其中愛奧尼亞方言就是荷馬史詩（約西元前 9 世紀）所記載的語言；後來，隨著雅典人的崛起，愛奧尼亞語的一支「阿提卡語」產生了古典時期的偉大文學，因此使得阿提卡語成為了希臘共同語的基礎，並在希臘語中占有支配地位。至亞歷山大大帝征服戰

〔註31〕邁錫尼希臘語是希臘語的已知最古老的形式，多利亞人入侵前，在邁錫尼時期（西元前 16 至 11 世紀）使用於希臘大陸和克里特島上，它保存在線形文字 B 所寫的題字中。這種文字是西元前 14 世紀前在克里特島上發明的。這類題字的多數實例都在克里特島中部的克諾索斯和伯羅奔尼撒半島西南部的 Pylos 所發現的泥板上，這種語言以首次發掘出來的地方邁錫尼命名。這些泥板長時間無法破解，所有可能的語言都嘗試過了，直至文特里斯（Michael Ventris）等在 1953 年通過證明這門語言是希臘語的早期形式的優勢證據而破解了這種文字。在泥板上文本多數是列表和清單。沒有倖存的散文敘述，更少有神話和詩歌。但從這些記錄中仍可瞥見關於使用它們的人和在所謂希臘黑暗時代前夕的邁錫尼時代的很多事情。

爭（約西元前 330 年）後，希臘語更曾遠播印度。此後，希臘語又成爲羅馬帝國的第二語言，在西元 4 世紀至 15 世紀間，希臘語一直是拜占庭帝國的官方用語。

　　希臘字母則創制於西元前 1000 年，它根據腓尼基（Phoenician）字母改造而來，也是最早既表示輔音又表示元音的字母。而我們之所以能知道古代希臘方言，則是根據西元前 7 世紀以來許多銘文、西元前 4 世紀起寫在蘆葉紙上的片段文章以及大量的文學（顯然，流傳下來的抄本年代要較晚一些），其中最古的就是使用愛奧尼亞方言的《荷馬史詩》，它至少是西元前 8 世紀的作品。

　　至於，原始希臘語到古希臘方言的語音演變有以下五點：

1、由 s 演變而來的 h 和 j 消失。例如：treis「three」來自＊treyes；多利亞語 nikaas「having conquered」來自 nikahas，而 nikahas 又來自＊nikasas。

2、很多方言中 w 消失（在 h 和 j 消失之後）。例如：etos「year」來自 wetos。唇化軟顎音消失，它們（多數）轉換成了唇音，有時轉換成齒音或軟顎音。

3、h 和 j 的消失所導致的臨近元音的收縮；在雅典希臘語中比其他方言更多見。

4、由於收縮和特定其他原因而出現了獨特的揚抑音高重音。音高重音限制於最後三個音節，並帶有各種進一步約束。

5、在 s 前的 n 的消失（在克里特希臘語中不完全），帶有前面母音的補償性延長。

目前在希臘語中仍保留著或多或少的複聲母，其類型如下：

（1）帶雙唇清塞音 p-的複聲母：psūkhein「呼吸」、psūkhe「心智」、psȳchicus「生育」、pneuma「空氣、風」。

（2）帶舌根濁塞音 g-的複聲母：gnōmōn「智者」、gnōme「格言」。

（3）帶舌尖清擦音 s-的複聲母：可分爲 sC-型複聲母，如：smukhein「熏燒」、skedannuni「分裂」；sCr-型複聲母，例如：strangalan「扼死」、stranglē「韁繩」。

（4）帶流音 r、l 的 CL-型複聲母：此類複聲母可再細分爲兩類，一類爲 Cl-型複聲母，例如：plunō「我洗」、plinthos「磚、瓦」、phluein「流、

漲溢」、pleō「我航行」、plax「平面」；另一類爲 Cr-型複聲母，如：
phratet「兄弟」、brakhus「短的」、brakhion「手臂，常指前臂」。

由以上的分類，我們大致可以看出希臘語的輔音群依起首輔音發音方法的
不同可以再細分爲兩大類，一類是塞音起首的輔音群，如：CL-型複聲母、雙
唇清塞音 p 起首的 ps-、pn-型複聲母、舌根濁塞音 g 起首的 gn-型複聲母；另一
類則是清擦音 s-起首輔音群，也就是 sC-與 sCr-型的複聲母。

然而，我們在上文中曾提及在西元前五世紀的古希臘語阿提卡方言，單
聲母系統中有一個單獨的濁塞擦音 dz，但卻不成系統，從它與 ps-（即雙唇音
＋s）、ks-（即舌根音＋s）相配的關係來看，dz 似乎更像是濁化了的輔音組合
ts（即舌尖音＋s），因此我們認爲希臘語中所謂的複聲母 ps-、ks-、dz-其實就
性質上來說應是屬於單聲母系統中的「塞擦音」的前身，而非本文所謂的二
合複聲母。

二、梵語的形成及其輔音群概況

印歐語系在亞洲有一個大分支，叫作印度－伊朗（Indo－Iranian）語族。
它由兩個伊朗語族和印度語族次語群所組成，而印度語族亦稱印度－阿利安
（Indo－Aryan）語族。不過這兩個語族今日的差別卻很大，可是從最早的文獻
來看，它們的形式曾經非常相近，也因此使我們可以肯定地把它們看成是原始
印度－伊朗母語的後代。正當其他印歐先民向西遷徙的時候，印度－伊朗語族
的先民轉向東南，朝著裏海（the Caspian Sea）、伊朗和阿富汗走去。他們穿越
了乾旱的沙漠和大山之後，約在西元前 1500 年到達印度。梵語，現代諸印度－
伊朗語的祖語，被印歐定居者帶到了印度。而在西元前 1000 年，印度方言和伊
朗方言已經有足夠的差別，可以被認爲是不同的語言了。

梵語是印歐語系的「印度－伊朗」語族之「印度－阿利安」語支的其中
一種語言，它與上古語言伊朗語支的古波斯語關係密切，因此梵語可說是印
歐語系最古老的語言之一。和拉丁語一樣，梵語也成爲一種屬於學術和宗教
的專門用語，而現存的梵文字母－天成體字母（Devanagari）則源於古代的婆
羅門字（Brahmi），它能夠完全正確地表示梵語，因此梵文字母曾被喻爲是最
完美的書寫體系。〔註 32〕印度－阿利安語分爲古代、中期和近代三個發展階

〔註 32〕威廉・瓊斯（William Jones 1746～1794）曾任英駐加爾各答法官，熟悉梵語。於

段，廣義的梵語指的是古代的印度－阿利安語全部，在古代的印度阿利安語當中，屬於最古層的是記載婆羅門教的聖典——吠陀的語言，一般稱爲吠陀語（Vedic），而經典《吠陀經》即是用吠陀語寫成的，它的語法和發音均被當作一種宗教儀規而絲毫不差地保存下來。後來在西元前 5～4 世紀左右，由印度文學家巴膩尼（Pāṇini）以當時知識分子的語言爲基礎，寫的一本文法書——八卷書（Aṣtādhyāyi）因而使得古印度文章語標準化。所以一般都將古代的印度阿利安語中由巴膩尼所完成的屬於較新層的語言稱「古典梵語」（Classical Sanskrit）或略稱爲梵語，有別記載吠陀聖典的梵語（吠陀語）。巴膩尼（Pāṇini）所整理的文法體系，經由 Kātyāyana 的增訂及 Patañjali（西元前二世紀）之註解而更加確立。

　　相傳最早的梵語文本是印度教的《梨俱吠陀》（Rig－Veda），地點在旁遮普地區，時間爲公元前 2000 左右。雖然沒有眞正見到這麼早期的書寫資料，但學者們確信文本的口頭傳播是可靠的，它們被認爲是對宗教傳承至關重要的儀式文獻。此外，在《梨俱吠陀》到公元前 5～4 世紀的巴膩尼（Pāṇini）時代期間，梵語的發展還可以通過印度教其他文本，如：《娑摩吠陀》、《夜柔吠陀》、《阿闥婆吠陀》、《梵書》和《奧義書》來觀察。在這段期間內，梵語言的威望與它的神聖用途及其正確發音的必要性，一起形成了一股強大保守力量，阻止它像普通語言一樣地演變。也因此梵語中仍保留了不少的複聲母，經筆者整理如下：〔註33〕

（1）帶流音 r、l 的 CL-複聲母

　　梵語中有帶流音-r-的複聲母，即 Cr-與 Cl-型複聲母。Cr-型複聲母如：bhrajate「它閃耀」、bhratr「兄弟」、prayoktṛ「使用者」、kṛṣiḥ 「農業」、grāvā

1786 年在加爾各答的亞洲協會發表了下面這段著名的言論：「梵語儘管非常古老，構造卻精妙絕倫：比希臘語還完美，比拉丁語還豐富，精緻之處同時勝過此兩者，但在動詞詞根和語法形式上，又跟此兩者無比相似，不可能是巧合的結果。這三種語言太相似了，使任何同時稽考三者的語文學家都不得不相信三者同出一源，出自一種可能已經消逝的語言。基於相似的原因，儘管缺少同樣有力的證據，我們可以推想哥德語和凱爾特語，雖然混入了迥然不同的語彙，也與梵語有著相同的起源；而古波斯語可能也是這一語系的子裔。」

〔註33〕下文中語料皆來自周及徐《漢語印歐語詞彙比較》及釋惠敏、釋齎因編著《梵語初階》（臺北：法鼓文化事業有限公司，1996 年）。

「壓轢石」、graph「抓住」、hrī「慚愧」。Cl-型複聲母如：plu「漂流」、plavayati「（雨水）氾濫」、glā「疲倦」、mlā「枯萎」、kḷp「適宜、照料、能夠」。

（2）帶舌根清塞音 k-的複聲母

梵語中有帶舌根清塞音 k-的複聲母，即 kC-型複聲母。如：ksubh「推」（名詞）。

（3）帶舌尖清擦音 s-的複聲母

梵語中有帶舌尖擦音 s-的複聲母，即 sC-與 sCr-型複聲母。sC-型複聲母如：snušā「媳婦」、snaut「她餵奶」、smerás「微笑的」、sraṣṭṛ「創造者」、´srāddham「祭品」、sthā「站立」、stu「稱讚」、skand「跳躍」、skadhatē「他撕裂」、skutás「覆蓋的」。sCr-型複聲母如：spṛ´s「碰觸」、smṛ「記得」。

由以上的分類，我們大致可以看出梵語的輔音群依起首輔音發音方法的不同可以再細分為兩大類，一類是塞音起首的輔音群，如：CL-型複聲母、舌根清塞音 k 起首的 ks-型複聲母；另一類則是清擦音 s-起首輔音群，也就是 sC-與 sCr-型的複聲母。

三、拉丁語的形成及其輔音群概況

拉丁語（Lingua Latīna）與希臘語可說是影響歐美學術與宗教最深的語言。拉丁語屬於印歐語系義大利語族，源於第伯爾河（Tiber River）畔一個小村莊的當地方言。西元前 1000 年，因為發源於此地的羅馬帝國勢力擴張而將拉丁語廣泛地流傳於帝國境內，此外更把拉丁語帶入義大利半島，甚至將拉丁文定為官方語言。幾個世紀後，隨著羅馬城市興起，拉丁語更成為羅馬帝國的文學標準，可說是完全取代了古義大利語、高盧語、古西班牙語。

基督教普遍流傳於歐洲後，更加深了拉丁語的影響力，它成為歐洲中世紀至 20 世紀初葉的羅馬天主教的公用語，學術上論文大多數也由拉丁語所寫成。截至今日，雖然僅剩梵蒂岡尚使用著拉丁語，但是一些學術的詞彙或文章，例如生物分類法的命名規則等，還是使用拉丁語。

羅馬帝國的奧古斯都皇帝時期使用的文言文稱為「古典拉丁語」（latina classica），而 2～6 世紀民眾所使用的白話文則稱為「通俗拉丁語」（sermo vulgaris）。其中，通俗拉丁文在中世紀又衍生出了「羅曼語族」，包括中部羅曼

語：法語、義大利語、薩丁語、加泰羅尼亞語；西部羅曼語：西班牙語、葡萄牙語；與東部羅曼語：羅馬尼亞語。在拉丁語向羅曼語族諸語言演化的過程中，失去了很多單詞的語法變化詞尾，特別是名詞的變格詞尾，在很多羅曼語中除了一些代詞之外，已經完全喪失，僅名詞變格在羅馬尼亞語中仍然有所保留。從拉丁語的文獻紀錄，我們知道拉丁語有以下幾種複聲母的類型：〔註34〕

（1）帶舌尖擦音 s-的複聲母

即 sC-型與 sCr-型複聲母，sC-型複聲母，例如：spēs「希望」、spīrāre「呼吸（動詞）」、spīritus「出氣、呼吸」（名詞）、spoliate「搶劫」、scūtum「盾牌」、scapula「肩膀」；sCr-型複聲母，如：stringere「拉緊、收縮」。

（2）帶流音 r、l 的 CL-複聲母

即 Cr-型與 Cl-型複聲母。Cr-型複聲母如：brachium「手臂（單數）」、prōcedere「前進」、graue「重的」、grāmen「草」、crux「屋架」；Cl-型複聲母如：flagra「火焰」、planca「木板」、plānus「平的、水平的」、plānāre「弄平」、pluere「下雨」、flāre「吹」、flāuus「黃色的」、fluere「流動」、pluit「下雨」、plūr「更多地」、clangere「鏗鏘聲」、classis「召喚、命令」（名詞）、classici「古典作品」、glaber「光滑的」。

由以上的分類，我們大致可以看出梵語的輔音群依起首輔音發音方法的不同可以再細分為兩大類，一類是塞音起首的輔音群，如：CL-型複聲母；另一類則是清擦音 s-起首輔音群，也就是 sC-與 sCr-型的複聲母。

四、印歐語系複聲母之共性與殊性

由本章中關於希臘語、梵語、拉丁語、原始印歐語關於複聲母的討論，接著我們將這四個不同語言內部之複聲母系統與結構的異同作一比較。

（一）清擦音 s-開頭的輔音群

希臘語、梵語、拉丁語、原始印歐語皆有 s-加塞音、鼻流音的複輔音聲母即 sC-型、sCL-型輔音群。我們發現舌尖清擦音 s-幾乎可與除了擦音之外的所有輔音結合，而這與擦音 s 的發音機制有密不可分的關係。當我們發 s 音時，舌尖或者舌葉抵住上齒齦顫動，這兩個器官彼此靠攏，形成狹窄的通道，

〔註34〕下文中語料皆來自周及徐《漢語印歐語詞彙比較》。

氣流通過時造成湍流發生摩擦，發出聲音。換言之，清塞音 s 發音的過程中只有成阻與持阻的步驟而沒有除阻的步驟（也可以說既是持阻又是除阻），因此當後面接除了擦音之外的輔音，發音器官只需要再做一次除阻的步驟就可以發聲，相形之下比發兩個都得經過「成阻→持阻→除阻」步驟才發得出來的輔音輕鬆許多，故清擦音 s-可與除了擦音之外的任何輔音組成複聲母。反過來，如果是兩個擦音的組合，很會容易就被聽成兩個音節，如：h+sa→həsa，或是氣流同化為一種，例如：h+sa→sa；當然它也可能異化為單輔音，例如：s+ha→s'a，這也是為何清擦音 s-不與擦音結合成為複聲母的原因。

（二）塞音開頭的輔音群

1、塞音加流音之 CL-型複聲母

希臘語、梵語、拉丁語、原始印歐語皆有帶流音 r、l 的 CL-型複輔音聲母。在印歐語中，雙唇音、舌根音可與流音 r、l 組成 CL-型複輔音聲母。不過，舌尖塞音 t 與 d 只能跟流音 r 組成 Tr-型複聲母，卻不能和流音-l-組成 Tl-型複聲母。這是什麼原因呢？筆者由以下幾點說明：

第一，由人類一口原則的「發音機制」來看，t、d 與-l-皆屬於舌尖音，發 tl-或 dl-這類複輔音時，若發音舌頭的動作不夠迅速，會容易使輔音叢聽起來變成兩個音節，那麼就很可能得使發音器官－舌尖，在短時間內重複動作兩次而感到疲憊。第二，當舌頭發完 t 或 d 後接著發舌尖流音 l 時，我們從發流音 l 時氣流在口腔內完全受阻情況來看，流音 l 的發音性質頗似前面所接之舌尖塞輔音，我們如果從這個角度思考便會發現，發複聲母 tl-與 dl-實際上是類似發兩個由舌尖塞音組成的輔音叢。另外，從發音時「舌體高低」（tongue-body hierarchy）的七個層級看來，t／d 與 l 分別屬於第四級與第三級，換言之發音時 t／d 與 l 舌體高低成度相當接近，加上 t／d 與 l 三個輔音又都是舌尖音，同質性頗高，輔音間因「異化作用」而互斥。

或許有人感到疑惑：為何 t、d 後不能接-l-卻能接-r-，同樣在「異化作用」的前題之下，為什麼 t 與 d 卻能夠和同是舌尖音的 r 結合？原因就在於 r、l 發音部位些微的差異。流音 r 在發音的過程中，是以舌尖抵住齒齦脊很快地震動後而發音的。依區別性特徵而言，發 r 時氣流能「連續」自口腔流出。簡而言之流音 r 的發音性質其實是與「擦音」非常相似的，是氣流通過舌尖與硬顎

形成的狹窄通道時，所造成的湍流發生摩擦而發聲，與舌尖塞音 t 的發音方法不同。另外，r 還帶有捲舌的成分，屬於「舌尖後」音，發音部位與 t、d、l 等舌尖音略有不同，因此在「異化作用」的影響之下，t、d 不與同是舌尖音-l-結合爲複輔音聲母 tl-、dl-，但卻能夠和舌尖後音的-r-結合成複聲母 tr-與 dr-。而這也是爲什麼在原始印歐語中我們看不到 tl-、dl-型的複輔音聲母的緣故。

2、舌根塞音加舌尖鼻音與擦音之 Kn-型、ks-型複聲母

在本文所觀察之希臘語與英語等印歐語言中，我們可以看到舌根塞音 k、g-起首的 kn-、gn-型複聲母，kn-型複聲母如古英語的 knight、德語 knie。而 gn-型複聲母例如：希臘語 gnōmōn「智者」、gnōme「有智慧的妙語」，古英語 gnagan「咬、啃」，古北歐語 gnana「咬」，低德語 gnatte「（咬人的）小蟲」。距今幾百年前的 18 世紀早期，英語丟了詞首 n 前面的 k：結果是音位系統中起了變化，使得 knot「結子」和 not，knight「武士」和 night「夜」，gnash「咬牙」和 Nash「人名」變成同音詞。除此之外還發生了[n]和[kn]的交替，如：「know：knowledge：acknowledge」。

在舌根塞音 K 起首的複聲母，後面能與舌尖鼻音結合成複聲母，即舌根塞音 k、g-起首的 kn-、gn-型複聲母。然而，爲什麼在原始印歐語與希臘語中我們可以看到舌根塞音 k、g-起首的 Kn-型複聲母而看不到 Km-型複聲母輔音群呢？首先，我們知道在「異化作用」影響之下 Kn-型複聲母中，舌根塞冠音後只接「不同」發音部位的輔音。除了從輔音的發音機制來看，我們還可以從音節角度著眼觀察 Kn-型複聲母。由於音節響度由聲母、主要元音至韻尾呈現「低－高－低」的曲線分布，音響度衡提示我們語音響度爲「元音＞介音＞流音＞鼻音＞輔音」。〔註35〕Kn-複聲母起首爲舌根塞輔音，根據上述音節化原則，K 後面只能接響度大於舌根塞輔音的非元音音素才能組成複聲母，然而這個音又不能是流音（否則就成了 KL-型複聲母），因此鼻音是不二的人選，這也就是 Kn-型複聲母何以可能的原因之一。

接著，我們應解釋的是：舌根音後可選擇的鼻音有雙唇鼻音與舌尖鼻音兩個，爲什麼複聲母 Kn-可能而 Km-卻不可能？筆者認爲這與唇鼻音的發音機制有關。眾所皆知，雙唇鼻音的發音舌體平放，並無協調動作牽連其中。換言之

〔註35〕《生成音系學理論及其應用》第二版，頁95。

發唇音時舌體是靜止狀態的，這種靜止狀態使它傾向於「一次動作」而不利於前後來回的「連鎖動作」。換句話說舌尖發音舌體處於活動狀態，在發完聲母後接元音的調度上比唇音更方便，而這也是原始印歐語中有 Kn-型複聲母而無 Km-型複聲母的原因之二。

不過比複聲母 kn-，複聲母 gn-較廣泛地在英語裡維持不變，造成兩者間有如此不同演變的關鍵在於舌根清塞音 k 和舌根濁塞音 g 發音時「氣流上升速度」。濁音靠聲帶顫動與肺部呼出之氣流在聲門造成的壓差而發聲，同時發濁音時氣流上升速度慢，一般說來發清輔音時氣流上升速度較濁輔音快。複聲母 kn-由一個舌根清塞音 k 與帶濁音成份之舌尖鼻 n 音所構成，這兩個輔音在發音時氣流上升速度並不一致，前者快而後者慢。由於發音時氣流速度的不一致，造成輔音叢 kn-彼此間的結合較不穩定。反觀複聲母 gn-，g 與 n 兩者皆是屬濁音性質，發聲時氣流上升速度一致，輔音叢 gn-間結合情況亦較 kn-穩定。有基於此，現代英語中，複聲母 gn-才能較廣泛地維持不變，而複聲母 kn-則大多消失了。

此外，我們在古希臘語及梵語中還可以看到複聲母 ks-，例如：梵語 ksubh「推」（名詞）。從 kn-、ks-與 gn-三類複聲母來看，我們似乎可以推測輔音叢中起首的舌根塞音很可能是原始印歐語中某個前綴的殘留，而這個塞音的前綴從音理上推論很可能就是濁塞音 g-。換言之原始印歐語除了《漢語印歐語詞彙比較》書中所提出的 CL-型複聲母與清擦音 s-起首的複聲母外，應該還具有舌根塞音起首的複聲母 kn-、ks-、gn-等，而這個塞音的前身很可能是濁塞音 g-前綴，後來在清化作用（gn＞kn）與同化作用（gs->ks-）之下變成了 k-。不過由於目前所收集到的資料並不十分充足，還需要更多的語料來證實這個推論。

3、雙唇塞音 p 起首之 pC-型複聲母

pC-型複聲母僅見於前文中的希臘語，有 pn-與 ps-兩類，例如：psūkhein「呼吸」、psūkhe「心智」、psȳchicus「生育」、pneuma「空氣、風」、pthongos「風」，這類複聲母是希臘語與梵語、拉丁語較為不同之處。然而 ps-型複聲母實際上屬於單聲母系統中的「塞擦音」並非複聲母。至於 pneuma「空氣、風」中的輔音群 pn-由於目前的收集到的語料並不十分充足，故此對於 pn-型複聲母我們就不多作討論了。

第三節　輔音的搭配方式與限制

在上一節當中，我們觀察並比較了原始印歐語、希臘語、梵語、拉丁語的複聲母，並且發現舌尖清擦音 s-幾乎能與所有的輔音組成合複聲母，而舌根濁塞 g-後卻只能跟舌尖鼻音 n 或清擦音 s 組成複聲母，這究竟是什麼緣故呢？因此在本節中，我們將針對輔音搭配的方式與限制提出看法，對於某些輔音只與特定輔音結合的情形提出合理的解釋與說法。

一、輔音叢長度越長，限制就越嚴格

由本章第一節至第四節關於希臘語、梵語、拉丁語、原始印歐語的單聲母與複聲母的觀察，我們可以發現單聲母總是多於複聲母的。而在複聲母中，二合複聲母數量與種類總是多於三合複聲母，如二合複聲母有 bl-、pl、gl、kl-、kn-、ks-、gn、ps-、sl-、sp-、sb-、st-、sd-、sdh-、sk-、sg-、sgh-等類型，而三合複聲母僅有 sCL-、sCr 二類。此外，我們知道在印歐語系當中，輔音叢長度最長就是三合的複輔音了。

一般而言，不同輔音的發音性質各有特色，因此使得某些輔音適合連接，而某些輔音不適合連接。例如：流音 r、l 往往出現作第二個成分，前面可以很自然的接上一個塞音、鼻音、擦音或塞擦音，例如在原始印歐語、希臘語、梵語、拉丁語中我們都可以見到 CL-型的複聲母，不僅如此它們的量亦很可觀。反觀塞擦音就很少和另一個塞擦音接合，同部位的塞擦音和擦音也很少結合。因此我們不能隨意把兩個或兩個以上的中古聲母拼合起來，就說那是複聲母，還得考慮這幾個輔音是否有結合的可能性，以及它的先後位置如何。又如果是三個輔音的結合，那麼它的限制就更大了。如英語三個輔音的複聲母只允許有一種狀況：第一個音素必須是 s-，第二個音素是塞音，第三個音素在響度原則影響之下也只能是流音。因此，對於三合複輔音的擬定就應當更為慎重，又鑒於此，我們也可以知道輔音叢長度越長，限制也越嚴格，在嚴格的條件限制之下，當然數量也就越稀少了。

二、異化作用

兩個音互相排斥的現象叫作「異化作用」（dissimilation），這意味著輔音叢中相鄰的兩個輔音的發音部位與發音方法不能相同或相近，否則會因為發

音相同或相近而相互排斥。例如：舌根音 g 後不與舌根音（k、g、gh）搭配，舌尖音 d 不出現在舌尖音（d、t、n、s）之前組成複聲母，雙唇音 b 也不出現在雙唇音（b、p、m）之前，舌尖音 T 不與流尖流音 l 構成 tl- 與 dl- 複聲母等等。

但為什麼輔音相鄰的兩個輔音發音部位與發音方法不能相同或相近，就相互排斥呢？我們知道複聲母是一個詞位（morpheme）中的兩個或三個連續的聲母音位（phonemes），其中任何一個音位都不能取消，否則就是另一個截然不同的字。因此當我們發複聲母時，輔音叢中的每一個輔音彼此都不能間隔太長，否則聽起來就會像兩個（或以上）的音節，這對於發音器官來說，在短時間內必須發出好幾個不同發音方法的輔音，的確是一項沉重的負擔。因此複聲母輔音結合必須得在異化作用的前提之下，否則無法結合成複聲母。

三、同化作用

所謂「同化作用」（assimilation）是指兩個音互相影響而變得一致。輔音叢中相鄰的輔音因「同化作用」而發生變化，是很尋常的。發一個音位的器官位置稍微改變，使其更接近另一個音位的部位，因此也就減少了可能具有區別性的語音特點，所以是「簡化」的一種，目的是為了「省力」。較常見的是「逆向同化」，即前面音位受後面音位的影響，輔音的濁化或清化往往隨著後面的輔音性質而變為一致，例如：原始印歐語中 s- 使其後的濁輔音 bh、d、dh、g、gh 清化，變成 sp-、st-、sk- 等等。除此，同化作用還可以影響軟顎、舌頭、或嘴唇的動作，假使前後輔音還保持著差異，那麼我們可說這個同化只是「部分」的；如前拉丁語 pn 同化為 mn，前拉丁語的 p 被後面所有的舌尖鼻音 n 同化鼻音 m，從口音轉變為鼻音；倘若輔音間因同化作用而使得差異完全消失，變成一個專輔音，這時我們則稱這個同化作用是「全部」的，例如拉丁語 octō「八」＞義大利語 otto，拉丁語中 t 把前面的 c 同化成了 t；拉丁語 ruptum「打破了的」＞義大利語 rotto，拉丁語中的雙唇塞音 p 被後面的舌尖塞音 t 同化成 t。

值得注意的是，我們認為輔音叢中的同化作用發生在異化作用後。意指輔音群在「異化作用」的前提下結合成複聲母後，複聲母中的輔音因為彼此間的相互影響才變得一致。

四、複輔音系統以單輔音系統爲基礎

一般說來，一套音位總成一個簡單整齊的系統，單聲母系統如此，複聲母系統當然也不例外。一個語言的單聲母系統有多少個音位，按「音理」說來，就可能會有多少個單聲母所構成的複聲母。例如：在原始印歐語中有單聲母 s、b、bh、t、d、dh、l、k 等音，按照音理則應有 sb、sbh-、st-、sd、sdh、sl-、sk- 等複聲母；而古漢語有單聲母 s、b、t、th、d、l、k、kh 等音，依理應有 sb-、st、sth-、sd-、sl、sk-、skh- 等複聲母；由於原始印歐語無 ts、tsh、dz 等舌尖塞擦音，因此在原始印歐語中沒有 TsL-型的複聲母（即舌尖塞擦音加流音），同時也不存在 s-加舌加塞擦音如 sTs-類型的複聲母。當然，若由語音的層面來看，TsL-型複聲母，輔音叢組成爲：舌尖塞音＋舌尖清擦音 s＋舌尖流音 r／l，從這樣的組合可以看出組成輔音叢的三個輔音皆屬於舌尖音性質，基於「異化作用」的前提下，我們在原始印歐語看不到 TsL-型的複聲母；又如原始印歐語與上古漢語單聲母系統皆有清、濁對立；不過，不同的是原始印歐語濁塞音有送氣與不送氣之對立，而上古漢濁塞音則無送氣與否之對立。因此在原始印歐語中我們可以看到 sgh、sbh 等清擦音 s 加上送氣濁塞音的複聲母類型，而在上古漢語裡頭我們卻找不到 sdh、sbh 等 s 加上等送氣濁塞音類型的輔音叢。又如根據前文中已多次提及西元前五世紀古希臘阿提卡方言的輔音系統：

表9 古希臘語輔音系統〔註36〕

舌根音	k	g	kh			
唇音	p	b	ph	m		
舌尖音	t	d	th	n	l	r
噝音					s	
塞擦音	dz	ks	ps			

上表中的希臘語中雖然有一個單獨的 dz，但卻不成系統。從它與 ps（即雙唇音＋s）、ks（即舌根音＋s）相配的關係來看，dz 似乎更像是濁化了的輔音組合 ts（即舌尖音＋s），而就這樣的性質看來輔音群 dz-、ks-、ps- 應該屬於單輔音系統的塞擦而非複聲母。

〔註36〕根據《中國大百科全書》「希臘語」條，爲西元前 5 世紀古希臘阿提卡方言的發音。不過書中將 dz、ks、ps 等聲母歸爲「雙輔音」，而本文則將其列入「塞擦音」範疇。

由此可知，複輔音系統應以單輔音系統為基礎，而正因為複輔音系統以單輔音系統為基礎，當我們在擬構複聲母時，應當同時顧及該語言單輔音之音位系統與特性，才不會顧此失彼，構擬出一個單、複輔音聲母相互矛盾的奇怪語言。

五、s可與唇音P、舌尖音T、舌根音K、鼻音等輔音組成複聲母

前文已提及舌尖清擦音 s-幾乎可與除了擦音之外的所有輔音結合，如：梵語 snušā「媳婦」，古北歐語 stik「刺」、strange「強壯的」、steypa「浸、漬」、skūfa「推開」、skūr「陣雨」、skȳ「天空」、snara「套索」、snappa「抓住」、skjarr「害羞的」，希臘語 skiá「陰影」，拉丁語 spīro「我呼吸」、stringere「拉緊、收縮」，立陶宛語 smaugti「悶熄」、skùbti「催促」，哥特語 skūra「大風」、skeirs「明亮的」、skrapa「崖岸」、smals「小的」。

從發音方法與部位來看，s 屬於舌尖清擦音。發輔音 s 時，舌尖或者舌葉抵住上齒齦顫動，這兩個器官彼此靠攏，形成狹窄的通道，氣流通過時造成湍流發生摩擦，發出聲音。換言之，清擦音 s 發音的過程中只有成阻與持阻的步驟而沒有除阻的步驟（也可以說既是持阻又是除阻），因此當後面接除了擦音之外的輔音，發音器官只需要再做一次除阻的步驟就可以發聲，相形之下比發兩個都得經過「成阻→持阻→除阻」步驟才發得出來的輔音輕鬆許多，故清擦音 s-可與除了擦音之外的任何輔音組成複聲母。反過來，如果是兩個擦音的組合，很會容易就被聽成兩個音節，如：h+sa→həsa，或是氣流同化為一種，例如：h+sa→sa；當然它也可能異化為單輔音，例如：s+ha→s'a，這也是為何清擦音 s-不與擦音結合成為複聲母的原因。

舉例來說，當我們發 pl-這樣的複聲母時，當發音器官開始發雙唇塞音 p 時，這時的發音器官嘴唇會有「成阻→持阻→除阻」三個動作，等到這三個動作都完成之後，才算是把雙唇塞音 p 完整地發出來。緊接著第二步才是發流音 l，同樣地，發音器官舌頭必須再一次經過「成阻→持阻→除阻」三個步驟之後，才能順利地把流音 l 發出來。如此一來，當我們發 pl-這樣的複聲母時，發音器官（嘴唇與舌頭）一共歷經了兩次的「成阻→持阻→除阻」。

相反地，當我們發 s 開頭的複聲母時，首先發音器官（舌頭）只需經歷「成阻→持阻」兩個步驟就可以發出清擦音 s。接著發第二個輔音時，發音器官也

只需持續上一步驟的「持阻」之後再「成阻」，也就是說發音器官此時只需要「成阻→持阻→除阻」一次就能夠發兩個音。這麼一來，當發音器官發 s 起首的複聲母時，明顯地比發複聲母 pl- 來得輕鬆許多，這也就是為什麼前綴 s- 可以跟任何除了擦音之外的輔音結合成為複聲母的緣故。

六、塞音可與流音 r、l 組成 CL-型複聲母

流音 -r-、-l- 前可加唇音 P、舌尖音 T（舌尖音僅與 -r- 結合成複聲母）、舌根音 K 構成複聲母。

在本文所觀察的印歐語中，TL-型複聲母（舌尖音＋流音）卻在 tl- 與 dl- 的位置上留下了空缺，與 t、d、l 三個輔音的發音性質有關。因為 t-、d- 與 -l- 都是舌尖音，當發 tl- 與 dl- 時，身為發音器官的「舌尖」得在短時間內重複動作兩次，而這時候如果舌尖的動作無法迅速完成，就可能使複聲母聽起來變成兩個獨立的音節。因此在「異化作用」的影響之下，造成 t、d 不與流音 -l- 結合為複輔音聲母，所以原始印歐語中我們也就看不到 tl-、dl-類型的複輔音聲母了。

不過，在「異化作用」的條件下，t 與 d 卻能夠和同是舌尖音的 r 結合而不與 l 結合的原因則與 r、l「發音部位」與「發音時舌體動作」有關。上文中我們已解釋過 r 是以舌尖抵住上齒齦，透過顫動靠近齒齦的舌頭而發音的輔音，r 可說是一種是中央輔音，屬舌尖後音，發音時氣發音器官成阻、除阻並不明顯，導致時氣流能連續流出口中，我們甚至可以說發 r 音時發音器官是較不費力的，發音性方法似擦音，與前面的舌尖塞音性質較不相同；而發流音 l 時，則是舌尖抵住上齒齦脊，氣流在口腔內可謂完全受阻，發音方法近似塞音，與前面的舌尖塞音發音方法類似。

此外，r 為捲舌音，屬於「舌尖後」音，發音時舌體成「央凹」狀態，它的發音部位與「舌尖音」l 略有不同。除此，發 l 時舌體還必須「升高」頂住齒齦，因此發 l 時舌頭動作幅度相較 r 大，加上此時舌頭動作若不夠迅速，便會使輔音叢 tl-、dl- 聽起來變成兩個音節，如此更是造成發音器官－舌尖在短時間內得「重複」且「快速」動作兩次而疲勞的主因。再者，就發音時「舌體高低」（tongue-body hierarchy）的七個層級看來，t／d 與 l 分別屬於第四級與第三級，換言之發音時 t／d 與 l 舌體高低成度相當接近，加上 t／d 與 l 三

個輔音又都是舌尖音，因同質性頗高而排斥不相結合。是故在「異化作用」的影響之下，t、d 不與同是舌尖音且發音方法類似的-l-結合為複輔音聲母 tl-、dl-，但卻能與「舌尖後音」發音方法近似擦音的-r-結合成複聲母 tr-與 dr-。綜合上述原因，在原始印歐語中我們看不到 tl-、dl-型的複輔音聲母。

七、「響度原則」影響三合複輔音中的流音

在本章所觀察的印歐語言裡，三合複輔音聲母中輔音組成的順序則為「s＋塞音＋流音」，輔音叢最後一個音素一律是 r 或 l。人們發現，音節結構以及音節化（syllabification）過程，與語音的音響度有直接關係。一個音節中，音響度是「低－高－低」這麼一個形狀；換句話說，起首音響低，主要音核（即主要元音）音響高，韻尾音響低，這亦是音節的最主要規範條件，也就是音節的響度必須是先升後降。若我們以主要元音為分界線，將音節分成兩部分，前半部份的音響度上升，而後半部分音響度下降。根據「音響度衡」（sonority scale），語音響度順序為「元音＞介音＞流音＞鼻音＞輔音」，可知元音響度大於介音，介音響度大於流音，流音響度又大於鼻音，而輔音響度最小。而三合複聲母位於音節中前半部分，響度又必須由音節起首的聲母向主要元音漸次升高，因此在這樣的條件限制之下，輔音叢中的最後一個音素就必需是一個響度僅次於元音的輔音，而流音 r、l 自然是不二的選擇，於是乎在三合複輔音中輔音叢中最後一個音素只能是流音 r 或 l，而不能是其他的輔音。

八、舌根塞音 k、g 可與舌尖鼻音 n-型複聲母

印歐語中的希臘語與英語等語言中可以看到舌根塞音 k、g-起首的 kn-、gn-型複聲母，如古英語的 knight、德語 knie；而 gn-型複聲母例如：希臘語 gnōmōn「智者」、gnōme「有智慧的妙語」，古英語 gnagan「咬、啃」，古北歐語 gnana「咬」，低德語 gnatte「（咬人的）小蟲」。首先，我們想問問：為什麼舌根塞音 K 能與舌尖鼻音 n-構成 Kn-型複聲母？

當然，我們除了從輔音的發音部位和方法來看，還可以從「音節角度」著眼觀察 Kn-型複聲母。由於音節響度由聲母、主要元音至韻尾呈現「低－高－低」的曲線分布，音響度衡提示我們語音響度為「元音＞介音＞流音＞鼻音＞

輔音〔註37〕」。Kn-複聲母起首為舌根塞輔音，根據上述「響度原則」，舌根音 K 後面只能接響度大於舌根塞輔音的非元音音素才能組成複聲母，然而這個音又不能是流音（否則即成了 KL-型複聲母），因此鼻音與擦音是不二的人選，這也就是 Kn-型複聲母與輔音群 ks-何以可能的原因之一。

接著，我們要解釋的是：舌根音 K 後可選擇的鼻音有雙唇鼻音與舌尖鼻音兩個，為什麼複聲母 Kn-可能而 Km-卻不可能？筆者認為這與唇鼻音的發音機制有關。眾所皆知，雙唇鼻音的發音舌體平放，並無協調動作牽連其中。換言之發唇音時舌體是靜止狀態的，這種靜止狀態使它傾向於「一次動作」而不利於前後來回的「連鎖動作」。換句話說舌尖發音舌體處於活動狀態，在完聲母後接元音的調度上比唇音更方便，而這也是何以 Kn-型複聲母存在而 Km-型複聲母而這就是 Kn-型複聲母何以可能的原因之二。

後來在 18 世紀早期，英語丟了詞首 n 前面的 k：使得音位系統起了變化，因而 knot「結子」和 not，knight「武士」和 night「夜」，gnash「咬牙」和 Nash「人名」變成了同音詞。不過比起複聲母 kn-，複聲母 gn-較廣泛地在英語裡維持不變，造成兩者間有如此不同演變的關鍵在於舌根清塞音 k 和舌根濁塞音 g 發音時「氣流上升速度」。

濁音靠聲帶顫動與肺部呼出之氣流在聲門造成的壓差而發聲，同時發濁音時氣流上升速度慢，一般說來發清輔音時氣流上升速度較濁輔音快。複聲母 kn-由一個舌根清塞音 k 與帶濁音成份之舌尖鼻 n 音所構成，這兩個輔音在發音時氣流上升速度並不一致，前者快而後者慢。由於發音時氣流速度的不一致，造成輔音叢 kn-彼此間的結合較不穩定，反觀複聲母 gn-，g 與 n 兩者皆是屬濁音性質，發聲時氣流上升速度一致，輔音叢 gn-間結合情況亦較 kn-穩定。有基於此，現代英語中，複聲母 gn-才能較廣泛地維持不變，而複聲母 kn-則大多傾向消失。

〔註37〕輔音中，響度由強到弱等級劃分為：流音＞鼻音＞濁擦音＞清擦音＞濁塞擦音＞清塞擦音＞濁塞音＞清塞音。

第三章　漢藏語系之複聲母系統

　　在漢語的歷史上曾經存在複聲母，這個觀念首先被英國漢學家艾約瑟提出，由瑞典漢學家高本漢加以闡發。在中國最早倡導此說的則是林語堂〈古有複輔音說〉﹝註1﹞。上古漢語擁有複聲母的說法，至今已有一百多年了，多成為音韻學界的共識。

　　所謂「複聲母」是「複輔音聲母的簡稱」，也就是聲母具有兩個或兩個以上輔音，構成一個以輔音群開頭的音節。﹝註2﹞世界上不少語言是有複聲母的，如英語、梵語、希臘語、拉丁語……等，中國的一些少數民族語言中也有複聲母，尤其是和漢語同屬漢藏語系的一些親屬語言中更有不少複聲母存在，如：藏緬語、苗瑤語、侗台語等。﹝註3﹞

　　本章中，筆者從觀察漢語之親屬語，如：藏緬語、苗瑤語、侗台語中的複聲母類型與結合出發，藉由上述親屬語言裡普遍存在的複聲母中歸納出輔音群結合的規律，我們將藉由「語言的普遍性」以及人類發音的「一口原則」特點，

﹝註1﹞ 林語堂〈古有複輔音說〉，《語言學論叢》（臺北：民文出版社，1982年2月，臺二版）。

﹝註2﹞ 竺師家寧《聲韻學》（臺北：五南圖書出版股份有限公司，2002年10月），頁599。

﹝註3﹞ 關於苗瑤語族與侗台語族應歸入漢藏語系或華澳語系或者其他語系，目前在學界尚有爭議，為方便行文，筆者在此採取傳統看法，暫且將苗瑤語族與侗台語族納入漢藏語系之範疇。

從藏緬語、苗瑤語、侗台語等親屬語，試圖找出其原始複聲母類型，並透過時空投影法的比對，釐清層次區別與音變規律，重建原始音類，設法替這些原始音類的複聲母類型從漢語內部材料裡找到證明，若此即可爲上古漢語建立此一類型的複輔音聲母形式。

第一節　藏緬語現存之複聲母及其類型

一、藏語複輔音的性質特點及其結構形式

　　複輔音是藏語語音的一個重要特點，歷史上藏語有豐富和複雜的複輔音。隨著語言的發展和變化，複輔音已經逐漸簡化和消失，現代藏語方言中所保留的複輔音同藏語書面語（藏文）〔註4〕中的複輔音比較起來，顯然已經簡單的多了。大陸境內的三大藏語方言，以安多方言和康方言還保留豐富的複輔音，特別是安多方言；康方言的複輔音通常是鼻冠音，至於衛藏方言，只有少數保留，大部分都已變成單聲母。以下對藏語複輔音聲母的性質、特點，及其在方言中的分布情況和發展趨勢作一個簡單的介紹。

（一）藏語複輔音的性質特點及其結構形式

　　藏語中的複輔音，是指一個音節中兩個或者兩個以上輔音的結合〔註5〕，

〔註4〕相傳藏文創造於七世紀，「藏文」一詞寫作「bod-yig」，意爲「藏族的文字」。藏文作爲藏族人民的書面交際工具，歷史之悠久在國內僅次於漢文。它是一種拼音文字，屬輔音文字型，分輔音字母、元音符號和標點符號3個部分。其中有30個輔音字母，4個元音符號，以及5個反寫字母（用以拼外來語）。關於藏文的創制，許多藏文史籍均把它歸功於吐蕃王朝的大臣吐彌桑布紮。據載：吐蕃贊普鬆贊幹布派大臣吐彌桑布紮等16人赴天竺（印度）求學、拜師。返藏後，仿梵文「蘭紮體」，結合藏文聲韻，創制藏文正楷字體，又根據「烏爾都體」創制藏文草書。但這一傳統觀點已受到許多學者的懷疑。他們以爲創造藏文的並不是被人們一再頌揚的吐彌桑布紮，而可能在吐蕃（鬆贊幹布時代）之前就有古代文字，是用來記錄原始宗教經典的。甚至有的學者傾向於認爲「藏文是依據象雄文創制的」。無論吐彌桑布紮以前有無藏文，至少這位傑出人物對藏文進行了改造，或進行了另外的創造，其貢獻同樣是巨大的。

〔註5〕本文所討論的二合複輔音不包含 ts、tʂ、tɕ這類由兩個音素組成的塞擦音，這些音在現代藏語中我們看作單輔音。

如：ɣk、md-、gr-、sl-、zbj-（＜sbj-）、mpr-（＜spr-）〔註6〕……等。兩個或兩個以上的輔音結合成複輔音時，音素的限定關係是比較整齊和嚴格的：哪些音可以和哪些音結合，都有一定的規律。本文所討論的複輔音只出現在音節的「起首」，只能作「聲母」，實際上就是藏語的複輔音聲母。在歷史上複輔音主要是作聲母，但也有一小部分可以作為輔音韻尾出現在韻母中，這種現象在現代藏語中已完全消失。複雜的複輔音系統是古藏語區別於現代藏語的一個重要特徵。從文字紀錄看，能作聲母的有二合、三合、四合複輔音，各有一套組合規範。

　　二合複輔音就其不同的「結構」方式，又可分為兩類：A類：是塞音、擦音、顫音、邊音、鼻音、半母音同塞音、擦音、顫音、邊音、鼻音、半元音構成的，如 rk-、lŋ-、mkh-等。B類：是塞音、擦音、顫音同顫音、邊音、半元音結合構構的，如 pr-、sl-等。〔註7〕

　　從「發音」上來看，A類前面的音素比後面的音素讀得輕而短，「後面」的音素是主體，前面的音素具有「附屬」的性質。B類前後兩個音素發音強度和長短相仿，沒有明顯的強弱和長短的差別。從結合的音素出現的情形來看，A類的前一音素和B類的後一音素都有一定的限制，數量也比較少，除A類的前一音素有個別塞音外，它們大多是一種「持續音」（續音）〔註8〕；而A類的後一音素和B類的前一音素出現的情形比較自由，數量也比較多，幾乎各種性質的輔音都有。為便於討論我們把A類的前一音素稱為「前置輔音」，把B類的後一音素稱為「後置輔音」，把A類的後一音素和B類的前一音素統稱為「基本輔音」。〔註9〕現代藏語中主要是A類二合複輔音，B類二合複輔音同三合複輔音一樣，大多數已經消失，只在個別地方還保留一部分。

　　三合複輔音是基本輔音、前置輔音和後置輔音結合構成的。三合複輔音和B類二合複輔音不僅數量少，出現頻率小，而且三合複輔音常常自由變讀為二

〔註6〕馬學良主編《漢藏語概論》（北京：民族出版社，2003年10月第2版），頁169。

〔註7〕瞿靄堂《漢藏語研究的理論和方法》（北京：中國藏學出版社，2000年7第1版），頁436。

〔註8〕這裡所謂的持續音是指發音時氣流通到不完全閉塞而可以延續發音的輔音，如：擦音、顫音、邊音、鼻音、半元音等。也有人稱之為「通音」。

〔註9〕瞿靄堂《漢藏語研究的理論和方法》，頁438。

合複輔音，B 類二合複輔音常常自由變讀爲單輔音，所以它們都是藏語語音歷史演變過程中的一種殘餘現象。下文依照《漢藏語概論》〔註 10〕中的分類框架爲主，整理如下。

1、A 類二合複輔音

這種複輔音聲母爲前置輔音＋基本輔音所構成，前綴音分三組：（a）塞音前綴 b-，d-，g-；（b）續音（通音）前綴 r-，l-，s-；（c）鼻音前綴 m-，n-。構成 bC-、dC-、gC-、rC-、lC-、sC-、mC-、nC-八種形式的複聲母。

這類複輔音的結合形式，少的地方有 7 種，多的地方有 100 種左右。例如：btab「播種」、bgod「分」、bkal「馱運」、bsam「想」、bzaŋ「良」、btɕu「十」、bɕad「說」、bdun「七」、bʑi「四」； dpon「官」、dkar、「白」、dbu「首（敬語）」、dgu「九」、dmar「紅」、dŋul「銀」；gtam「話」、gtɕig「一」、gdan「墊」、gȵis「二」、gtsaŋ「藏（布）」、gɕog「翼」、gnam「天」、gʑu「弓」、gzig「豹」、gsum「三」；rta「馬」、rbab tɕhu「瀑布」、rdzogs「盡」、rdʑes「後」、rdo「石」、rkaŋ「足」、rna「耳」、rȵi「網」、rtse「尖」、rŋa mo「駱駝」、rgas「衰老」、rma「傷」；lpags「皮」、lgaŋ「膀胱」、lba ba「頸瘤」、ltɕe「舌」、lta「看」、ldʑid「重」、ldag「舐」、lŋa「五」、lkog「暗地」；spu-「毛髮」、stsol「賜」、sbal ba「蛙」、sman「藥」、stoŋ「千」、sna「鼻」、sdod「坐」、sȵiŋ「心」、skad「話」、sga「鞍」、sŋa「早」；mtho「高」、mtsho「湖」、mnar「迫害」、mgo「頭」；nbu「蟲」、nphur「飛」、ndod「欲」、nkhor「轉」……等。

2、B 類二合複輔音

後置輔音只有四個，兩個半母音 w、j，兩個流音 r、l，構成 Cr-、Cl-兩種形式的複輔音聲母〔註 11〕，例如：krad「弓弦」、phra「細」、khra「鷂」、brag「崖」、pra「預兆」、s-mra「說」、gar「芒」、mal tro「墨竹（地名）」、sra「堅」、drug「六」；hril「整體」、klad pa「腦」、rluŋ「風」、glaŋ「公黃牛」、sla「編」、

〔註10〕 馬學良主編《漢藏語概論》，頁 109～129。

〔註11〕 《漢藏語概論》頁 115～116 中將基本輔音與後置輔音中 r、l、w、j 構成 Cr、Cl、Cw、Cj 四種類型之複輔音聲母。然而一般帶有後置輔音 w、j 的複輔音，通常看作唇化與顎化的輔音而不算作複輔音聲母，筆者在此亦取此種看法，故不將 Cw、Cj 歸於複輔音聲母之列。

blon「臣」、 zla「月」。其中，Cr-複聲母在現代藏語各方言中大部分變作捲舌音或舌面音〔註12〕，如下表1：

表10　Cr-複聲母在現代藏語各方言對照表

藏文	拉薩	巴塘	夏河
gro「麥」	tʂho[13]	tʂo[213]	tɕo
groŋ tsho「村子」	tʂhoŋ[13]tsho[55]	tʂũ[13]mba[53]	tʂoŋ rdet
drag pa「汙垢」	tʂhak[13]pa[55]	tʂɿ[13]ma?[53]	tshə rax
phrag pa「肩膀」	puŋ[55]pə[55]	tʂha[55]pa[53]	tʂhax ka

B 類二合複輔音正處在一個轉化和消失的過程中。它們常常發生語音變化，變讀成 A 類二合複輔音。在同一種話的語音系統裡，兩種讀法同時並存，處在一種過渡狀態。如道孚藏話：〔註13〕

phroŋ～ ptʂhoŋ　山路　　　　　phjo～ ptɕho　方向
bra～ bdʐa　　　山崖

3、三合複輔音

音在古藏語中三合複輔有兩種類型，一類是兩個前置輔音加一個基本輔音（ccC）。ccC 型的第一個前置輔音只可能是 b-，第二前置輔音只有 r、l 或 s，它們跟基本輔音一起構成輔音群 brC-、blC-和 bsC-，例如：brtan「穩固」、brdzus「假」、brdaɦ「信號」、brdʑed「忘」、brko「挖」、brnag「思」、brgal「渡」、brɳas「欺」、brtson「勤奮」、brɲas「刈割」；blta「看」、bldag「舐」、bstan「示」、bstsal「賜」、bsdad「坐」、bsnams「拿」、bsɳams「均」、bsŋog「挖、揭」、bsgo「訓」、bskord「轉」。

另一類則是一個基本輔音帶一個前置輔音和一個後置輔音（cCc），如：bkri「牽」、bgrod「行」、bsriŋs「延長」、bklags「讀」、brlag「丟」、bslu「誘」、bzlog「擋」、sprod「給」、sbra「牛毛帳篷」、skra「頭髮」、sgra「音」、smra「說」、dpral「額」、dkri「纏」、dgra「敵」、dbral「撕破」、mkhris pa「膽」、mgrin pa「喉」、nbru「糧」、ndri「問」、nkhru「洗」、ngro「行」、nphri「減少」。

〔註12〕馬學良主編《漢藏語概論》，頁118。
〔註13〕瞿靄堂《漢藏語研究的理論和方法》，442。

4、四合複輔音

由一個基本輔音帶兩個前置輔音和一個後置輔音構成四合的複輔音聲母，是藏語中最長的輔音群，現代藏語已不復見，整個漢藏語系裡亦屬罕見。這樣的組合並不多，每個輔音位置上能出現的音有限，僅有 bskrun「建造」、bsgrubs「完成」兩個。

（二）小　結

由上文所述大略可知古代藏語複聲母類型，筆者歸納如下：

1、A 類二合複聲母

有 bC-、dC-、gC-、rC-、lC-、sC-、mC-、nC- 八種形式的複聲母，試以表 2 羅列之。〔註 14〕

表 11　古藏語 A 類二合複聲母表

基本輔音＼前置輔音	塞音和塞擦音：濁音					清音 不送氣					清音 送氣					續音						鼻音			
	b	d	g	dʑ	dʐ	p	t	k	ts	tɕ	ph	th	kh	tsh	tɕh	s	z	ɦ	ɕ	ʑ	j	m	n	ȵ	ŋ
塞音 b-		+	+			+	+	+	+							+	+		+	+					
塞音 d-	+		+			+	+															+			+
塞音 g-		+					+		+	+						+	+		+	+	+〔註15〕		+	+	
續音 r-	+	+	+	+	+	+	+	+														+	+	+	+
續音 l-	+	+	+			+	+	+	+	+								+〔註16〕							+
續音 s-	+	+	+			+	+	+	+													+	+	+	+
鼻音 m-		+	+	+	+							+	+	+	+							+	+	+	
鼻音 n-	+	+	+	+	+						+	+	+	+	+										

從表 11，我們還可以發現：前置輔音 d 與 g 的分布恰好處於互補的狀態，

〔註14〕此表格引自馬學良主編《漢藏語概論》，頁 125。

〔註15〕《漢藏語概論》書中將「g＋j」歸為複輔音聲母，然筆者僅視其為「顎化」之單輔音，不屬本文論述之複輔音聲母範疇，故表中以灰色網底作記。

〔註16〕《漢藏語概論》書中將「l＋h」歸為複輔音聲母，然筆者僅視其為「送氣流音」之單輔音，不屬本文論述之複輔音聲母範疇，故表中以灰色網底作記。

即前綴 d 只出現在雙唇音和舌根音，而前綴 g-則出現在舌尖音與舌面音。這是很有趣的現象。因此有人認為古藏語中前綴 g 和 d 可能是同一個前綴的兩個變體。

關於前置輔音（前綴音）問題是藏語史上最令人感興趣的問題之一。且不說它在語法上的作用，只從古音構擬上就有許多值得深入探討的問題。如前所述，藏文記錄下 8 個前置輔音：塞音 3 個（b-，d-，g-），續音 3 個（r-，l-，s-），鼻音兩個（m-，n-）。它們和基本輔音的結合有一定的選擇性。輔音間不能自由組合大致有以下幾種原因：

（1）異化作用

由於發音部位相同或相近而互相排斥。例如舌根前置輔音 g-不出現在舌根基本輔音前（k、g、kh、ŋ）之前，舌尖前置輔音 d-不出現在舌尖基本輔音前（d、t、th、n、ts、tsh、dz、s、z）之前，雙唇前置輔音 b-不出現在雙唇基本輔音（b、p、ph、m）之前等。

（2）前置輔音影響後置輔音

前置輔音可以使後面的基本輔音「濁音清化」、「清音濁化」或「送氣變不送氣」等等。例如 s-使後面的送氣清音一律變為不送氣清音，因此某一時期 s-後無送氣清音。張琨認為：s 還可能使後面的濁音清化，如古藏語的 skar-ma「星」可能源於更早的 *sgar-mo； n-和 m-前綴可以使後面的清音濁化，古藏語的 nba「蟲」可能源於更早的 *nphu。〔註 17〕另外，n-後無擦音，是因為早期擦音在 n-後變成別的音了：ntsh-＜*ns，ndz-＜*nz，ndʑ-＜*nʑ。〔註 18〕

（3）基本輔音影響後置輔音

沃爾芬登（Stuart N. Wolfenden）舉出 Lhota Naga 語裡的例子前綴 me 分化為 n-和 m-，是受後面輔音影響造成的。〔註 19〕古藏語中前置輔音 d-和 g-的互補也大約與此有關。古藏語前置輔音 s-在拉達克方言裡因受基本輔音清濁

〔註 17〕 張琨（Chang Kun），1977 "The Tibetan Role in Sino-Tibetan Comparative Linguistics"，《中央研究院歷史語言研究所集刊》，第 48 本第 1 分，頁，93～108。

〔註 18〕 李方桂〈藏文前綴音對聲母的影響〉，《中央研究院歷史語言研究所集刊》1933 年第 4 本第 2 分，頁 135～157。

〔註 19〕 Stuart N. Wolfenden, 1929, "Outline of Tibet-Burman linguistic Morphology", The Royal. Asiatic Society.

影響而分化爲 s- 和 z-。如：〔註20〕

spəŋ	草坪：zbom po	粗		
stop	上方：zdoŋ po	樹幹		
skut pa	線 ：zgoŋ	高，上		

（4）輔音插入說

古代藏文文獻裡常可以看到 s-～ntsh-，ç-～ntçh，ʑ-～ndʑ，r-～ndr-對轉的例子，如：sos～ntsho「生活」，çi～ntçhi「死」，ʑu～ndʑu「融」，ril～ndril「卷」，riŋs～ndriŋs「長」等等。爲了解釋這一現象李方桂先生提出「輔音插入說」，即擦音或續音聲母前加前置輔音 n- 時，常常引起一個塞音的插入。據此上述的例子應解釋爲 *n-so＞ntsho，*n-çi＞ntçhi，*n-ʑu＞ndʑu，*n-ril＞ndril，n-riŋs＞ndriŋs 等。他甚至以爲古藏語的 brgja「百」和 brgjad「八」裡的基本輔音 g- 也是後來插入的。〔註21〕

2、B 類二合複聲母

後置輔音有四個，兩個半母音 w、j，兩個流音 r、l，構成 Cr-、Cl- 兩形式的複輔音聲母。

（1）Cr- 型複聲母：後置輔音 r- 在藏文叫ར་བཏགས（ra btags），寫作 ⸴，加在基字下方，可以和 11 個輔音字母拼合。如表 12：

表 12　古藏文 Cr- 型複聲母

kr-	krad	弓弦	pr-	pra	預兆	sr-	sra	堅
khr-	khra	鷂	phr-	phra	細	hr-	hril	整體
gr-	gra	芒	tr-	mal tro	墨竹（地名）	br-	brag	崖
dr-	drug	六	mr-	s-mra	說			

Cr- 型複聲母在古藏語中的發音可以從古代漢藏對音材料中得到旁證，例如唐蕃會盟碑上的藏族人名中的ཁྲི（khri），漢文譯作「可黎」、「乞黎」、「乞力」、「綺立」；བྲན（bran）的漢文音譯作「勃蘭」等。這類複輔音後來都趨向簡化，現代藏語方言中，大部分變作捲舌音或舌面音，如 *gro「麥」＞tʂo[13]（衛藏方言）

〔註20〕馬學良主編《漢藏語概論》，頁 125。

〔註21〕李方桂（Li Faug-Kuei），1959, *Tibetan Glo-ba-'dring* [藏文 Glo-ba-'dring 考], Studia Serica Bernhald karlgren Dedicata 55-59, Copenhagen: Munksgaard.

＞□o（安多方言）。又這些字中部分的音脫落，如：*srog「生命」＞so?[52]（拉薩話）；*s-bra「牛毛帳篷」＞pa[13]（拉薩話）＞ra（拉卜楞話）。

（2）Cl-型複聲母：後置輔音 l 在藏文中叫作ལ་བཏགས（la btags），位於基字下方，可以跟 6 個輔音字母結合。舉例如下：

kl-	klad pa	腦	rl-	rluŋ	風
gl-	glaŋ	公黃牛	sl-	sla	編
bl-	blon	臣	zl-	zla	月

Cl-型複聲母後來的變化跟 Cr-型不同。Cl-型在單輔音化過程中，往往是前一輔音（C-）脫落，後一輔音 l-保留下來。

筆者將 Cr-、Cl-兩形式的複輔音聲母整理如下表 13：

表 13　古藏文 CL-型複聲母 〔註22〕

基本輔音 / 前置輔音		塞音和塞擦音														續音						鼻音			
		濁音				清音																				
						不送氣				送氣																
		b	d	g	ʥ	ʥ	p	t	k	ts	tɕ	ph	th	kh	tsh	tɕh	s	z	h	ɕ	ʑ	j	r	m	n	ɳ	ŋ
半母音	w-																										
	j-																										
流音	r-	+	+	+			+	+	+			+			+			+	+						+		
	l-	+		+				+										+	+					+			

3、三合複輔音聲母

（1）、（2）、（3）三者屬於兩個前置輔音加一個基本輔音 ccC 型，而（4）則是一個基本輔音帶一個前置輔音和一個後置輔音 cCc 型。

（1）brC-型：brt-、brd-、brk-、brg-、brts-、brdz-、brdʑ-、brn-、brɳ-、brŋ-，例如：brtson「勤奮」、brdzus「假」、brdaɦ「信號」、brdʑed「忘」、brko「挖」、brnag「思」、brgal「渡」、brɳas「欺」、brtan「穩固」、brŋas「刈割」。

（2）blC-型：blt-、bld-，例如：bldag「舐」、blta「看」。

（3）bsC-型：bst-、bsd-、bsk-、bsg-，bsts-，bsn-，bsɳ-，bsŋ-，例如：

〔註22〕一般帶有後置輔音 w、j 的複輔音，通常看作唇化與顎化的輔音而不算作複輔音聲母，筆者在此取此種看法，是故表格中缺而不填。

bsdad「坐」、bsŋog「挖、揭」、bstan「示」、bstsal「賜」、bsnams「拿」、bsn̩ams「均」、bsgo「訓」、bskord「轉」。

（4）cCc-型：spr-、skr-、sbr-、sgr-、smr-、bkr、bkl-、brl-、bsl-、bsr、bzl-、bgr-、dpr-、dbr-、dkr-、dgr-、mkhr-、mgr-、nbr-、ndr-、nphr、-nkhr、ngr-，例如：bkri「牽」、bgrod「行」、bsriŋs「延長」、bklags「讀」、brlag「丟」、bslu「誘」、bzlog「擋」、sprod「給」、sbra「牛毛帳篷」、skra「頭髮」、sgra「音」、smra「說」、dpral「額」、dkri「纏」、dgra「敵」、dbral「撕破」、mkhris pa「膽」、mgrin pa「喉」、nbru「糧」、ndri「問」、nkhru「洗」、ngro「行」、nphri「減少」。

然而，應該注意的是這些三合複輔音聲母其實不見得都是單純的複聲母，它們有些實際上是「詞頭＋基本聲母」的形式。例如：在藏文中的三時一式 rdźe－brdźe－brdźes－rdźes「換」，其中前加字 b-、後加字-s 皆爲形態成分，表示時式（b 表未來時、s 命令式、b…s 表過去時），上加字 r-屬詞根音素，故 brdź-其實是 b-rdź-的形式，並非所謂三合複聲母 brdź-，而是「詞頭＋二合複聲母」形式。不過，藏文裡確實也有三合複聲母 brdź-，而前面的 b-沒有語法功能：

表 14　三合複聲母 brdź 在現代藏語中的反映

藏文	拉薩	巴塘	道孚	阿力克	「忘記」
brdźed	tɕeʔ³⁵	dźeiʔ⁵³	wdźe	wdźet	

表 14 中 brdź 與 b-rdź-的基本聲母皆爲舌面前塞擦音，區別在於前者的 b 是一個前置輔音，不能游離於基本輔音 rdź-；而後者的 b 是一個具有表時態功能的前綴，不屬於詞根聲母的一部分。〔註23〕

4、四合複輔音聲母

藏文中四合複聲母只有 bskr-、bsgr-兩個。一般認爲在藏文裡有些許的四合複輔音聲母存在，這些四合複輔音都是基字加前加字和上加字再加下加字的組合，例如上文中所舉之：bskrun「建造」、bsgrubs「完成」。我們透過親屬語的對比，與前輩學者的研究成果來檢驗這些所謂的四合複聲母，可以發現：在《授記性入法》記錄藏文的的動詞形態，側重分析動詞的「三時一式」，

〔註23〕李長興〈談構擬上古漢語複聲母的幾個原則〉，頁 41。

三時指現在、未來和過去，一式指的是命令式，「完成」一詞在未來和過去均以 b-前綴表示：

表 15　動詞「完成」之「三時一式」

現在	未來	過去	命令	形態
sgrub	b-sgrub	b-sgrub-s	sgrub-s	使動
ɦgrub	ɦgrub	grub	－	自動

由上述的三時一式明顯顯示 bsgr-不是一個四合的複聲母形式，它是前綴 b-加詞根 sgrub 的情形，因此我們不該將其視爲四合複聲母的存在。〔註24〕同理 bskrun「建造」中的 b-也是一個構詞前綴，因此 b-skrun 實際上是「前綴＋三合複聲母」 而不能算是四合複聲母。

5、小　結

經筆者統計上表中的複聲母數量可發現 A、B 兩類二合複輔音聲母數量高達 96 個，有 bC-、dC-、gC-、rC-、lC-、sC-、mC-、nC-、Cr-、Cl-等形式；三合複輔音聲母僅有 43 個，數量約二合複輔音的二分之一，有 brC-、blC-、bsC、cCc-等形式；而貌似四合複輔音的有 bskr-、bsgr-兩個，經驗證後爲「前綴＋基本聲母」，實非四合複聲母。換言之，古藏語中不存在單純的四合複聲母，由此我們亦可知複輔音聲母的輔音叢隨著長度的增加，數量與種類就越稀少，可見其限制就越嚴格。

二、彝語支的複輔音聲母及其結構形式

藏緬語族彝語支所屬語言，目前能確定的有彝語、傈僳語、哈尼語、拉枯語、納西語、基諾語、怒語（碧江）等七種。中國境內彝語使用人口約五百多萬，而說這一語支語言的人主要聚居在西南部的雲南、四川、貴州、廣西等地區，集中在四川、雲南的大小涼山；在國外則主要分布於泰國、老撾、緬甸、越南等地。由於彝語是這一語支中使用人口最多的一種語言，所以一般習慣稱這一語支爲彝語支。在國外，一般稱爲「Lo lo」（倮倮語支或彝語支），許多人把它與緬語、載瓦語等合爲一支，稱「Burmese-Lolo」（緬－倮倮語支或緬－彝

〔註24〕馬學良主編《漢藏語概論》，頁 136。

語支）。

聲母比較發達是彝語支語音方面的一個重要特點。[註25] 但各語言發展並不平衡，數量在 24 至 50 個之間，其中以怒語聲母數量最多，有 50 個，其次是彝語，有 43 個，基諾語有 34 個，而聲母數量最少的是拉枯語，只有 24 個。除了彝語、納西語有帶鼻冠濁音、基諾語有帶-l-的複輔音，彝語支語言的聲母基本上都由單輔音構成，而下文中我們將觀察的是彝語和基諾語的複聲母系統。

（一）彝語的聲母系統

彝語大至可以分為北部、西部、中部、南部、東南部、東部六個方言，使用人口約有四百多萬人。其中方言主要分布在四川西南部和雲南的大小涼山。根據馬學良主編《漢藏語概論》彝語的單、複聲母表如下表 16：[註26]

表 16　彝語的單、複聲母表

p	ph	b	mb	m	m̥		
f	v						
t	th	d	nd	n	n̥	l	l̥
ts	tsh	dz	ndz	s	z		
tɕ	tɕh	dʑ	ɳdʑ	ȵ	ɕ	ʑ	
tʂ	tʂh	dʐ	ɳdʐ	ʂ	ʐ		
k	kh	g	ŋg	ŋ	x	ɣ	
h							

彝語支中就屬彝語的方言最複雜，差別最大。[註27] 彝語共有 43 個聲母，其中單聲母有 37 個，複聲母數量不多，僅有 6 個帶鼻冠的二合複輔音，如：mb-、nd-、ndz-、ɳdʑ-、ɳdʐ-、ŋg-，例如：mba³³「遮蔽（喜德 [註28]）」、mbo³¹「好」、nda³³「蕨基茉（喜德）」、ndza³³「黑色染料（喜德）」、ndzɔ³³「滴」、ndu³³「挖」、ndu⁵⁵「（火把）燃」、ndi⁵⁵「滴」、ndo³³「喝」、ndʑi³³「快速（喜

[註25] 參看馬學良、戴慶廈〈彝語支語音比較研究〉，《民族語文研究文集》（青海：青海民族出版社，1982 年 6 月）。

[註26] 馬學良主編《漢藏語概論》，頁 409。

[註27] 馬學良主編《漢藏語概論》，頁 475。

[註28] 四川涼山彝族自治區喜德縣紅瑪區李子鄉彝語。

德）」、ndʐo⁵⁵「冰（喜德）」、ndza³³「量（動詞）」、ndʐ̩³³「酒」、ndʐ̩³³「皮」、ndʑi³³「矛」、ŋga³³「經過（喜德）」、ŋgo³³「冷」、ŋgu³³「愛」、ŋgɯ³¹「蕎」、ŋge³³ʂ̩³³「說謊」、ŋgu³³「愛」、ŋgu³³lu³³「瓦」。其中，鼻冠音後所接的輔音都是「同部位」的「濁塞音」或「塞擦音」，根據陳康〈彝語鼻冠濁複輔音聲母考〉，推測此類彝語鼻冠濁複輔音聲母大致有以下四種來源：〔註29〕

1、原始藏緬語鼻冠「濁」複輔音聲母的遺留

原始藏緬語鼻冠濁複輔音在大多數藏緬語族中已不多見，有的鼻冠音已丟失，有的聲母已清化，有的連發音部位也改變了。例如：

（1）漂亮、美麗

彝（威寧）Ndze¹³；彝（喜德）Ndza⁵⁵，納西（麗江）ndzɯ³³；藏文轉寫為 mdzespo；藏（札達）ndze:¹¹po⁵³；貴瓊 tʂhi⁵⁵ndzi⁵⁵。PTB（原始藏緬語）*Ndz。

（2）頭

彝（永勝）Nga²¹；彝（威寧）ŋu³³；藏文轉寫為 mgo³¹；藏（夏河）ngo；藏（澤庫）ngo。PTB（原始藏緬語）*Ng。

（3）寫

彝（祿勸）Ngho²¹；彝（硯山）Ngo⁵⁵；彝（硯山）Ngo³³；藏文轉寫為 ɦbri；藏（澤庫）ndzə³¹。PTB（原始藏緬語）*Nb。〔註30〕

2、原始藏緬語鼻冠「清」複輔音聲母的遺留

彝語有一部分鼻冠音濁複輔音聲母推斷來自於原始藏緬語鼻冠清複輔音，鼻冠音沒有丟失，並且影響後面的清輔音使之濁化，可謂是一種「前向同化」作用。

（1）裝

彝（大方）Ndi³³；彝（喜德）Ndi⁵⁵「穿」；爾龔ŋkhui；緬 htaŋ¹。PLB（原始緬彝語）*Nt。

〔註29〕本文限於篇幅僅舉若干例子，詳見陳康〈彝語鼻冠濁複輔音聲母考〉，《國際彝緬語學術會議論文選》（成都：四川民族出版社，1992年），頁31～42。

〔註30〕這是根據馬提索夫構擬的（LTS 第 89 條）。

（2）飽

彝（大方）Nbɔ³³；彝（喜德）Nbu̱³³；彝（祿勸）Nbhɔ²¹；貴瓊 pa⁵⁵nku⁵⁵。
PLB（原始緬彝語）＊Np。

（3）拉

彝（威寧）Ngo¹³；彝（喜德）Ngo³³；彝（祿勸）Nghɔ²¹；藏文轉寫
為 ɦithen；藏（澤庫）nthen；爾龔 ntʂɛ tʂhe；納木義 ŋkhi³³「推」。PTB
（原始藏彝語）＊Nt。

3、雙音節詞前一音節之鼻音韻尾移至後一音節聲母前而成鼻冠音

這種情況主要出現在漢語借詞中。當借入帶鼻韻尾的漢語詞時，彝族往往
不發出韻尾鼻音，於是在發雙音節借漢詞時，如前有一音節有鼻韻尾，這個韻
尾鼻音往往移至後一音節聲母輔音前成鼻冠音。尤其當後一音節聲母為 ts-、
k-、tɕ-時，附上鼻冠音後原聲母也由清變濁，於是乎產生一批鼻冠濁塞音和濁
塞擦音聲母。如：喜德彝語。〔註31〕

phi²¹	ndʑi³³	盆子	ta³³	ndʑi³³	膽子
ta³³	ŋgo³³	耽擱	ko³³	nʥ³³	公家
lo³⁴	ndʐ³³	籠子	ti³³	ndʐ²¹	烏紗帽

4、多音節詞的緊縮

所謂緊縮就是形成單音節詞中存有多音節詞各音節的音素特徵。

（1）心

彝語的「心」各方言點都為齒鼻音聲母，如：彝（祿勸）ṉi²¹；彝（威寧）
hɹ²¹，彝（文山）ṉi³³。與心有關的詞，如：

（a）想

彝（羅平）Ndhɯ⁵⁵；彝（祿勸）Ndʑho³³；彝（尋甸）Ndzho³³；彝（喜
德）Ngu³³。

（b）相信

彝（尋甸）Ndzhɚ²¹；彝（喜德）Ndʑɻ²¹，彝（威寧）Ndzhe²¹。

〔註31〕引自李民、呷呷〈梁山彝語鼻冠音的音變現象〉（四川：西昌國際彝緬語學術會議
論文集，1991年）。

（c）懶

　　彝（祿勸）Ndʱɔ²¹；彝（威寧）Nbheᵌᵌ。

由以上推斷鼻冠音與「心」有關。

　　由上文所舉之例，我們知道現在我們看到的彝語鼻冠濁複輔音聲母有它更早的來源，不外乎原始藏緬語鼻冠濁複輔音聲母的遺留、原始藏緬語鼻冠清複輔音聲母的遺留以及雙音節詞前一音節之鼻音韻尾移至後一音節聲母前而成鼻冠音與多音節詞的緊縮四個途徑。第二個途徑是輔音群輔音間之「同化作用」所致，而第三與第四個途徑則顯示了現階段所見的彝語鼻冠濁複輔音聲母最初並不是真正的複聲母，它們實際上是後起的形式。總的來說，第一與第二個途徑所形成的複聲母才是真正的複聲母，而第三與第四個途徑所形成的複聲母則屬於後起形式。

（二）基諾語的聲母系統

　　基諾語主要分布於雲南省西雙版納傣族自治州景洪縣基諾鄉，共一萬多人。根據馬學良主編《漢藏語概論》它的單、複聲母系統如下表 17：〔註32〕

表 17　基諾語的單、複聲母表

p	ph	m		
pj	phj	mj		
pl	phl	ml		
f	v			
t	th	n	l	ḷ̥
ts	tsh	s	z	
tʃ	tʃh	ʃ	j	
k	kh	ŋ	x	
kj	khj	ŋj	xj	
kl	khl			

基諾語的聲母共有 34 個，清濁對立並整齊，單聲母占 29 個複聲，複聲母僅有 5 個，而且全部都是 Cl-型複聲母，如：pl-、phl-、ml-、kl-、khl-，例如：plɛ³¹「飛」、phlu⁴⁴「白」、pla³³「跨」、plɔ⁴⁴「亮」、kɑ⁵⁵phlɑ⁴²「孤兒」、ɑ⁴⁴phlɔ⁴⁴「大腿」、mja³¹phlʌ⁴⁴「臉」、mlʌ³¹「美麗」、mlɔ⁴⁴「收拾」、klo³¹「踢」、klɔ³³

〔註32〕馬學良主編《漢藏語概論》，頁 410。

「（太陽）落」、khlo³³「摳」、ɑ³³khlɔ⁴⁴「河」……等。沒有三合與四合的複輔音。

又根據此類 Cl-型複聲母在《藏緬語族語言詞彙》〔註33〕中則記錄為 Cr-型複聲母，例如：prɛ⁴²「飛」、ɑ³³phro⁴⁴「白」、mja⁴²phrə⁴⁴「臉」、mrə⁴⁴「美」、kro⁴²「踢」、khro⁵⁵「摳」，《藏緬語族語言詞彙》書中更指出 r 實際作 ɹ，而在《基諾語簡志》〔註34〕書中卻記錄成 pɹɛ⁴²「飛」、phɹu⁴⁴「白」、mja⁴²phɹə⁴⁴「臉」、mɹɑ⁴²「美麗」，由此可知在基諾語裡 pr-是 pl-的音位變體，而 pɹ-則是 pl-的弱化形式，我們甚至可以說 pl-、pr-、pɹ-三者間沒有辨義作用，可視為相同的複聲母。

第二節　苗瑤語現存之複聲母及其類型

一般認為苗瑤語屬於漢藏語系。苗瑤語族語言是貴州、廣西、湖南、雲南、四川、廣東、海南、湖北、江西等區域的苗、瑤、畬各族人民使用的語言。苗瑤語分苗、畬、瑤三個語支。苗語支有苗、布努、巴哼、炯奈四種語言；畬語支只有畬語一種語言；瑤語支有緬語一種語言。〔註35〕在苗瑤語族中，除了畬語內部差別不大外，苗族和瑤族人口都相當多，居住分散，所說的語言差別很大，加上苗瑤語沒有韻書〔註36〕且各語言間聲母系統各地相差很大，最多有 111 個，最少的只有 18 個，因此給聲類命名是很困難的。筆者參考《漢藏語概論》將古苗瑤語的複聲母分為五類，列於下文：〔註37〕

（1）塞音帶濁連續音。能帶濁連續音的只限於唇、牙、喉音。

（2）塞音前帶鼻冠音。這種鼻冠塞音聲母與塞音聲母並存，即有多少個不帶鼻冠音的塞音聲母，就有同樣多的鼻冠塞音聲母，因此有鼻冠音的方言聲母相當多。如：mpli²²「舌」、ntsau⁴⁴「早」、大南山 ŋqɒ¹「斑鳩」。

〔註33〕黃布凡主編《藏緬語族語言詞彙》（北京：中央民族學院出版社，1992 年）。

〔註34〕蓋興之編著《基諾語簡志》（北京：民族出版社，1986 年 8 月）。

〔註35〕關於苗瑤語族各語言的使用概況、語音特點和譜系，詳見王輔世、毛宗武《苗瑤語古音擬構》（北京：中國社會科學出版社，1995 年 5 月第 1 版），頁 1～16。

〔註36〕王輔世、毛宗武《苗瑤語古音擬構》，頁 38。

〔註37〕馬學良主編《漢藏語概論》，頁 528～529。

（3）鼻音、擦音後帶邊音或擦音。如：甲定的 mlɜ²² 「軟」，翁卡的 vzʑ³¹ 「斜」。

（4）塞音後帶塞音。如：油邁的ʔpuei¹³ 「（豬）拱（土）」、石頭的ʔtau⁵⁵ 「腰」、ʔtha⁴⁴ 「跳」。

（5）塞音前帶鼻冠音，後帶濁連續音。在苗語羅泊河次方言中，有些聲母鼻冠音和清塞音之間有一個很短的間隙，這裡我們標示作喉塞音 ʔ。如：野雞坡的 mʔpza³¹ 「土畫眉」、ŋʔqlei³¹ 「光滑」、mʔplo³¹ 「鞭子」。

複聲母雖然由幾個輔音組成，但是各個成分在語言裡的作用並不相同，有的是主要的，有的是次要的。我們知道，古苗瑤語的聲母可以分為全清、次清、濁音三類。從單聲母來看，要確定聲母的性質（清、濁、送氣、不送氣）非常簡單。但是在複聲母裡，既有清音，又有濁音；既有不送氣音，又有送氣音，那麼這些聲母的性質根據什麼來推斷呢？從語言的歷史演變來看，複聲母的性質是由輔音群中的「塞音」來決定的，而與前面或後面的連續音無關。也就是說，輔音群中的塞音若是不送氣清音，那麼這個複聲母就是全清聲母；如果輔音群中的塞音是送氣的清音，那就是次清聲母；又如果輔音群中的塞音是濁音，那麼這個複聲母就是濁聲母。所以複聲母中「塞音」是主要成分，是聲幹，也是複聲母中不可缺少的部分。而聲幹前面的鼻冠音是聲頭，後面的連續音是聲尾，聲頭和聲尾有共同性，都是連續音，也都是濁音。這樣有的複聲母只有聲頭、聲幹，如：mp-，有的只有聲幹、聲尾，如：pl-，有的頭幹尾齊全，如：mpl-。

雖然聲幹是複聲母中的主要成分，但在歷史演變過程中並不一定最穩定。有的複聲母聲幹消失了，而聲尾保留著，例如：*pl-、*ql-等，目前在有的方言失去了聲幹，聲尾也變成了清音。有的聲幹消失了而聲頭還保存著，如：*mb-、*nd-、*ŋg-等，在黔東、湘西兩個方言裡現在都讀鼻音。有的聲幹變成了連續音，聲尾還在，或者聲幹消失了，聲頭、聲尾還在，因此成了兩個連續音組成的複聲母，如野雞坡的 vl-、臘乙坪的 mz̩-。有的聲尾變成了塞音，因此形成了幾個塞音組成的複聲母，如：石頭的ʔt（＜*ql-）。

一、苗語羅泊河次方言之野雞坡聲母系統〔註38〕

上文中曾提及，從方言比較推斷，古苗瑤語有全清、次清、濁音三大類聲母。〔註39〕現在苗語羅泊河次方言還基本上保存著這樣的類型。例如：野雞坡。

表18　野雞坡單、複聲母表

全清	次清	濁	全清	次清	濁	全清	次清	濁	全清	次清	濁
p	ph	v	mʔp	mʔph	mp	ʔm	m̥	m	ʔw	f	w
pj	pjh	vj	mʔpj	mʔpjh	mpj	m̥j	mj	ʔwj			wj
pz	phz	vz	mʔpz		mpz						
pl	phl	vl	mʔpl	mʔphl	mpl						
ts	tsh	z	nʔts	nʔtsh	nts						s
t	th	ð	nʔt	nʔth	nt	ʔn	n̥	n	ʔl	ɬ	l
tʂ	tʂh	ʐ	ɳʔtʂ	ɳʔtʂh	ɳtʂ						
tɕ	tɕh	ʑ	ȵʔtɕ	ȵʔtɕh	ȵtɕ	ʔȵ	ȵ̥	ȵ	ʔʑ	ç	
k	kh	ɣ	ŋʔk	ŋʔkh	ŋk			ŋ〔註40〕			
q	qh	ʁ	ɴʔq	ɴʔqh	ɴq					χ	
qw	qwh	ʁw	ɴʔqw	ɴqw						xw	
qwj	qwjh	ʁwj	ɴʔqwj								
ql	qlh	ʁl	ɴʔql		ɴql						

上表中，淺灰色網底之二合複輔音聲母有24個，由「一個前置輔音＋基本輔音」或「一個基本輔音＋一個後置輔音」所組成，如：pz-、phz-、pl-、phl-、vz-、vl-、ql-、qlh-、ʁl-、mp-、mpj-、ʔm-、ʔmj-、ʔn-、ʔȵ-、ʔl-、ʔʑ-、nts-、

〔註38〕貴州福泉縣干壩鄉野雞坡寨話，屬苗語支苗語川黔滇方言羅泊河次方言，簡稱野雞坡。此表格引自馬學良主編《漢藏語概論》，頁537。表1中灰色網底部份，爲筆者加以標示之複輔音聲母。其中，淺灰色底部分爲二合複輔音聲母，深灰色底粗體爲三合複聲母，粗斜體部分爲四合複輔音聲母。

〔註39〕李永燧、陳克炯、陳其光〈苗語聲母和聲調的幾個問題〉，《語言研究》，1959年第4期。

〔註40〕舌根鼻音ŋ應屬濁音，然而馬學良主編《漢藏語概論》，頁539中上方表格卻將其歸入「清音」。筆者以爲此處應是書中排版錯誤所致，是故筆者在本文中做了修正，把ŋ納入「濁音」之列。

nt-、ɳtʂ-、n̠tɕ-、ŋk-、ŋq-、ŋqw-。又可細分為：

（1）Cl-型複聲母：pl-、phl-、vl-（＜sl-）、ql-、qlh-、ʁl-……等，如：
plou^A「毛」、plou^A「四」。

（2）帶喉塞音之複聲母：ʔm-、ʔn-、ʔn̠-、ʔl-、ʔẓ-……等，如：
ʔmoŋ^A「痛」、ʔnen^A「蛇」、ʔnen^B「這」、ʔn̠en^A「媳婦」、ʔn̠en^B「哭」、
ʔn̠oŋ^A「住」、ʔlaŋ^A「個」、ʔlaŋ^A「短」、ʔlu^B「折斷」。

（3）帶鼻冠音之複聲母：mp-、nts-、nt-、ɳtʂ-、n̠tɕ-、ŋk-、ŋq-、ŋqw-
……等，如：mple⁸「舌」、mpjo^c「大籮筐」、ŋkoŋ²「船」、ɳtʂa⁴「鼓」。

而無法歸類的有 pz-、phz-，經過湘西、黔東等其他方言點對比，我們認為pz 這類的複輔音應該是從 pl-複聲母演化而來。換言之現在看到的 pz-並其非原始形式。同理，推測 phz-與 mpz-則從 phl-與 mpl-演變而來。

此外，還有一點值得留意，那就是鼻冠音後頭所接的輔音全是與鼻冠音相同發音部位的塞音或塞擦音，加上我們在第二章曾經主張「複聲母系統應以單聲母系統為基礎」，在這樣的前提之下，野雞坡這些n̠-、ŋ-等單聲母系統中不存在的鼻冠音就顯得相當可疑，也因此我們有理由懷疑它們應是後起的形式。筆者認為這是由於輔音群間的輔音彼此「同化」的關係。換句話說，基於「異化作用」的前提下，鼻冠音後頭所接的輔音與其本身勢必有一定程度的差異，如此才得以組成合複聲母，只是輔音構成複聲母後彼此間相互影響，而使鼻冠音與其後所接之輔音變成同一發音部位之鼻音。

（4）三合複輔音聲母

這類的三合複輔音有少數 20 個，如：mpz-、mpl-、mʔpj-、mʔph-、mʔpj-、mʔpjh-、nʔt-、nʔth-、nʔts-、nʔtsh-、ɳʔtʂ-、ɳʔtʂh-、n̠ʔtɕ-、n̠ʔtɕh-、ŋʔk-、ŋʔkh-、ŋʔq-、ŋʔqh-、ŋʔqw-、ŋʔqwj-、ŋql-，例如：mple⁸「舌」、nʔtsu^B「早」、nʔtsha^A「粗（糙）」、nʔtshoŋ^A「峻（陡）」。結構上為「一個前置輔音（鼻音）＋基本輔音（塞音）＋後置輔音（塞音／塞擦音／擦音／流音）」，前置輔音一律都是鼻冠音。

不過，值得注意的是 mʔpj-、mʔph-、mʔpj-、mʔpjh-、nʔt-、nʔth-、nʔts-、nʔtsh-、ɳʔtʂ-、ɳʔtʂh-、n̠ʔtɕ-、ŋʔk-、ŋʔkh-、ŋʔq-、ŋʔqh-、ŋʔqw-、ŋʔqwj-這些帶鼻冠喉塞音複聲母單讀時，輔音叢中的鼻冠音和喉塞音往往不出現，成為

單純的塞音聲母,而當它位於第二音節,第一音節又沒有鼻音韻尾時,鼻冠音就移作第一音節的鼻音韻尾,例如:mo³¹「不」tshie³¹「清潔」連讀作「mon³¹ tshie³¹」,應標作 mo³¹ nʔtshie³¹」,這個現象說明了這類鼻冠喉塞音複聲母事實上是屬於條件下的音變結果,更意味著這類型的三合複聲母實際上應屬於單純的塞音聲母,而不是所謂的三合複輔音。如此一來,野雞坡苗語中的三合複聲母僅有 mpz-、mpl-兩個,又上文中我們已提及經過湘西、黔東等其他方言點對比,我們認為 pz-這類的複輔音應該是從 pl-複聲母演化而來。此外,經鄭張尙芳先生論證苗語鼻冠音 m-是 ɦ-的遺跡,〔註41〕那麼我們或許可以大膽推論複聲母 mpz-、mpl-早期皆來自於輔音群 ɦpl-。

　　(2)四合複輔

　　這類四合複輔音僅有 4 個,例如:mʔpl-、mʔphl-、mʔpz-、ŋʔql-,其結構為「兩個前置輔音+基本輔音+後置輔音」,舉例來說:在 mʔpl-與ŋʔql-中「mʔ-」與「ŋʔ-」分別為前置輔音,而 p-、q-為基本輔音,-l-為後置輔音,例如:mʔplo³¹「鞭子」、mʔpza³¹「土畫眉」、ŋʔqlei³¹「光滑」。不過,仔細觀察這類的帶鼻冠喉塞音四合複聲母在形式上多半為「鼻冠喉塞三合複聲母+流音 l」。而在上文中經過我們的分析之後發現所謂的鼻冠喉塞三合複聲母其實只是單純的塞音聲母,因此鼻冠喉塞音四合複聲母其實也就是「單純的塞音聲母+流音 l」型式。換言之,這類鼻冠喉塞四合複聲眞面目應是帶流音-l-的二合複聲母,即 Cl-型複聲母。那麼,野雞坡苗語的四合複聲母嚴格說來僅有 mʔpz-這個形式,而我們已指出 pz 來自於 pl-,因此複聲母 mʔpz-的原始形式應是 mʔpl-。

二、苗語湘西方言西部土語之臘乙坪的聲母系統〔註42〕

　　苗語分湘西、黔東、川黔滇三個方言,方言間差別很大,彼此不能通話,其中湘西方言算是苗語中三個方言內部差別較小的。它主要分布在湖南、湖北、四川、貴州四省毗鄰的十幾個縣。另外,貴州、廣西交界處的幾個縣裡也有少數人說這個方言。說這種方言的人自稱有 qo³⁵ɕoŋ³⁵、qu⁵³su⁵³等,人口

〔註41〕詳見鄭張尙芳《上古音系》,頁 154。

〔註42〕臘乙坪位於湖南省花壇縣吉衛鄉,簡稱臘乙坪苗話,屬於湘西方言西部土語。

約七十多萬。而這裡我們將以湘西方言的臘乙坪爲觀察對象，它的單、複聲母系統如表 19 所示：〔註43〕

表 19　臘乙坪苗語之單、複聲母表〔註44〕

p	ph	mp	mph	m	m̥h	w	
pj	pjh			mj			
pʐ	phʐ		**mphʐ**	mʐ			
ts	tsh	nts	ntsh	s			
t	th	nt	nth	n	n̥h	l	l̥h
ʈ	ʈh	nʈ	nʈh	ɳ	ʐ	ʂ	
tɕ	tɕh	n̠tɕ	n̠tɕh	n̠	ʑ	ɕ	
c	ch	ɲc	ɲch			lj	ljh
k	kh	ŋk	ŋkh	ŋ			
kw	kwh	ŋkw	ŋkwh	ŋw			
q	qh	ŋq	ŋqh			h	
qw	qwh	ŋqw	ŋqwh			hw	

從表 19 中可以發現臘乙坪的聲母系統較表 18 的野雞坡聲母系統簡化、單純的多。單聲母共有 43 個，其中濁塞音已經清化而不見其蹤跡；而複聲母有 24 個，主要以淺灰底標示之二合複輔音爲大宗。

（1）二合複聲母

臘乙坪的二合複聲母絕大部分是帶鼻冠音的 NC-型複聲母。如：mpɛ[35]「片（指土地）」、mpe[3]「粉末」、mpe[5]「雪」、mpu[35]「翻倒」、mpha[7]「女兒」、ntu[5]「樹」、ntsa[44]「洗（鍋）」、ntso[44]「旱」、ntsha[35]「糙」、ntshaŋ[53]「騎」、ntshoŋ[1]「陡」、tɕə[35]ntshɛ[35]「腥」、ntɛ[35]「彈（用手指）」、nthɛ[35]「件（指衣服）」、n̠tɕha[5]「怕」、n̠tɕhi[3]「血」、n̠ce[35]「金子」、n̠cho[35]「迷惑」、nʈha[35]「能幹」、n̠tɕhɛ[35]「明白」、n̠tɕhi[35]「幹淨」、ŋkwi「頑皮」、ŋkwhɛ[35]「小狗叫聲」、ŋqhwe[35]「睡眠」、ŋqwhɯ[53]「禿」……等。此外，還有少部分的 NA-型輔音群〔註45〕，例

〔註43〕此表格引自馬學良主編《漢藏語概論》，頁 525。而表中灰色網底部份，爲筆者特別標示之複輔音聲母。

〔註44〕表 2 中淺灰色底部分爲筆者標示之二合複輔音聲母，深灰色底粗體字爲三合複聲母。

〔註45〕此處 NA-之「A」表 affricate，即塞擦音，爲與元音 a 區分，故以大寫 A 表示。

如：pz̞a¹「五」、pz̞ei¹「四」、pz̞ɛ³⁵「吹（風）」、pz̞u⁷「暗」、mz̞ɛ³⁵「猴子」、mz̞ə⁶「鼻」、mz̞ɯu⁴「魚」、mz̞ei⁸「辣」。

　　這類帶鼻冠音的複聲母有一個共同的現象，那就是鼻冠音後頭所接的全是鼻冠音同部位的塞音或塞擦音（上文所舉之的野雞坡亦如是），這樣的現象絕非偶然，筆者認為這是由於輔音群間的輔音彼此「同化」所致。由於「複聲母系統應以單聲母系統為基礎」，那麼在這樣的前提下ṇ-、ŋ̩-等臘乙坪單聲母系統中不存在的鼻冠音，讓我們有理由懷疑它們其實是後起的形式。同時，又在「異化作用」的影響下，輔音與輔音結合成複聲母，於是乎彼此間存在著某種程度的差異，而後輔音群中之輔音又彼此間互相影響（同化作用）。因此鼻冠音與其後所接之輔音才會變成同一發音部位之鼻音，而臘乙坪的聲母系統更是讓我們的推測得到了證實。

　　然而，在眾多的輔音群之中，複聲母 mz̞-、pz̞-與 phz̞-，如：mz̞ɛ³⁵「猴子」、mz̞ə⁶「鼻」、mz̞ɯu⁴「魚」、mz̞ei⁸「辣」、pz̞a³⁵「五」、phz̞ɛ³⁵「吹（風）」就顯得相當特立獨行，而無法歸類。其中，複聲母 mz̞ 為後起，它是歷史音變下所造成的輔音群形式，因為聲幹消失了，只保留了聲頭、聲尾，因而形成了兩個連續音組成的複聲母，[註46]可知它早期應來源於三合複聲母，後來聲幹失落了才演變為今日所見之 mz̞。又複聲母 pz̞-與 phz̞- 中的 z̞ 實際音值為 ɻ，[註47]而 ɻ 又為 l 的弱化形式，因此我們推論 pz̞-與 phz̞-分別來自於 pl-與 phl-。

（2）三合複聲母

　　三合複聲母還有深灰底粗體字之 mphz̞-，如：mphz̞a³⁵「量（米）」。而前文我們提及鄭張尚芳先生論證苗語鼻冠音 m-是 ɦ-的遺跡，pz̞-與 phz̞-分別來自於 pl-與 phl-，那麼 mphz̞-應來自於 ɦphl-，而是失落聲幹僅保留聲頭、聲尾的 mz̞-早期推測也應該來自於 ɦCl-形式的三合複聲母。

第三節　侗台語現存之複聲母及其類型

　　侗台語族舊稱黔台語族，近幾十年稱壯侗語族，又叫侗泰語族、侗台語族。西方學者稱 kam-Tai。侗台語族主要分布東起海南島，西達緬甸撣邦和印

[註46] 馬學良主編《漢藏語概論》，頁 529。
[註47] 王輔世主編《苗瑤語簡志》（北京：民族出版社，1985 年），頁 8。

度的阿薩姆邦，北至四川和雲南邊境的金沙江畔，南抵馬來半島的中部。

按李方桂先生在〈中國的語言和方言〉（1973）一文中對侗台語的分類，語族下面分爲侗水語群和台語群。侗水語群又分爲侗語、水語、莫語、佯僙語四個次群。台語群分爲兩個次群。如：

1、壯語群：包括廣西大部分地區（稱爲壯或土）和貴州南部（稱布依、蠻、本地）以及雲南東南部（稱爲沙或土）所使用的許多方言。使用於海南島北部臨高、澄邁和瓊山的熟梨話也屬於這個語群。

2、西南語群：此語群可分幾個次群。

　（1）阿含語，曾使用於阿薩姆。

　（2）堪梯語和撣語，使用於緬甸和雲南西部。

　（3）泰語和老撾語，使用泰國和老撾

　（4）傣仂語

　（5）白泰語、土語、儂語等。

前三個次群都使用於國外，其中阿含語已趨於消亡。傣仂語使用於雲南省南部，白泰、土、儂等使用於老撾、柬埔寨和廣西西南部和雲南南部。至於海南島中部和南部的黎語，李先生認爲：「與其他台語相比似乎有很大分歧，因此它們與這個語群的關係還是值得懷疑的。」李方桂先生當時尚未定其爲「黎語群」或「黎語支」。

羅常培和博懋勣先生在《中國語文》1954 年第 3 期題爲〈國內少數民族語言文字的概況〉一文中「侗傣語族」之下分爲三個語支：

　（一）壯傣語支：包括壯語、布依語、儂語，沙語，傣語。

　（二）侗水語支：包括侗語、水家語（毛南、莫家、佯僙的語言可看作水家語的方言）。

　（三）黎語支：黎語。

另外，在「瑤語支」瑤語的後面括號注明：「根據羅季光的研究，廣西的茶山瑤語（即拉珈語）跟侗語接近，應屬侗水語支。」

由於當時中國少語民族語言大規模的普查工作尚未正式開始，羅常培和博懋勣的分類法雖不完善，但已經具備基本框架。後來經中國社科院對少數民族語言調查和全國少數民族語文工作者多年的補充調查、研究，侗台語的分類已

日臻完善，它可分爲以下四個語支：〔註48〕

侗台語族 {

台 語 支——包括壯語、布依語、傣語、臨高語和國外的泰語、老撾語、撣語、石家語、土語、儂語、岱語、黑泰語、白泰語、坎梯語和逐漸消亡的阿含語等。

侗水語支——包括侗語、儸佬語、水語、毛南語和莫語、錦語、佯僙語族語、拉珈語、標語等。

黎 語 支——包括黎語、村語。

仡央語支——包括仡佬語、拉基語、普標語、布央語、耶容語和越南北部的拉哈語等。

}

一、侗水語支之水語的複聲母概況

水語是水族的語言，水族自稱 ai³sui³。主要分部在貴州省黔南布依族苗族自治州境內的三都水族自治縣。在語音方面，聲母系統比較複雜，是整個侗台語各語言中最多的。〔註49〕同語族的多數語言聲母一般有三十個左右，最少的不滿二十個，而水語的聲母較多，有的多至七十幾個，少的也有五十個左右。據《侗台語族概論》中「水語」的聲母，單、複輔音有下列幾種：〔註50〕

（1）帶鼻冠音的二合複聲母

這類複聲母有 mb-、mbj-、nd-、nd-、ndw-，如：mba³「靠攏」、mbjaːŋ¹「穗」、mbaːn¹「男人」、mbiŋ¹「貴」、mbjia¹「栽」、mbjeŋ⁵「像」、nda¹「眼睛」、ndaːu³「蒸」、ndjai³「買」、ndjaːk⁷「黃蠟」、ndaːŋ¹「香（花香）」、ndwaːŋ¹「磨石架」、ndaːu¹「青苔」。

（2）帶喉塞音的二合複聲母

帶先喉塞音的二合複聲母有ʔb-、ʔbj-、ʔd-、ʔdj-、ʔn-、ʔnj-、ʔn̩-、ʔm-、ʔŋ-、ʔŋw-、ʔdw-、ʔɣ-，例如：ʔbən¹「天」、ʔbaːŋ¹「薄」、ʔmi¹「熊」、ʔma¹「青荅」、ʔma³「軟」、ʔdan¹「腎」、ʔdaːi¹「好」、ʔdaːn¹「名字」、ʔna¹「厚」、ʔna³「臉」、

〔註48〕此分類參考自梁敏、張均如《侗台語族概論》（北京：中國社會科學出版社，1995年5月第1版），頁6～7。

〔註49〕馬學良主編《漢藏語概論》，頁729。

〔註50〕此處水語之聲母種類參考自梁敏、張均如《侗台語族概論》，頁971。而表中灰色網底部份，爲筆者特別標示之二合複輔音聲母。

ʔnam^1「黑」、ʔnja^1「河」、qam^4 ʔn̥a^3「雷公」、ʔn̥uŋ^1「昨天」（毛南）、ʔn̥oŋ^5「蝦」、ʔn̥a^1「芝麻」、ʔŋaːŋ^5「仰」、ʔŋwat^7「點（頭）」、ʔŋwa^3「猛抬頭」、ʔɣa^5「田」、ʔɣaːi^3「長」、ʔɣok^7「漲（水漲）」。值得注意的是這種帶先喉塞成分的複輔音與單純的濁塞音並無對立，在書寫上濁塞音前的喉塞音一律不標。

表 20　水語單、複輔音表

p	ph	mb	ʔb	m̥	m	ʔm	f	v	ʔw 〔註51〕
pj	phj	mbj	ʔbj	m̥j	mj		fj	vj	
t	th	nd	ʔd	n̥	n	ʔn		l	
tj	thj	ndj	ʔdj	n̥j	nj	ʔnj		lj	
ts	tsh						s	z	
tsj	tshj						sj		
ȶ	ȶh			ɳ̥	ɳ	ʔɳ	ç	j	ʔj 〔註52〕
k	kh			ŋ̥	ŋ	ʔŋ		ɣ	ʔɣ
q	qh							ʁ	
ʔ							h		
tw		ndw	ʔdw						
tsw	tshw						sw	lw	
kw	khw					ʔŋw			

水語的聲母共有 71 個。其中二合複輔音有 17 個，沒有三合與四合的複輔音聲母。其中二合複聲母可分爲：

由於表 20 的水語聲母系統裡並沒有單純的濁塞音；加上水語中的三洞土語中帶先喉塞音的濁塞音 b、bj、d、dj 在陽安土語中分別併入同部位的 m、mj、l、lj，〔註53〕因此我們推斷這種帶先喉塞的濁塞音其實就是單純的濁塞音聲母來的，即*b->ʔb-（>m-），*d->ʔd-（>l-）。讓我們看看其他旁證：

〔註51〕因水語單聲母系統中無 w，故筆者認爲ʔw-中的 w 代表喉塞音聲母之圓唇化，因而不將ʔw-視爲複輔音聲母，而看作圓唇化之喉塞音。

〔註52〕因水語單聲母系統中雖有半元音 j，但筆者仍將ʔj-視爲顎化之喉塞音，而不看作複輔音聲母。

〔註53〕張均如《水語簡志》（北京：民族出版社，1980 年 11 月），頁 77。

表 21　苗語全清口閉塞音聲母的演變〔註54〕

保亭	東興〔註55〕	恭城	大坪	
ʔbi¹	ʔbi¹	beŋ¹	bɛi¹	臭蟲
ʔdɔ:n¹ （外孫）	——	dɔn¹	dan¹	兒子
ʔbɔŋ³	ʔbɔŋ³	baŋ³	baŋ³	滿
ʔdam³	ʔdam³	dan³	dan³	虱子
ʔbuŋ⁵	ʔbuŋ⁵	bɔŋ⁵	bɔŋ⁵	放
ʔdai⁵	ʔdai⁵	dai⁵	——	殺
ʔbat⁷⁵	ʔbat⁷	bæ¹	bit⁷	筆
ʔbɔ⁷	ʔbɛ⁷	ba⁷	bjɛ⁷	北

全清聲母中的口閉塞音現在絕大多數地區仍是清音，但是保亭、東興變成了帶喉塞音的濁塞音，恭城、大坪變成了濁塞音。而清塞音變濁塞音是罕見的，爲什麼這些地方發生了呢？原來保亭和東興處在侗台語的包圍之中。帶喉塞的濁塞音是侗台語的主要特徵之一，而且一般限於雙唇和舌尖中兩個部位。而保亭和東興也只有這兩個部位。所以可以推斷：「現代瑤語的喉塞音聲母很可能就是受壯語影響結果。」〔註56〕恭城和大坪的 b 和 d 也可以用同樣的理由來解釋。因爲恭城和大坪也在壯語區或接近壯台區，那裡的勉語也受過壯語深刻影響，不過後來壯語的影響減弱了，因此聲母的喉塞音已經消失變成了純粹的濁音。此外，我們還認爲古全濁純閉塞音聲母現在讀ʔb-和ʔd-的也是如此，因爲這類字在勉語的其他方言裡都是清聲母，找不出演變爲濁音的條件。而且保亭和東興除了ʔb-和ʔd-外，其他發音部位的字也都是清音，看不出分化條件，而鄰近的侗台語裡恰好有ʔb-和ʔd-，又只有這兩個帶喉塞音的濁聲母。所以保亭和東興的ʔb-和ʔd-，不是古濁音的殘存，而是有全清、全濁兩個來源，即古全濁聲母清化以後，與全清聲母一起，在侗台語的影響下變成了帶喉塞音的濁音。

〔註54〕馬學良主編《漢藏語概論》，頁 538。

〔註55〕東興的ʔp-、ʔt-改爲實際讀音ʔb-、ʔd-。

〔註56〕鄧方貴〈現代瑤語濁聲母的來源〉，《民族語文研究》（成都：四川民族出版社，1983 年）。

　　基於上述原因，我們認爲水語中帶喉塞音的濁塞音其實就是單純的濁塞音聲母來的，即*b->ʔb-（>m-），*d->ʔd-（>l-）。

二、台語支泰語的複聲母概況

　　看完了水語的單、複聲母情況，接著來看屬於侗台語族台語支，卻在中國境外之「泰語」的單、複輔音情況。根據《漢藏語概論》、《侗台語族概論》中泰語的聲母，單、複輔音有下列幾種：〔註57〕

表22　泰語單、複輔音表

p	ph	ʔb			
m	f	w			
t	th	ʔd			
n	s	l	tɕ 〔註58〕	tɕh 〔註59〕	
j	r				
k	kh	ŋ	ʔ	h	
pr	phr	tr	kr	kw	khr
pl	phl		kl	khw	khl

　　泰語是泰國主體民族泰語的語言，以曼谷爲代表的標準泰語有聲母 21個：清塞音、塞擦音聲母有不送氣和送氣的兩套，即 p、t、k、tɕ 和 ph、th、kh、tɕh 八個，喉塞音ʔ無相對的送氣音。鼻音聲母 m、n、ŋ。清擦音聲母 f、s、h，濁擦音聲母 w、j。邊音聲母 l，閃音聲母 r。唇化聲母 kw、khw。

　　複輔音聲母 pl-、phl-、kl-、khl-、pr-、phr-、tr-、kr-、khr-、ʔb-、ʔd-共 11個。主要以「二合」複輔音爲主，又可細分爲：

（1）Cl-型複聲母：pl-、phl-、kl-、khl-，如：pla^1「魚」、plau^5「空的」、pli^2「巴蕉花」、pluːk^9「種（種樹、菜）」、pluk^7「喚醒」、kla^3「稻秧」、klɔːŋ^2「鼓」、klɔːŋ^3「盐」、klet^7「魚鱗」、kluəi^3「巴蕉」、khlaːn^2

〔註57〕 馬學良主編《漢藏語概論》，頁 756。梁敏、張均如《侗台語族概論》，頁 961。

〔註58〕 《漢藏語概論》中泰語聲母系統有 tɕ 而無 ts，而《侗台語族概論》有 ts 而無 tɕ，此處依馬學良之《漢藏語概論》標爲 tɕ。

〔註59〕 《漢藏語概論》中泰語聲母系統有 tɕh 而無 tsh，而《侗台語族概論》有 tsh 而無 tɕh，此處依馬學良之《漢藏語概論》標爲 tɕh。

「爬行」、khlai² 「汙垢」。

（2）Cr-型複聲母：pr-、phr-、tr-、kr-、khr-，如：phra⁴ 「孤兒」、phrɔŋ³ 「一半」、phra:k⁸ 「分裂」、phruk⁸ 「明天」、kruəi² 「籮筐」、kriə:m² 「焦糊」、khri³ 「疼愛、喜愛」、khra:n⁴ 「懶」、khra:ŋ² 「呻吟」、khra:m² 「藍靛草」。

（3）帶喉塞音之複聲母：ʔb、ʔd，如：ʔba:n³ 「村寨」、ʔdi¹ 「好」、ʔdoŋ³ 「簸箕」。不過由前文中水語的例子來看，我們不排除泰語中此類以喉塞音起首的二合複聲音為後起形式，它們實際上來源於濁塞音，即 *b-＞ʔb，*d-＞ʔd。

泰語跟水語一樣，沒有三合、四合複輔音聲母。

第四節　由語言的普遍性看複輔音的結合

一、印歐語系語言及親屬語中複聲母的結合規律

在本文第二章「印歐語系之複聲母系統」與第三章「漢藏語系之複聲母系統」的前四個小節裡，我們觀察了印歐語系之希臘語、梵語、拉丁語等諸語言及古藏語、彝語、苗瑤語、侗台語等親屬語中複聲母的情形，並從這些不同的語言中歸納出些許複輔音的結合現象與規律。

（一）輔音叢長度越長，限制就越嚴格

在本文所觀察的各語言輔音群中，以二合複輔音為大宗，數量最多，類型也較多；三合複輔音聲母數量次之類型亦較二合複聲母少；四合複聲母種類與數量都最少。

二合複輔音聲母可見於本文觀察之原始印歐語、希臘語、梵語、拉丁語、藏語、彝語、基諾言、野雞坡苗語、臘乙坪苗語、水語、泰語等等。大致上可分再細分為三類；第一類是塞音起首的輔音群，可以再細分為三小類，一是 CL-型複聲母，如：pl-、pr-、kl-、kr-……等，二是 Kn-型複聲母，如 kn-、gn-，三是喉塞音起首的輔音群，如：ʔb-、ʔd-；第二類是清擦音起首的輔音群，也就是 sC-型複聲母，這類輔音群的前身我們推測是由「s 前綴＋基本聲母」而來，只是後來前綴 s-與基本聲母凝固為一體而成為今日我們所見的 sC-

型複聲母；而第三類則是鼻冠音起首的輔音群，輔音叢中的第一個成分可能是 m 也可能是 n 或 ŋ 等鼻音，後面所接的輔音與前面的鼻冠音屬於同一個發音部位。以上的三類二合複聲母的形式在本文所觀察的語言中較爲常見。

三合複輔音聲母數量次之，見於本文觀察之原始印歐語、希臘語、梵語、藏語、野雞坡苗語、臘乙坪苗語，類型有 sCL-型、mCL-型、mCC-。在三合複輔音中後墊式的輔音結構序列是符合響度順序原則的，是順向的，且前後輔音結合地很緊密，中間沒有停頓；而前加式則跟響度順序不符，是逆向的，這也可以表明前冠音是附加於原詞根的添加成分，所以往往可以游移，它很可能是構詞前綴的痕跡，只是演變到後來和基本聲母融爲一體了。例如：「m‧pr」中，m-即前加式（前置）輔音，-r 即後墊式（後置）輔音。

四合複輔音的數量極少，最後一個音素只能是流音 r、l 才夠符合「音節化」與「響度原則」的要求。四合複聲母僅出現在藏語（bskr-與 bsgr-兩個）與野雞坡苗語（mʔpl-、mʔphl-、mʔpz-、ŋʔql-四個），而在這些極少數的四合複聲母更有著「詞綴＋基本聲母」的形態音位而非單純之「複聲母」的音韻音位，例如：藏語中唯二的四合複輔音 bskrun「建造」與 bsgrubs「完成」，我們透過親屬語的對比與前輩學者的研究成果來檢驗之後發現，bskrun「建造」、bsgrubs「完成」二詞在未來和過去均以 b-前綴表示，所以它們實際上是「詞綴＋基本聲母」而並非所謂四合複輔音。

另外，野雞坡苗語裡頭，四合複輔音全是帶鼻冠喉塞音複聲母，而這類複輔音單讀時，鼻冠音和喉塞音往往不出現，成爲單純的塞音聲母，又當它位於第二音節，而第一音節又沒有鼻音韻尾時，鼻冠音就移作第一音節的鼻音韻尾。故此我們認爲這樣的四合複聲母也不是原始苗瑤語中所擁有的複聲母形式。

（二）單輔音系統為複輔音系統的基礎

一般說來，一套音位總成一個簡單整齊的系統，單聲母系統如此，複聲母系統當然也不例外。一個語言的單聲母系統有多少個音位，按照音理論，就可能會有同樣數目的單聲母所構成的複聲母。例如：原始印歐語濁塞音還另外有送氣與不送氣之對立，而上古漢語的濁塞音卻沒有送氣與不送氣的對立。因此在原始印歐語中我們可以看到 sbh-、sdh-、sgh-等清擦音 s 加上送氣

濁塞音的複聲母類型，而在古漢語裡頭我們卻找不著 sbh-、sdh-、sgh-等 s 加上等送氣濁塞音類型的輔音叢。又如：藏語中前置輔音有塞音 b、d、g，續音 r、l、s，鼻音 m、n 等八個輔音，雖然唇齒濁擦音 z 並不在其中，不過我們卻發現有以 z 為前置輔音的複聲母 zbj-，在拉達克方言裡，就存在前置輔音 s-因受基本輔音清濁影響而分化為 s-和 z-的例子：〔註60〕

spəŋ 　　草坪：zbom po　粗

stot 　　上方：zdoŋ po　樹幹

skut pa 　線 ：zgoŋ 　　高，上

上述的例證使我們瞭解古藏語複聲母輔音叢中的前置輔音 s-因為受後面基本輔音的影響而產生 s 與 z 的變體，因此我們認為複聲母 zbj-並不是它原始的面貌，而是由更早期的複聲母 sbj-演化而來。

　　有鑑於此，當我們在為古漢語擬構複聲母系統時，就應該以單輔音系統為基礎，如此一來才不會顧此失彼，而構擬出一個單、複輔音聲母系統相互矛盾的奇怪語言。

（三）「響度原則」影響三合複聲母中的流音音素

　　在本章所觀察的親屬語與印歐語言裡，絕大多數三合複輔音聲母輔音叢的最後一個音素是流音-r-或-l-。人們發現，音節結構以及音節化（syllabification）過程，與語音的音響度有直接關係。一個音節中，音響度是「低－高－低」這麼一個形狀；換句話說，起首音響低，主要元音音響高，韻尾音響低，這是音節的最主要規範條件，也就是音節的響度必須是先升後降。若將音節可以分成兩部分，以主要元音為分界線，前半部份音響度上升，後半部分音響度下降。此外，根據「音響度衡」（sonority scale），語音響度順序為「元音＞介音＞流音＞鼻音＞輔音」，即元音響度大於介音，介音響度大於流音，流音響度又大於鼻音，而輔音響度最小。

　　其中，三合複聲母恰好處於音節中前半部分，響度必須由音首向主要元音漸次升高，在這樣的條件限制之下，輔音叢的最後一個音素就必需是一個響度大於輔音小於元音的音，而流音 r、l 自然是不二的選擇，因此在三合複輔音中輔音叢中最後一個音素只能是流音 r 或 l，而不能是其他的輔音。

〔註60〕馬學良主編《漢藏語概論》，頁 125。

（四）異化作用影響複聲母輔音間的結合

兩個音互相排斥的現象叫作「異化作用」（dissimilation），是一種語音的「強化」，因而使得輔音叢中相鄰的兩個輔音發音部位與發音方法變得不相同或相近，目的是為了增加其辨義功能。例如：舌根音 g 後不與舌根音（k、g、gh）搭配，舌尖音 d 不出現在舌尖音（d、t、n、s）之前組成複聲母，雙唇音 b 也不出現在雙唇音（b、p、m）之前；親屬語中，喉塞音後不與舌根塞音組成複輔音；鼻冠音後總與同部位的輔音結合；又如前綴 s-使後面的送氣清音一律變為不送氣清音，因此某一時期 s-後無送氣清音，如古藏語中 skar-ma「星」＜ *sgar-mo；n-和 m-前綴可以使後面的清音濁化，古藏語「蟲」nba＜*nphu。另外，n-後無擦音，是因為早期擦音在 n-後變成別的音了：ntsh-＜*ns，ndz-＜*nz，ndʐ＜*nʐ，這些都是異化作用的反映。

然而為何輔音相鄰的兩個輔音發音部位與發音方法相同或相近就會相互排斥呢？我們知道複聲母是一個詞位（morpheme）中的兩個或三個連續的聲母音位（phonemes），其中任何一個音位都不能取消，否則就是另一個截然不同的字。因此當我們發複聲母時，輔音叢中的每一個輔音彼此都不能間隔太長，否則聽起來就會像兩個（或以上）的音節，這對於發音器官來說，在短時間內必須發出好幾個相同發音方法的輔音的確是一項沉重的負擔。因此複聲母輔音的結合必須得在異化作用的前提之下，否則就無法結合成複聲母。

（五）同化作用發生在輔音叢結合之後

所謂「同化作用」（assimilation）是指兩個音互相影響而變得一致。輔音叢中相鄰的輔音因「同化作用」而發生變化是很尋常的。意味發一個音位的器官位置稍微改變，使其更接近另一個音位的部位。同化作用中較常見的是「逆向同化」，即前面音位受後面音位的影響，輔音的濁化或清化往往隨著後面的輔音性質而變為一致，例如：原始印歐語中 s-使其後的濁輔音 bh、d、dh、g、gh 清化，變成 sp-、st-、sk-等等；複聲母輔音群中的輔音往往清濁一致……等等，這些也都是「同化作用」的結果。

而本文之所以稱作「同化作用發生在輔音叢結合之後」，意指複聲母輔音叢在異化作用的前題下，有了複聲母的可能性，因而彼此結合成了輔音群。爾後輔音叢間才能夠因為彼此間相互影響（即同化作用）而變得較為一致。

二、輔音群的類型、來源、演變與異同

（一）二合複輔音

在本文所觀察的原始印歐語、希臘語、梵語、拉丁語、古藏語、彝語、基諾言、野雞坡苗語、臘乙坪苗語、水語、泰語等等。可再細分為：1、塞音起首的輔音群：又分 CC-型、CF-型〔註61〕、CL-型、Kn-型等複聲母、ʔ-起首之複聲母。在此類複輔音中，塞音後可接「塞音」、「擦音」、「流音」、「鼻音」組成二合複輔音聲母。而在「塞音＋塞音」形式的二合複輔音聲母中，因「異化作用」影響，輔音叢中的兩個輔音發音部位不能相同。2、鼻冠音起首的輔音群。3、清擦音 s 起首的輔音群。以上這三類二合複輔音形式最較為常見，下文中我們將分項討論。

1、塞音起首的輔音群

（1）CC-型

CC-型的複聲母即「塞音＋塞音」所構成之複輔音，這類的複聲母僅見於本文所觀察的古藏語中，例如：bgod「分」、btab「播種」、dpon「官」、dkar「白」、gtugs「接觸、會見」，而這類 CC-型的複聲母輔音叢的第一個塞音只能是 b、d、g 三個。其中 d-只出現在雙唇音與舌根音前，而 g-則出現在舌尖音與舌面音前，因此它們可能是同一個前綴的兩個變體。前綴音 b-、d-、g-在古藏語裡常常扮演著構詞前綴的功能，具有某種語法的意義，例如：「tugs 遇見：g-tugs 接觸、會見」、「gug 彎：b-kug 弄彎」，這裡前綴 b-與 g-則表示使動化的功能；「klong：b-klong」而這裡的前綴 b-則代表未來式的形態。因此這類 CC-型複聲母應屬「前綴＋基本聲母」的形態音位，非單純複聲母的音韻音位。

（2）CF-型

這類「塞音＋擦音」所構成的複輔音，僅見於印歐語中的希臘語的 ps-複聲母，例如：psūkhein「呼吸」、psūkhe「心智」、psȳchicus「生育」。此外，亦可見於親屬語之野雞坡苗語與臘乙坪苗語，不過數量稀少，只有 pz-、phz-、pẓ-、phẓ-、mẓ-五個，如：臘乙坪苗語之 pza³⁵「五」、phzɛ³⁵「吹（風）」、mzɛ³⁵

〔註61〕此處 CF-之「F」表 fricative，即擦音，以大寫 F 表示。

「猴子」、mzə⁶「鼻」、mzʮu⁴「魚」、mzʮei⁸「辣」。其中，野雞坡苗語中的 pz-二合複輔音聲母經各方言點比對爲輔音群 pl-而來，同理推斷 phz-應由輔音群 phl-而來。另外，根據馬學良編之《漢藏語概論》指出臘乙坪的複聲母 mzʮ-爲後起形式，它是歷史音變下所造成的複聲母形式，因爲聲幹消失了，只保留了聲頭、聲尾，而形成了兩個連續音組成的複聲母，我們推測它早期應來自於三合複輔音 mCzʮ-，加上鄭張尚芳先生論證苗語鼻冠音 m-是 ɦ-的遺跡，又複聲母 pzʮ-與 phzʮ-中的 zʮ 實際音值爲 ɹ，〔註62〕而 ɹ 又爲 l 的弱化形式，因此我們推論 pzʮ-與 phzʮ-分別來自於 pl-與 phl-。

至於前冠音 p 除了可與清擦音 s 組合複聲母 pn-，例如：希臘語 pneuma「空氣、風」，還可與舌尖塞音 th 組成輔音群 pth-，又如；希臘語 pthongos「風」。在雙唇塞音 p 後可接清擦音 s、舌尖鼻音 n 與舌尖塞音 t，而這些輔音的發音部位皆與輔音叢起首之雙唇塞輔音不同，因此我們推測此類複聲母中的雙唇塞音很可能是原始印歐語前綴的遺留。

（3）CL-型複聲母

CL-型複聲母即「塞音＋流音 r／l」的形式之複聲母，如：pl-、pr-、kl-、kr-等。這類型的複聲母可見於希臘語、拉丁語、梵語與古藏語、野雞坡苗語、泰語等親屬語中，算是二合複聲母的中最常見也最大宗的類型，因此我們相信在古漢語中也有這類的複聲母。

（4）Kn-型複聲母

此類輔音群包含 kn-、gn-兩類。而本文所觀察的語言中，僅希臘語、古藏語（只有 gn-型複聲母一種）有 Kn-型複聲母，而複聲母 pn-僅見於希臘語中，如：pneuma「空氣、風」。Cn-型複聲母在彝語、基諾語、野雞坡苗語、臘乙坪苗語、水語、泰語等親屬語中則不見其蹤跡。已知在「異化作用」影響之下，Kn-型複聲母中的舌根塞冠音後只與「不同」發音部位的輔音結合。又在一個音節裡，響度由聲母、主要元音至韻尾呈現「低－高－低」的曲線分布，而音響度衡提示我們語音響度爲「元音＞介音＞流音＞鼻音＞輔音」。根據響度原則，Kn-複聲母起首爲舌根塞輔音，這個輔音後面只能與響度大於舌根塞輔音的非元音音素組成複聲母，然而這個音又不能是流音（否則就成了 KL-型複聲

〔註62〕王輔世主編《苗瑤語簡志》（北京：民族出版社，1985 年），頁 8。

母），因此鼻音是不二的人選，這也就是Kn-型複聲母何以可能的原因之一。至於，舌根音後可選擇的鼻音有雙唇鼻音與舌尖鼻音兩個，何以輔音群 Kn-可能而輔音群 Km-卻不可能存在？我們認為這與雙唇鼻音的發音機制有關。眾所皆知，雙唇鼻音的發音舌體平放，並無協調動作牽連其中。換言之，發唇音時舌體是靜止狀態的，這種靜止狀態使它傾向於「一次動作」而不利於前後來回的「連鎖動作」。這代表舌尖發音舌體處於活動狀態，在完聲母後接元音的調度上比唇音更方便，而這也是何以 Kn-型複聲母存在而 Km-型複聲母不存在的原因之二。

然而，在古藏文中僅見 gn-型複聲母而不見 kn-型複聲母，我們認為這樣的情形與英語裡複聲母 kn-多半失落而複聲母 gn-較廣泛地在的原因是相同的。發音時「氣流上升速度」這個關鍵造成 kn-型與 gn-型複聲母間有如此不同演變。濁音靠聲帶顫動與肺部呼出之氣流在聲門造成的壓差而發聲，同時發濁音時氣流上升速度慢，一般說來發清輔音時氣流上升速度較濁輔音快。複聲母 kn-由一個舌根清塞音 k 與帶濁音成份之舌尖鼻 n 音所構成，這兩個輔音在發音時氣流上升速度並不一致，前者快而後者慢。由於發音時氣流速度的不一致，造成輔音叢 kn-彼此間的結合較不穩定，反觀複聲母 gn-，g 與 n 兩者皆是屬濁音性質，發聲時氣流上升速度一致，輔音叢 gn-間結合情況亦較 kn-穩定。有基於此，現代英語中，複聲母 gn-才能較廣泛地維持不變，而複聲母 kn-則大多消失了。

另外，由 kn-與 gn-兩類複聲母來看，我們似乎可以推測輔音叢中起首的舌根塞音很可能是原始印歐語中某個塞音前綴的殘留，而這個塞音的前綴就音理上來說很可能就是濁塞音 g。

（5）喉塞音ʔ起首之輔音群

帶喉冠複聲母可見於彝語、野雞坡苗語、水語、泰語等。喉塞音後可與塞音（除 g）、鼻音、流音 l，構成以喉塞音起首的二合複輔音，即ʔC-（除 g-）、ʔN-、ʔl-。與清擦音 s-類似，喉塞音幾乎可與所有的輔音組成二合複聲母，我們認為這其實與喉塞音的發音性質有關。潘悟云先生對喉塞音有過這樣一段敘述：

喉塞音聲母聽起來與其說是個塞音聲母，還不如說是一個零聲母。

漢藏語專家在作語言紀錄的時候，是把喉塞音聲母與零聲母同等對待。從語音學角度來說，一般塞音屬於發音作用（articulation），而喉塞音則屬於發聲作用（phonation）。發聲作用就是聲門狀態對語音音色的影響。各種語言發母音的時候聲門狀態是不太一樣的。有些語言在發一個母音的時候，習慣於先緊閉聲門，聲帶振動時伴隨著聲門的突然打開，在母音前會產生一個喉塞音。所以，喉塞音與其說是塞音，不如說是發一個母音的時候，聲門打開的一種特有方式，與耳語、氣聲一樣屬於一種發音作用。〔註63〕

由此我們可以知道喉塞音就聽覺上而言與零聲母幾乎相同，因此喉塞音幾乎可與所有的輔音組成二合複聲母。又前文已提及「響度原則」會影響複輔音的結合，而喉塞音的發音性質使它成為響度低的輔音，也因此它可與任何比它響度大的輔音結合成為複輔音。不過，我們認為輔音叢起首之喉塞音為前綴脫落前的最後階段，如清海果洛藏族自治州的甘德話次濁基本輔音前的喉塞音即由古藏語不同的前置輔音演變而來，例如：ʔŋu＜dŋul「銀」、ʔa＜rŋa「鼓」、ʔŋa＜lŋa「五」、ʔleʔ＜klag「雕」、ʔla＜gla「工錢」、ʔjə＜g-ju「松耳石」等。〔註64〕又苗瑤語中石頭的ʔt＜*ql，可知喉塞冠音本來源於小舌音 q。〔註65〕簡言之，帶喉塞音的複輔音很可能是由其他輔音起首的複聲母弱化而來，而輔音叢起首之喉塞音即為其他前綴或冠音失落前的最後階段。

2、鼻冠音起首的輔音群

此類複聲母見於古藏語、彝語、野雞坡苗語、臘乙坪苗語、水語等。鼻冠音後可與塞音、塞擦音、流音構成以喉塞音起首的二合複輔音，即 NC-、NA-〔註66〕、NL-。不過，鼻冠音後只接「同部位」塞音、塞擦音或流音；少數則接不同部位之「鼻音」，像是藏語的 A 類複輔音，如：mnar「迫害」、mŋam「等同」、mŋar「甜」。而古藏語中前置輔音 m-前身往往就是構詞前綴*m-，在藏緬語中可以充當肢體、動物名詞前綴，以藏語為例，如：m-khal ma「腎」、

〔註63〕潘悟云〈喉音考〉，《民族語文》1997 年第 5 期。

〔註64〕張濟川〈藏語拉薩話聲調分化的條件〉，《民族語文》1981 年第 3 期。

〔註65〕馬學良主編《漢藏語概論》，頁 529。

〔註66〕此處 NA-之「A」表 affricate，即塞擦音，為與元音 a 區分，故以大寫 A 表示。

m-gul ba「喉」、m-thjin pa「肝」、m-dzub mo「食指」。〔註67〕甚至我們可以說鼻冠音中的 m-冠音，實際上就是 m-前綴，正因爲如此前綴*m-後面可以接任何的輔音，其中也包含同部位的鼻音，它代表的是「前綴*m-＋基本輔音」的形態音位，而不是複聲母所代表的是一個詞位。不同的是苗瑤語中的鼻冠音 m-是 ɦ-的遺跡，因此苗瑤語中的 m-冠音則來自於 ɦ-前綴。

至於，m-以外的 n-、ŋ-、ɳ-與 ŋ-等鼻冠音後面也只和「同部位」的塞音、塞擦音結合。然而，即便是塞擦音的第一個音素也是塞音，因此我們也可以說 n-、ŋ-、ɳ-與 ŋ-等冠音後只與同部位的「塞音」結合，而這種現象則反映了輔音叢中的「同化作用」。換言之，親屬語中的 n-、ŋ-、ɳ-與 ŋ-等鼻冠音，都是後來受到後接輔音同化的結果，後接聲母或元音如果是舌尖音，這個鼻冠音就是 n，如果是舌面音則是 ɳ-，如果是捲舌音則是 ŋ-。而這類的鼻冠音筆者推測最早也是由「*m 前綴＋基本聲母」而來，只是後來*m-前綴與基本聲母融合成 NC-型複聲母後，輔音群中的輔音相互影響之下又同化成「同部位」的輔音，最後使得輔音叢變爲發音方法不同，而發音部位相同的複輔音聲母。

3、s 清擦音起首的輔音群

s-清擦音起首的輔音群可見於原始印歐語、希臘語、梵語、拉丁語、古藏語，而在本文所觀察之基諾語、彝語、野雞坡苗語、臘乙坪苗語、水語、泰語等親屬語中已不復見，清擦音 s 可除了擦音外的所有輔音組成 sC-型複輔音聲母。經學者的研究顯示，上古漢語也有這類型的複聲母存在。而這個清擦音 s-其實是一個構詞的前綴，可附加在詞根上表示某些語法的意義，例如：在藏語中，前綴 s 常常有使動化的作用「log 回：s-log 使回」、「baŋ 泡：s-baŋ 浸泡」、「bjaŋ 熟練：s-bjaŋ 練習」。因此我們認爲清擦音爲 s 起首的輔音群並非單純的複聲母形式，而是屬於「前綴＋基本聲母」的形態音位。

（二）三合複輔音

比起二合複聲母，三合複聲母在數量上與分布的範圍上相對較少，而本文所觀察的語言中也僅有古藏語、野雞坡苗語及臘乙坪苗語擁有此類的複聲母。

〔註67〕金理新《上古漢語音系》（安徽：黃山書社，2002 年），頁 286～287。

1、塞音起首的輔音群

藏語中也有一些塞音起首的三合複輔音，例如：brC-型：brtan「穩固」、brtson「勤奮」；blC-型：bldag「舐」、blta「看」；bsC 型：brdad「坐」、bsŋog「挖、揭」；cCc-型：ngro「行」、dpral「額」、smra「說」……等等。然而，我們應該注意的是，這些三合複輔音聲母事實上並非都是單純的複聲母，它們有些實際上是「詞頭＋基本聲母」的形式。如：在藏文中的三時一式 rdʑe－brdʑe－brdʑes－rdʑes「換」，其中前加字 b-、後加字-s 皆爲形態成分，表示時式（b 表未來時、s 命令式、b…s 表過去時），上加字 r-屬詞根音素，故 brdʑ-其實是 b-rdʑ-的形式，並非所謂三合複聲母 brdʑ-，而是「前綴＋二合複聲母」形式。

不過，藏文裡確實也有三合複聲母 brdʑ-，而前面的 b-沒有語法功能：古藏文中「忘記」「brdʑed」在拉薩反映爲「tɕeʔ³⁵」，在巴塘反映爲「dʑeiʔ⁵³」，在道孚反映爲「wdʑe」，在阿力克「wdʑet」。brdʑ 與 b-rdʑ-的基本聲母皆爲舌面前塞擦音，區別在於前者的 b 是一個前置輔音，不能游離於基本輔音 rdʑ-；而後者的 b 是一個具有表時態功能的前綴，不屬於詞根聲母的一部分。

2、鼻冠音起首的輔音群

此類輔音群僅見於野雞坡苗語及臘乙坪苗語。形式爲「鼻冠音＋塞音＋塞音／塞擦音／流音（1）」，即 NCC-、NCA-、NCl-，由鼻冠音後只接「同部位塞音」的現象可以印證相鄰的兩個輔音彼此因同化作用影響而變得一致，但又必須保持一定的差距，否則容易因異化作用而互相排斥，更驗證了「同化作用」發生在「異化作用」的前提下。

然而，野雞坡苗語裡頭 mʔpj-、mʔph-、mʔpj-、mʔpjh-、nʔt-、nʔth-、nʔts-、nʔtsh-、ŋʔtʂ-、ŋʔtʂh-、ȵʔtɕ-、ŋʔk-、ŋʔkh-、ŋʔq-、ŋʔqh-、ŋʔqw-、ŋʔqwj-這些鼻冠喉塞三合複聲母單讀時，鼻冠音和喉塞音往往不出現，成爲單純的塞音聲母，而當它位於第二音節，而第一音節又沒有鼻音韻尾時，鼻冠音則移作第一音節的鼻音韻尾，而由上述現象我們推斷此類鼻冠喉塞音複聲母事實上是屬於特殊條件下的音變所導致。這表示這些帶鼻冠喉塞音的三合複聲母早先應是單純的塞音聲母，而不是所謂的帶鼻冠喉塞音之三合複輔音，如此一來，野雞坡苗語中的三合複聲母僅剩 mpʐ-、mpl-兩個。而我們在前文曾經提

及經過方言點的比較二合複聲母 pz-很可能是由 pl-而來，同理 mpz-早期可能也是從 mpl-演變而來。因此野雞坡苗語裡應該只有一個三合複聲母 mpl-。

此外，臘乙坪苗語僅有的三合複聲母 mphz̩-，我們推測它有更早的來源，今日所見之 mphz̩-應屬於後起形式。又前文中鄭張尚芳先生已論證苗語鼻冠音 m-是 ɦ-的遺跡，那麼 mphz̩-應來自於 ɦphz̩-形式的複聲母，再加上 pz̩-與 phz̩-中 z̩-實際音質為 ɹ，屬於 pl-與 phl-的弱化形式。因此 mphz̩-應來自於 ɦphl-；而失落聲幹僅保留聲頭、聲尾的 mz̩-，我們推測早期也應來自於 ɦCl-形式的三合複聲母。

（三）四合複聲母

本文觀察之原始印歐語、希臘語、梵語、拉丁語、古藏語、彝語、基諾言、野雞坡苗語、臘乙坪苗語、水語、泰語等語言中，僅有古藏語及野雞坡苗語擁有四合複聲母，而這類的四合複輔音不僅數量少而且都是以「塞音」或「鼻音」作為輔音叢的開頭。

1、塞音起首的輔音群

藏文中四合複聲母只有 bskr-、bsgr-兩個。一般認為在藏文裡有些許的四合複輔音聲母存在，這些四合複輔音都是基字加前加字和上加字再加下加字的組合，例如上文中所舉之：bskrun「建造」、bsgrubs「完成」。我們可以透過親屬語的對比與前輩學者的研究成果來檢驗這些所謂的四合複聲母可以發現：《授記性入法》記錄藏文的的動詞形態，側重分析動詞的「三時一式」，三時指現在、未來和過去，一式指的是命令式，「完成」一詞在未來和過去均以 b-前綴表示。因此古藏語中的兩個四合複聲母 bskr-、bsgr-實際上只是「前綴＋基本聲母」而不是單純的四合複輔音聲母。換句話說，古藏語實際上並無單純的四合複聲母。

2、鼻冠音起首的輔音群

帶鼻冠音的四合複輔音在野雞坡苗語裡也僅有 4 個，例如：mʔpl-、mʔphl-、mʔpz-、ŋʔql-。而這類的帶鼻冠喉塞四合複聲母在結構上為「鼻冠喉塞三合複聲母＋流音 l／擦音 z」。經過我們在上文中的分析後發現：所謂的鼻冠喉塞三合複聲母其實只是單純的塞音聲母，因此鼻冠喉塞四合複聲母其實也就是「單純的塞音聲母＋流音 l／擦音 z)」型式。換言之，mʔpl-、mʔphl-、mʔpz-、ŋʔql-

這類鼻冠喉塞四合複聲母真面目應是帶流音-l-或-z-的二合複聲母，即 Cl-型與 pz-型之複聲母。另外，前文中我們已證實方言對比的結果，pz-型複聲母實來自於複聲母 pl-，因此我們可以說野雞坡的四合複聲母 mʔpl-、mʔphl-、mʔpz-、ŋʔql-實際上只是複聲母 pl-與 ql-。

　　從上文中我們知道，古藏語中的唯二的四合複聲母 bskr-、bsgr-與野雞坡苗語中的四個四合複聲母 mʔpl-、mʔphl-、mʔpz-、ŋʔql-其實都不是單純的四合複聲母。前者是「前綴 b＋基本聲母的」形態音位；而後者則是 Cl-型複聲母中 pl-與 ql-的變體，或者我們可以說在本文所觀察的印歐語言與親屬語中並不存在單純的四合複聲母，由此我們或許可以推論在原始漢藏語中並不存在所謂的四合複輔音聲母。同理，上古漢語裡四合複聲母是否存在，我們認為這也是值得懷疑的。

第四章 上古漢語複聲母構擬之分析

第一節 擬訂複聲母的幾個原則

古漢語有複聲母基本上已是學界大部分學者的共識，而我們認為原始漢語至上古漢語晚期均有複輔音聲母的存在，只不過原始漢語時期的陶文、陶符無法示現當時的複聲母痕跡，只能靠親屬語言的比較構擬推測。而諧聲時代的形聲字與通假字可以幫助我們重建諧聲時期的複聲母形式，兩個時期約差距 3000～4000 年的時間，原始漢語時期的先民還沒有運用音同或音近的概念去創造形聲字，因此諧聲系列所顯示的複聲母形式僅及於諧聲時期與詩經時期的複聲母情況，那麼這些複聲母的類型及音素組合要如何得知？〔註1〕一般說來可借助兩種途徑：親屬語言與書面文獻。前者基於語言的「普遍性」（即共性）能歸納出上古漢語的複聲母可能具有的形式；而後者基於語言的「個別性」（即特殊性）可以確定古漢語的複聲母種類。

而上古漢語存在複輔音聲母的判斷依據主要是根據諧聲、通假、同源詞、反切又音、聲訓、重文、古籍注音、異文、聯綿詞、漢語方言、古文字、域外譯音等材料。這些文獻與活語言往往反映出上古漢語裡頭複聲母的痕跡，而複聲母的成立也必須建立在這些外部與內部的材料之上。然而，對於構擬古漢語

〔註1〕李長興〈談構擬上古漢語複聲母的幾個原則〉，頁 2。

複聲母形式並不是把發生關係的幾個聲母拼合起來就成了，這是不正確的。我們認爲擬定複聲母必須考慮到下面幾個條件。

一、必須要有大量而平行的例證，不能只憑一兩個孤證就認爲是複聲母，除此還要有充分的旁證

目前研究上古聲母的類型最主要的依據往往就是聲符與其所諧形聲字所組成的諧聲系統。而漢字諧聲系統的聲類接觸一般呈現出兩種類型：一種是漢字諧聲字族有顯著聲類相關的諧聲關係〔註2〕，例如：我們看到形聲字裡有「各：絡」相諧聲的現象，一個是見母，一個是來母，不過在我們假定它們是上古 kr 或 gr-複聲母以前，還得看看在形聲字裡是否還有其他平行的例證就是了。當我們有了「京 krj-：涼 grj-」、「柬 kr：闌 r」、「監 kr：藍 gr」、「果 k-：裸 gr-」、「兼 kr-：廉 grj-」……等類似的諧聲時，我們才能相信 k 與 r 或 g 與 r 的接觸並非偶然。又如：從藏文、緬文、泰文、孟文中與漢語對應的「巷、江、谷」同源詞都具有 KL-型複聲母及舌根韻尾：

表23　漢語與藏、緬、泰、孟文「巷、江、谷」的同源詞對照表

	藏文	緬文	泰文	孟文
巷	grong 村莊、市鎮	krongh 路	glooŋ 道路	glong [kloŋ] 道路
江	klung 江河	khjongh 河溪	glooŋ 河港渠路	krung [kluŋ] 河川
穀	grog 深谷	khjok 山谷	glook 道路（古）	

與方言中的古音遺留層次一比照，就使我們瞭解晉語「巷」稱 xəʔ-lõ和吳語稱巷子爲弄「loŋ[6]」原來都是 *groongs 的分化與遺留。

另一種是諧聲字族的聲類發音部位相距甚遠，有的目前已在音理上獲得的合理解釋，有的則是目前仍未得到公認的合理解釋，著名的例子如董同龢先生

〔註 2〕諧聲關係反映的聲類接觸，喻世長將其分爲同位互諧（發音部位相同或相近的諧聲）、同式互諧（發音方法相同或相近的諧聲）、曲折通諧（發音部位或發音方法有某些近似的諧聲）三類，參見喻世長：〈用諧聲關係擬測上古聲母系統〉，《音韻學研究》第一輯（北京：中華書局，1984 年），頁 189。

最早在《上古音韻表稿》認爲「每 m-：悔 xw-」、「勿 m-：忽 xw-」、「民 m-：
昏 xw-」……等中古曉母字與唇音明母諧聲的現象與所謂的諧聲原則不符，因
此提出古代一定有清鼻音＊hm，而這個看法後來被李方桂先生所接受，並在《上
古音研究》中正式提出上古有一套清音的鼻音＊hm-、＊hn-、＊hŋ、＊hŋw-；日後
又在學者的接力研究下發現原來清鼻音其實有更早的來源，我們看到的清鼻音
並不是最初的形式，這類清鼻音事實上來自早期的＊s-n-輔音叢，是由構詞前綴
＊s-與詞根聲母 n-的凝固而來，即＊s-n->＊sn->＊hn-。

　　不過，透過諧聲系統構擬上古複聲母時，我們應注意漢字字形的演變是否
影響到諧聲關係的判斷，避免將字形訛變、訛混造成的「假諧聲」也納入複聲
母形式的構擬當中。另外，還須區分歷史層次與方音異讀，因爲部分形聲字未
必是同一時期、同一地域的產物，諧聲系列裡的非同類聲紐接觸極有可能說明
它們不是與同聲符的其他形聲字在同時期、同地域誕生的。古代不同的漢語方
言區會在各自的語音系統上創造新的形聲字，這就會產生新的諧聲關係，層層
積累的方音異讀會造成漢字諧聲系列的矛盾。而不同時期的同聲符形聲字被歸
納在一個平面上看待，就會產生聲類接觸的矛盾，無法符合諧聲原則，這是在
構擬古漢語複聲母類型時所應該注意的。〔註3〕

　　此外，上古漢語複聲母的韻母多半屬於同一類型，也就是說它們的韻母
都是近似的，只有聲母不同。如果是聲韻迥異，很可能是無聲字多音所造成。
起因於造字者的不同，雖然擁同一個字形，但筆順也不一定相同，如：「｜」
有「ㄒㄧㄣˋ」、「ㄊㄨㄟˋ」、「ㄍㄨㄣˇ」等念法，不同的讀音筆順也不盡
相同，如果不看筆順，根本不知道如何區分。由於這些字不是形聲字，看不
出讀音，很容易就被不同的人賦予不同的音讀，而造成無聲字多音的情況。

　　當然，除了大量的諧聲例證之外，充分的旁證也是很重要的。因爲上古
如果眞的有某種類型的複聲母，它一定不會僅僅保留在形聲字裡，在別的資
料裡也一定可以找到平行的例證。例如我們除了在上文提及的形聲字裡，看
到了 kr-的痕跡，在東漢劉熙的《釋名》裡也收了「領，頸也」、「勒，刻也」
的音訓，許愼的《說文》收了「牯，牢也」、「倞，彊也」、「旍，鈴也」、「老，
考也」，《毛詩》收了「流，求也」、「穀，祿也」，這些音訓資料所顯示的輔音

〔註3〕李長興〈談構擬上古漢語複聲母的幾個原則〉，頁 45。

關係（k 和 r）竟然和諧聲裡所見的完全一致。又如一字兩讀的資料，像唐代陸德明《經典釋文》中「卷」字有「居晚反」和「力轉反」兩音，《玉篇》中「濂」字有「裏兼切」、「含鑒切」兩音，《廣韻》中有「鬲」字有「古核切」、「郎擊切」兩音，這些例子又顯示了上古 kr-分化的痕跡。

再者，漢語是「漢藏語族」的一支，漢語的各方言雖然沒有留下複聲母的痕跡，然而漢語的同族語言，例如藏語、苗瑤語、侗台語卻保留了或多或少的複聲母，這可說是古代漢語也有複聲母的有力旁證。同族語所保留的複聲母音讀，更是我們證明古漢語複聲母的擬音的活化石，例如：「孔」字泰語唸[kluŋ]、藍字唸[khram]，前者現代漢語還保存了「窟窿」一詞，後者從「藍」kh-得聲，正可以互相呼應；泰語中「外皮」、「樹皮」為 pliak，古藏語「皮」為 plags，因此說上古漢語「皮膚」來自於*pl-型複聲母應是沒問題的。有了以上這些旁證，我們才可以確定的說 kr-的擬音是合理的。所以，我們才說除了大量的諧聲例證之外，充分的旁證也是非常重要的。

二、必須要能解釋其演變

若我們假定上古有*gr-中古變成了來母，這是因為濁塞音比較容易失落；又我們假定上古有*sn-，中古變成審母字，這是因為前綴*s-使 n 清化為清鼻音 hn-之後又失落的影響；我們又假定上古有複聲母 st-，中古變成精母，這是由於「音素易位」造成的；又我們假設上古有*klj-，中古變成章母字，這是因為流音 l 失落，使得聲母 k 受 j 介音影響而顎化的關系。

再者，人們在處理諧聲關係時，往往注意到諧聲字族裡頭有發音部位差異甚大的聲母互相接觸的情形存在，而它們彼此間的關係又無法單就語音層面來解釋的情況發生。我們知道，諧聲、異讀、同族詞所顯示的古語音形式不僅有純粹語音層面的複聲母，也有形態的存在，而此兩者的區別就在於這種所謂的複聲母形式是否具有語法功能，若具有語法功能的話就劃歸「前綴＋基本聲母」而不再視為複輔音聲母。一方面是因為形態音位的「前綴＋聲母」形式與上古漢語的構詞、構形相關，另一方面則因為「前綴＋聲母」形式的形態音位和語音層面的複聲母形式有著「貌似而非」的混淆關係。若是無法從形態層面區分出形態音位的假複聲母形式，反而會使構擬的上古複聲

母體系增添許多不存在的類型，異常地擴張上古漢語的聲母系統，[註4] 在還原上古漢語的語音系統過程上造成誤解與音理上無法解釋與的情況。例如：鄭張尚芳先生在《上古音系中》為上古漢語擬構了 *l-（>中古以母）、*l̥-（>中古以母）、*r-（>中古來母）、*ɾ-（>中古定母、三等澄母）、*ɾ̥-（>中古二等澄母）、*l̥-（>中古透母、三等徹母）、*r̥-（>中古透母、二等徹母）六個流音外，更有 kl̥-、ʔl̥-、ɦl̥-等複聲母，我們認為很難找到一個語言有這樣的語音類型，在同源詞和古代借詞中也找不到這種現象。有鑑於此，若我們構擬出的複聲母在音理的演變上無法解釋，那麼所擬定的複輔音就得再仔細斟酌了。

二、聲母輔音要有結合的可能

　　「輔音結合的可能」是探討複聲母類型的關鍵，惟有解決這個問題，再將可成立的複聲母類型驗證於漢語內部材料，方能證明上古漢語裡確實有複聲母的存在，而輔音結合的可能性則有賴於外部材料的佐證。[註5] 就是透過藏緬語、苗瑤語、侗台語等親屬語言，藉由語言共性的特點找出其原始複聲母類型。利用時空投影法的彼此互相比對，釐清語音層次區別與音變規則，重建原始音類。此外，當這些原始音類的複聲母類型若能在漢語內部材料裡找到證明，便可為上古漢語建立此一類型的複輔音聲母形式。

　　除此之外，輔音的發音性質各有特色，使得某些輔音適合連接，某些輔音不適合連接。語言的輔音音位會形成內部的配列格局，輔音的搭配與結合會有一定的規律，兩個輔音以上的音素結合會有融合程度的高低，融合程度高的配對將會是複輔音聲母出現的優選。輔音音素之間有協同發音作用，響度原則與音素的組合類型相關，而發音強度與輔音叢的演化方向有關，透過語音學的音段組合研究可以找出輔音的組合類型與組合規律，參以漢藏語言聲母輔音叢的共時差異與歷時演變，佐以漢語書面文獻材料，重建上古漢語的複聲母體系，（但不排除複聲母有時空的差異）。[註6] 例如：流音 r、l 往往出現作第二個成分，前面可以很自然的接上一個塞音、鼻音、擦音或塞擦音。

〔註4〕 李長興〈談構擬上古漢語複聲母的幾個原則〉，頁1。

〔註5〕 李長興〈談構擬上古漢語複聲母的幾個原則〉，頁45。

〔註6〕 李長興〈談構擬上古漢語複聲母的幾個原則〉，頁10。

塞擦音就很少和另一個塞擦音接合，同部位的塞擦音和擦音也很少結合。因此我們不能隨意把兩個或兩個以上的中古聲母拼合起來，就說那是上古的複聲母，還得考慮這幾個輔音是否有結合的可能性，以及它的先後位置如何。如果是三個輔音的結合，那麼它的限制就更大了。例如英語三個輔音的複聲母只允許有一種狀況：第一個音素必須是 s-，第二個音素是塞音，第三個音素是流音。因此，對於上古漢語三合複輔音的擬定就應當更為慎重。

三、輔音叢應符合響度原則

語音的一個音節以韻腹為響度最高點分別向兩端漸減，因此在聲母的部分，複輔音聲母的類型應當符合響度原則，第一個輔音的響度須低於第二個輔音的響度，例如 pl-、ml-、ps-、hŋ-、sl-等等都是符合響度原則的音段結合，然而不合響度原則的詞首音叢 sp-、mp-、rp-、lp-、jp-卻仍然存在於活語言及書面文獻材料中，這是因為符合響度原則的複聲母形式是「核心音叢」，不符合響度原則的複聲母形式則是「邊際音叢」，以英語的 spr-為例，其為〈s〉＋pr-，〈〉表示該成分是邊際成分，將其劃分為 s.C- / s.Cl-，故不受響度原則的制約。〔註7〕

表24　符合響度原則之輔音聲母搭配表

	半母音	流音	鼻音	濁擦	清擦	濁塞擦	清塞擦	濁塞	清塞
半母音									
流音	∨								
鼻音	∨	∨							
濁擦	∨	∨	∨						
清擦	∨	∨	∨	∨					
濁塞擦	∨	∨	∨	∨	∨				
清塞擦	∨	∨	∨	∨	∨	∨			
濁塞	∨	∨	∨	∨	∨	∨	∨		
清塞	∨	∨	∨	∨	∨	∨	∨	∨	

響度劃分依強至弱為：母音＞半母音＞流音＞鼻音＞濁擦音＞清擦音＞濁塞擦音＞清塞擦音＞濁塞音＞清塞音，以數字表示響度大小，母音為10、半母

〔註7〕李長興〈談構擬上古漢語複聲母的幾個原則〉，頁10。

音爲 9……依此類推，那麼我們可以推知符合響度原則的輔音聲母配當爲表 24（表格成立的輔音配列爲理想狀態，仍需依實際語言的狀況進行複聲母的配對）：〔註8〕

　　輔音單位在音節首的組合規則會因語言而有所差異，但是這些輔音音段配列是有限制的組合，前綴加基本聲母的類型存在會有一定的規律，例如 b-不能出現於唇音聲母之前、d-不能出現於齒塞音或齒擦音或齒塞擦音聲母之前、g-不能出現於顎音聲母之前，這是由於異化趨勢；s-、b-、d-、g-後不能有送氣輔音，ɦ-後不能有擦音，它們會使送氣輔音的送氣成分消失。〔註9〕

　　同質的輔音組合是相同性質的輔音組合爲一個複聲母形式，它們之間不存在響度的差異，例如 p-、k-組合爲一個詞首輔音叢，p 和 k 都是不送氣的清塞音。下面表 25 中舉幾個藏緬語言的 pk-、kp-複聲母例子來看看它們究竟是不是原始形式：〔註10〕

表 25　藏緬語言的 pk-、kp-型複聲母

	嘉戎語	羌語	獨龍	景頗	格曼僜
和尚	tə kpən	ŋuə χpən	—	—	—
孫子	tə pkhi	—	—	—	—
雞	pka tʃu	—	kaʔ⁵⁵	—	—
蓋子	ta pkap	—	tɯ³¹kam³¹	ma³¹ kap³¹	ŋkhap⁵³

　　「和尚」嘉戎語和羌語的比對可以發現它們之間有歷史階段的承繼，嘉戎語的 kp-演變爲羌語的χp-，但是還沒有確切的證據證明 k-是一個前置輔音還是前綴，「孫子」、「雞」亦無法說明 p 這個輔音是前置輔音還是前綴。但我們從「蓋子」嘉戎語和格曼僜語的比對可以發現 k-前面的輔音 p-和ŋ-形成交替關係，這說明它們是前綴成分，而非前置輔音，因爲前置輔音是不能脫離基本輔音而游移的，〔註11〕這不是一個複聲母的形式，而是前綴＋基本聲母。

〔註8〕 本表引自李長興〈談構擬上古漢語複聲母的幾個原則〉，頁 10。其中，「∨」表示輔音組合符合響度原則，「／」表示輔音組合符合不響度原則，空格表示同質的輔音組合。

〔註9〕 李長興〈談構擬上古漢語複聲母的幾個原則〉，頁 11。

〔註10〕 李長興〈談構擬上古漢語複聲母的幾個原則〉，頁 11。

〔註11〕 孫宏開〈原始漢藏語的複輔音問題——關於原始漢藏語音節結構構擬的理論思考

因此我們在構擬上古漢語複聲母時，除非有確切的書面材料證明可以構擬一個 *pk-複聲母，否則這樣的構擬可能是有問題的。

此外，潘悟云將不合響度原則的複聲母形式稱爲甲類複輔音，認爲這些複聲母其實都是一個半音節的形式，即次要音節＋主要音節，如「翼」 *p‧lǔk（服翼）、「猱」 *m‧lu（馬騮）。〔註 12〕但是本文以爲像「服」、「馬」這樣的形式與其視爲次要音節不如看作是詞頭，它們是沒有實質意義的構詞成分。〔註 13〕

四、複輔音音位系統應與單輔音之音位系統相符

我們知道一套音位理應成一個簡單整齊的系統，單聲母系統如此，複聲母系統亦如此。一個語言的單聲母系統有多少個音位，按「音理」說來，就可能會有多少個單聲母所構成的複聲母。例如：在原始印歐語中有單聲母 s、b、bh、t、d、dh、l、k 等音，照理應有 sb-、sbh-、st-、sd、sdh、sl-、sk-等複聲母；而古漢語有單聲母 s、b、t、th、d、l、k、kh 等音，依理應有 sb-、st、sth-、sd-、sl、sk-、skh-等複聲母。從上述例子中我們可以看出原始印歐語與上古漢語單聲母系統皆有清、濁對立；這裡不同的是原始印歐語濁塞音有送氣與不送氣之對立，而上古漢語的濁塞音則無送氣與不送氣的對立。因此，在原始印歐語中我們可以看到 sbh-、sdh-、sgh-等清擦音 s 加上送氣濁塞音的複聲母類型，而在古漢語裡頭我們卻找不著 sbh-、sdh-、sgh-等 s 加上等送氣濁塞音類型的輔音叢。

由上述亦可知，複聲母系統的音位區別性與該音系語音特點皆及該語言之單聲母系統相同。如有彼此矛盾的情況發生，基於音位的「系統性」與「對稱性」，我們認爲那應該是條件音變所致，而這樣的輔音叢就應該是在某些條件下演變而來，絕非原始面貌。例如：藏語中前置輔音有塞音 b、d、g，續音 r、l、s，鼻音 m、n 等八個輔音，濁擦音 z 並不在其中，然而我們卻也發現有以 z 爲前置輔音的複聲母 zbj-。不過，在拉達克方言裡，卻有前置輔音受基本輔音清

之一〉，《民族語文》第 6 期，1999 年，頁 1～8。

〔註 12〕潘悟云〈漢藏語中的次要音節〉，《中國語言學的新拓展》（香港：香港城市大學出版社，1999 年），頁 125～148。

〔註 13〕李長興〈談構擬上古漢語複聲母的幾個原則〉，頁 11。

濁影響而分化爲 s-和 z-的例子：〔註14〕

spəŋ　　草坪：zbom po　粗

stot　　上方：zdoŋ po　樹幹

skut pa　線　：zgoŋ　　　高，上

這個例證使我們瞭解古藏語複聲母輔音叢中的前置輔音 s-因爲受後面基本輔音的影響而有 s 與 z 的變體，因此我們認爲複聲母 zbj-並不是它原始的面貌，而是由更早期的複聲母 sbj-演化而來。

　　故此，當我們在擬構上古漢語複聲母時，應當同時顧及上古漢語的單輔音的音位系統與特性，才不會顧此失彼而構擬出一個單、複輔音聲母音位系統相互矛盾的奇怪語言。

五、所構擬的形式要在該語言中構成一個整齊而對稱的系統

　　「系統性」是語音的一個基本性質，例如國語有「ts、tsh、s」、「tʂ、tʂh、ʂ」、「tɕ、tɕh、ɕ」三組塞擦音和擦音，它們構成「不送氣－送氣－清擦」的整齊局面。大多數語言有 p 往往就有 t 和 k 和它相配，有 b 就有 d 和 g 和它相配，而這就是輔音系統的「對稱性」。複聲母也一樣，例如：英文有 sp-就有 st-和 sk-相配。我們擬定上古有 kr-複聲母，同時也考慮 pr-和 tr-的可能性。同樣地，如果擬定ʔt-複聲母而不能發現其他帶ʔ-複聲母的痕跡，那麼這個擬音就很可疑了。

　　又如北京音的聲母有〔p，t，k〕三個不送氣不帶音的塞輔音，有〔ph，th，kh〕三個送氣不帶音的塞輔音。跟這三個相當的帶音塞輔音〔b，d，g〕，卻一個都沒有，在北京話有〔p，t，k〕和〔ph，th，kh〕沒有〔b，d，g〕這也是很一致的。比方在日本音裡頭，有a、i、u、e、o五個母音，輔音有 kh、t、s，在理論上配起來應有〔kha，khi，khu，khe，kho〕，〔sa，si，su，se，so〕，〔ta，ti，tu，te，to〕。但事實上不全，沒有〔si〕沒有〔ti〕沒有〔tu〕。如果把〔ɕi〕規定在〔si〕裡頭，在音位上說裡來，認爲它是／si／，把〔tsu〕認爲音位上的／tu／，這樣對補的拼起來結果就滿足了「簡單整齊」的系統條件了。

　　但是爲了整齊簡單也不能做得太過份，語言究竟是一個社會自然發展的現

〔註14〕馬學良主編《漢藏語概論》，頁125。

象，特別常有很複雜的情形，所以如果事實比理論複雜──如果事實並不規則，那麼就不能夠削足適履，把事實硬放在太整齊簡單的框架中。例如：北京話裡有相當於〔p，t，k〕，〔ph，th，kh〕的三個鼻音〔m，n，ŋ〕，可是這個ŋ只限於元音的後頭，不處在聲母的地位，所以這個系統上就不那麼整齊了，而這是個事實，我們沒辦法將它改變，在英語裡也有同樣的情形，所以這個系統不完全，只好讓它不完全。比如英語裡有許多輔音，一個濁音，一個清音：有〔p〕有〔b〕；有〔t〕有〔d〕；有〔k〕有〔g〕有；有〔f〕有〔v〕；有〔s〕有〔z〕；有〔ʃ〕有〔ʒ〕；有〔ʍ〕有〔w〕；可是濁音有〔l〕，沒有〔l̥〕有；濁音有〔r〕沒有〔r̥〕；濁音有〔j〕沒有〔j̥〕；如果有清音的〔r̥〕，只能認為是同一音位之下的，而不是另成音位的。

又比如 try 好像當中有個清音的〔r̥〕，不過只有見於 t 的後頭才有這樣的音出現，而 t 的後頭不會有〔r〕──完全帶音的 r。所以不帶音的〔r̥〕跟帶音的〔r〕是成對補關係，不能是另外一個音位。這樣子一來，清輔音有〔p，t，k，f，s，ʃ，ʍ〕七個，濁輔音相當於那七個〔b，d，g，v，z，ʒ，w〕之外，另外加〔l，r，j〕三個就又不整齊了，不過因為它事實不整齊，我們就不能扭曲事實硬求簡單。同樣地，擬構上古漢語複聲母時我們基本上遵守語音系統「對稱性」與「系統性」原則，但也不能為了原則而刻意地扭曲事實，因為這樣所構擬出來的複聲母系統就不符合語言的事實了。

所以在上古漢語的複輔音擬構除了須注意語言規則的普遍性統性外，更須具備現代語音學的知識。因為它使我們瞭解複輔音聲母的本質，輔音組合的規律，音變的詮釋。藉由語言間的比較分析，使我們瞭解人類現有語言的實際狀況，漢藏語系中的複聲母分配、同族語言的同源對應等等。如此一來，對於上古漢語複聲母系統的擬構才能夠更加貼近上古漢語曾經存在過的語言事實。

第二節　上古漢語複聲母構擬之分析

在本文第二章與第三章筆者觀察了印歐語系語言與藏緬語、苗瑤語、侗台語等親屬語言的複聲母種類，並對其複聲母的結合規律提出若干解釋。本章第一節中，我們提出了幾個關於構擬複聲母的原則。眾所皆知，語言是具有普遍性的，大體上說來人類的發音器官──口腔所能發出的聲音也具有普遍性。同

樣地，上古漢語的複聲母系統除了本身的特殊性之外也具有這樣的普遍性。

　　接下來於本節中我們將針對學者們所構擬之上古漢語複聲母提出分析，看看各家所擬構出來的古漢語複聲母音系統是否符合前文中所提及之「語言的普遍性」。本文採用目前各家公認的上古漢語複聲母類型。下文以中以 P 代表唇音、T 代表舌尖音、K 代表舌根音、N 代表鼻音、L 代表流音（-l-、-r-），C 代表輔音，F（fricative）代表擦音，A（affricate）代表塞擦音，U（uvular）代表小舌音。筆者列舉李方桂、龔煌城、鄭張尚芳、潘悟云、金理新等五家較具代表性的複聲母系統作一比較如下。

（一）李方桂的複輔音聲母系統

　　李方桂是中國在國外專修語言學的第一人，曾在薩丕爾的指導之下研究印地安語，進行實地調查。1929 年回國後任中央研究院歷史語言所研究員，從此以後，他從事田野調查，描寫侗台語系的許多語言（壯族的龍州話和武鳴話），有「侗台語之父」及「非漢語語言學之父」之稱，同時也對上古漢語和古藏文進行了深入研究。關於李先生對於上古複聲母的看法可詳見其著作《上古音研究》〔註15〕一書。

1、單輔音 T、P、K 等＋r 的複聲母

　　雅洪托夫（1960）根據漢字諧聲的分析和漢藏比較，最早提出中古二等介音與來母一致，出擬為*-l-，後改為*-r-。李方桂（1971）採用此說解釋中古二等韻及莊、知兩組聲母的形成，實際上就是一種帶-r-的上古複聲母，他說：「中古的知、徹、澄、娘、照、穿、牀、審，等捲舌聲母在二等韻母的前面一般人都以為是受二等介音的影響，從舌尖音變來的。但是這些聲母也在三等韻母前出現。三等韻母是有介音-j-的，它只應當顎化前面的聲母，不應當捲舌化。」他由此推論「這些聲母後面一定有一套介音可以使它捲舌化，前面我們已經擬了一個*r-聲母，這個正可以當作這些聲母後的介音」。〔註16〕李先生對知、莊系字擬音如下：

　　上古　*tr-、*thr-、*dr-、*nr- ＞ 知*ṭ-、徹*ṭh-、澄*ḍ-、娘*ṇ-

　　上古　*tsr、*tshr-、*dzr-、*sr- ＞ 莊*tṣ-、初*tṣh--、崇*dẓ-、生*ṣ-

〔註15〕李方桂《上古音研究》（北京：商務印書館，1998 年）。

〔註16〕李方桂《上古音研究》，頁 11。

2、清鼻音複聲母

即 sN-，sL-型的複聲母。李方桂先生在聲母上最具特色的是清鼻音聲母*hm-、*hn-、*hŋ-和清邊音*hl-。〔註17〕把這類音這麼寫一方面是為印刷方便，一方面是我們疑心所謂的清鼻音可能原來有個詞頭，把鼻音清化了，例如：「每 muai：悔 xuậi」、「勿 mjuət：忽 xuət」、「民 mjiĕn：昏 xuən」、「態 thậi：能 nənŋ」、「嘆、灘 thân：難 nân」、「醜 ṭhjŏu：紐 njŏu」、「妥 thuâ：餒 nuâi」、「恕 śjwo：如 ńźjwo」、「攝 śjäp：聶 njäp」、「饟 śjang：讓 ńźjang：曩 nâng」……等。而上古漢語*sN-，*sL-型的複聲母有以下幾種：*sm-、*sn-、*sŋ-、*sl-、*sr -等。〔註18〕

3、帶*-l-的複聲母

即 Pl-、Kl-型複聲母，李先生對於帶-l-的複聲母大體上仍然採用高本漢的說法。這是最早被提出的古漢語複聲母類型。高本漢在《中上古漢語音韻學綱要》〔註19〕中提出著名的 Cl-型複聲母 ABC 三式說〔註20〕，如：*bl-、*kl-、*pl、*gl、*khl……等。

4、帶*s-詞頭的複聲母

即 sC-、sCl-、sCr-型複聲母，其中 C 代表塞音。「這個 s 可以算是一個詞頭（prefix）」它差不多可以跟各種聲母的字諧聲，〔註21〕sC-型複聲例如：st-、sth-、sd-、sk-、skh-、sg-等，例如：

*st->s-	如：掃、犀、筱、賜、修、髓、泄、雖、綏。
*sth->tsh-	如：催、戚、邨。
*sd->dz-	如：寂、摧。
*sdi->zj-	如：詞、袖、續、誦、徐、遂、遁。
*sk->s，*skʷ->sw-	如：楔、秀、損、歲、宣、恤。

〔註17〕竺師家寧《聲韻學》，頁 620。

〔註18〕周及徐《漢語印歐語詞彙比較》，頁 71，表 18。

〔註19〕高本漢著、聶鴻音譯《中上古漢語音韻學綱要》（濟南：齊魯書社，1987 年）。

〔註20〕即：A 式 klak（各）：lak（洛）；B 式 kak（各）：klak（洛）；C 式 klak（各）：glak（洛）。

〔註21〕李方桂《上古音研究》，頁 25。

*skh–＞tsh–（？）　　　如：（造）。

*sg–＞dz，*sgj–＞zj–　　如：造、邪、俗、松。

*sg^{w}–＞zjw–　　　　　如：彗、穗、旬。

另外，關於 sP-型的複聲母，無論是上古漢語內部比較，還是語言之間的比較，sP-的例子都很少。李方桂先生提到的「瑟 ʂjĕt（＜*sprjit）」、「自 dzji（＜*sbjidh）」、「皋 dzuâi（＜*sbədx）」是否是*sP-尚不能肯定。據《漢語印歐語詞彙比較》中提出的 sP-複聲母有以下幾種：sp-（＞ts-)、sb-（＞dz- (ts-))、sbh-（＞dz-、ɣ-)。〔註22〕

5、小　結

總地說來，李方桂先生的複聲母系統並不全面，主要集中在帶*s-詞頭的複聲母，相關論述也較多，而對於其他類型之複聲母也無多加著墨。可惜的是關於*s-詞頭的語法功能及此類複聲母上古到中古的演變，李方桂先生也沒有詳細的論述。然而，關於上古漢語二等字帶 r-介音的說法卻對後來的古漢語研究產生重要影響力。李先生所構擬的複聲母以表 26 整理如下（表中「＋」代表有此種類型之複聲母，「－」代表沒有構擬此類複聲母）：

表 26　李方桂的複聲母系統表

詞綴 ＼ 基本輔音	塞音			鼻音	流音	擦音	塞擦音
	P	T	K				
*s	＋	＋	＋	＋	＋	－	－
-l-	＋	－	＋	－	－	－	－
-r-	＋	＋	＋	－	－	＋	＋

（二）龔煌城的複輔音聲母系統

身為中研院院士的龔煌城先生，是一位成就卓越的歷史語言學家，精通西夏文。龔先生的複聲母系統基本上承襲李方桂先生的系統而稍作修正，而他對於上古漢語複聲母以及詞綴的主張主要見於《漢藏語研究論文集》。〔註23〕

1、單輔音 P、K、T 等＋r 的複聲母

〔註22〕周及徐《漢語印歐語詞彙比較》，頁 66。

〔註23〕龔煌城《漢藏語研究論文集》（北京：北京大學出版社，2004 年 9 月第 1 版）。

　　基本上這類的複聲母是繼承李方桂先生而來，實際上就是一種帶-r-介音的上古複聲母。如：〔註24〕

a、上古　並母二等　*br>b-

　　敗　PC　*N-brads　＞　OC　*brads　＞　MC bwai

　　　　　　"ruined；become defeated"　《說文》「毀也」

　　　　PC　*s-brads　＞*s-prads＞　OC　*prads　＞　MC pwai

　　　　　　"to ruin；defeat"　《廣韻》「破他曰敗」

b、上古　澄母二等　*dr->ḍ-

　　憐　OC　*drin＞*brin＞MC lin　＞

　　　　WT　drin　"kindness，favour，grace"　恩情，恩惠

　　　　WB　râñ-＜*rîn-　"love"　愛

c、上古　來母三等　*brj-、*drj-、*grj->　lj

　　別　PC　*N-brjat＞OC　*brjat＞MC bjät

　　　　　　"different，leave"　《廣韻》「異也、離也」

　　　　PC　*s-brjät＞*s-prjat＞OC　*prjat＞MC pjät

　　　　　　"divide，separate"　《廣韻》「分別」

　　六　OC　*drjəkw＞*rjəkw＞ljuk　"six"

　　　　WT　drug　"six"　《廣韻》「異也、離也」

　　　　WB　khrauk　＜*khruk　"six"

　　藍　OC　*grjəkw　＞ram　＞　lâm　"indigo"　《廣韻》「染草」

　　　　WT　rams "indigo"　靛藍，板藍

d、上古　於母　*gwrj>ɣj

　　於　OC　*gwrjag　＞　MC ɣju "go to"

　　　　WT　N-gro　"to walk，to go"　行走，往來，去來

　　　　WT　krwa'　"to proceed，whether going or coming "

　　友　OC *gwrjəgs　＞　MC ɣjŏu　"friend，associate"

　　　　WT　grogs-po　"friend，associate，companion"

〔註24〕完整例子詳見龔煌城《漢藏語研究論文集》，頁 198～203。下文中 PC 表原始漢語，
　　　　OC 表上古漢語，WT 表書面藏語（藏文），WB 表書面緬甸語（緬文）。

e、上古　匣母二等　*gr-、gwr＞γ-

　　樺　OC　*gwrags　＞　MC　γwa　"a kind of birch"

　　　　WT　gro-ga　"birch tree or its bark"　樺樹，樺樹皮

　　話　OC　*gwrads　＞　MC　γwai　"speak，word"

　　　　WT　gros　"speak，talk"　言論，議論

2、帶*-l-的複聲母

主要指 Cl-型複聲母，如：*bl-、*pl-、*kl-、*gl-等。例如：〔註25〕

a、盈　OC　*bling　＞*ling　＞jäng　"full，fill"

　　　WB　prañ　＜OB plañ　＜*bling "to be full"

　　　PTB　*bling～pling　"full，fill"

b、膚　OC　*plag　＞*pjag　＞　pju　"skin"　皮，膚

　　　WT　plags　＞　lpags　＞pags　"skin，hide"

c、谷　OC　*kluk　＞kuk，*luk　＞jwok　"valley"

　　　WT　klung　"river"

　　　　　lung-pa　"valley"

　　　WB　khyaung＜　*khlung　"a valley，vale"　谷

　　　　　khyâung＜　*khlûng　"stream"

　　　　　khyauk＜　*khluk　"chasm，gulf，abyss"

d、悅　OC　*gluat　＞*luat　＞jwät　"pleased，glad"

　　　WT　glod　"to comfort，console，to cheer up"

另外，李方桂先生在《上古音研究》書中，將與舌根音諧聲的章系字擬音為 sk-類複聲母：*skj–、*skhj–、*sthj–，認為章系字是從有 s 詞頭（prefix）的「舌根音」變來的，例如：*skj–＞tɕj–，*skhj–＞tɕhj–或 ɕ–，後來在 1976 年的〈幾個上古聲母問題〉中，李先生修正了先前對章、昌、書等聲母的擬音，把這類與「舌根音」諧聲的章系等字改擬為*krj–（＞tɕj–）、*khrj–（＞tɕhj–）、*grj–（＞dʑj–，ʑj–或 ji）、*hrj–（＞ɕj–）、*ngrj–（＞nʑj–）〔註26〕。而這類章系字與見系諧聲的 kr-類複聲母，目前在龔煌城先生的修訂之下改擬成了

〔註25〕完整例字詳見龔煌城《漢藏語研究論文集》，頁 206～208。

〔註26〕李方桂〈幾個上古聲母問題〉，《上古音研究》（北京：商務印書館，1998 年）。

kl-類複聲母，它們上古到中古的演變 *klj-（＞tɕj-）、*khlj-（＞tɕhj-）、*glj-（＞dʑj-，ʑj-或 ji）、*hlj-（＞ɕj-），例如：「氏 ʑjě＜*gljigx：祇，恉 gjiě＜*gjig」。

3、帶 *s-詞頭的複聲母

即 sC-、sN-、sNr-、s-r-型複聲母。sC-型複聲如：sk-、skh-等；而 sN-型複聲母有：sm-、sŋ-、sn-、sń-；sNr-型的複聲母則是 snr-。從上古漢語到中古的演變如下：〔註27〕

    a、　上古　*sm- ＞ xwm ＞ x$^{(w)}$　曉母合口

        漢語：黑 *s-mək ＞ xək

              墨 *mək ＞ mək

        藏語：smag　黑暗

        緬語：mang　墨

              hmang　黑

    b、　上古　*sŋ- ＞ xŋ ＞ x-　曉母

        漢語：獻 *sŋjans＞ xjɐn　賢也，如：「獻臣，獻民」從「鬳」

                    *ŋjans　得聲

        藏語：sngar　聰明、敏悟

    c、　上古　*sn-（一等字）＞ th-　透母

        例如：難 *nan：攤 *s-nan＞thân

    d、　上古　*sn-（三、四等字）＞ s-　心母

        例如：攘 *njang：襄 *s-njang＞sjang

              人 *njin　：信 *s-njins＞sjěn

    d1、上古　*sn-（三、四等字）＞ tsh-　清母

        例如：人 *njin：千 *s-nin＞tshien

              年 *nin　：千 *s-nin＞tshien

              二 *njids：次 *s-njids＞tshi

    e、　上古　*snr-（三等字）＞ ʈh-　徹母

        例如：紐 *nrjəgwx：醜 *s-nrjəgwx＞ʈhjěu

    f、　上古　*sk- ＞ x-　曉母

〔註27〕詳見龔煌城《漢藏語研究論文集》，頁 164～167。

漢語：嚇　*skrak＞*xrak＞xɐk

藏語：skrag　恐懼、怖畏、驚駭

漢語：訓　*skwjəns ＞ *xwjəns ＞ xjuən

藏語：skul　訓誡

g、　上古　*skh-（三等字）＞ x-　曉母

漢語：赫　*skhrak＞ *xrak＞ xɐk　赤也

藏語：khrag　血

緬語：hark　慚愧、害羞

4、帶*r-詞頭的複聲母

　　龔煌城先生提出上古有*r-詞頭的假設，是由於李方桂先生把知照系聲母的上古音構擬爲*tr-、*tsr-而引發。龔先生以李先生的上古音構擬爲基礎，進行漢藏語的比較研究，確認二等介音*-r-在唇、牙、喉音聲母之後正是對應於藏、緬語的-r-。〔註28〕然而在舌音與齒音聲母後面，情形並不完全一樣。在藏語中 r 並非出現在 t-、th-、d-、ts-、tsh、dz-等音之後，而是出現在它們之前，例子如表 27 所示：〔註29〕

表 27　*r-詞頭的漢、藏對應表

漢語：撞	*rdung(s)＞ɖɑng
藏語：	rdung，pf brdungs，fut. brdung，imp. (b)rdung(s)　打、捶、敲

漢語：椓	*rtuk＞ȶåk
藏語：	rdug　"to strike against"

漢語：事	*rdzjəgs＞ɖʑi
藏語：	rdzas　物質、實事
緬語：	ca　"a thing"
漢語：塵	*rdjən＞ɖjěn
藏語：	Rdul　塵土

〔註28〕龔煌城《漢藏語研究論文集》，頁 130。

〔註29〕龔煌城《漢藏語研究論文集》，頁 169～170。

又在藏語中 r 並非出現在 t-、th-、d-、ts-、tsh-、dz-等音之後，而是出現在它們之前。除此，從「諧聲」的觀點來看，像*rtan 與*tan、*rtsan 與*tsan 的諧聲，遠較*tran 與、*tan、*tsran 與*tsan 的諧聲接近；而*rtan 與*tan、*rtsan 與*tsan 的諧聲也遠較*tran 與、*tan、*tsran 與*tsan 的諧聲令人滿意。

龔先生又依據藏語*r-與*s-前綴替換構成致使動詞的事實提出*r-具有「致使化」的語法功能，不過究竟*r-前綴除了「致使化」之外還具哪些構詞或構形功能，龔先生就沒有進一步的論述了。

5、帶*N-詞頭的複聲母〔註30〕

龔先生認為上古漢語的*N 詞頭，乃是為了要解釋漢語內部詞彙之間的同源關係、諧聲現象、語音變化，以及漢語與藏緬語之間若干不規則的對應關係，參酌與漢語同源的藏語詞頭及語音變化而提出的假設。

關於藏文 a-chung 的對音自來有 ḫ，ạ及 ’- 等各種不同寫法，龔先生沿用張謝蓓蒂與張琨（Chang and Chang 1976a）先生認為它是一個鼻音的主張。上古漢語帶*N-詞頭的複聲母中古可能演變為定母、牀母或禪母，可惜的是對於 N-詞頭的語法功能龔先生並沒有深入討論。關於 N-詞頭上古到中古的語音演變如下：

原始漢藏語、上古漢語*N-l->中古漢語定母 d-

　　a、漢語：蝶　*N-liap ＞*diap ＞diep

　　　　藏語：　　phye-ma-leb　蝴蝶

　　b、漢語：牒　*N-liap ＞*diap ＞diep

　　　　藏語：　　leb-mo　扁平、扁板狀

原始漢藏語、上古漢語*N-lj->*dj->中古漢語牀母 dʐ 或禪母 ʑ

　　a、漢語：食　*N-ljək ＞*djək ＞dʑjək

　　　　　　　（比較：「食」字另讀*ləks＞i，可見有 l-來源）

上古漢語　*N-s->中古清母 tsh

　　a、漢語：三　*səm ＞ sâm

　　　　藏語：　　gsum

〔註30〕關於上古漢語 N-詞頭詳見龔煌城《漢藏語研究論文集》，頁 173～178。

緬語：　　　sûm̥

西夏語：　　*sọ（*ọ＜*ụ）

*N-s 漢語：參　*N-səm ＞*tshəm ＞ tshậm

　　　　　　驂　*N-səm ＞*tshəm ＞ tshậm

6、小　結

　　龔煌城先生在李方桂先生的基礎上，結合親屬語比較而提出的複聲母系統，實際上已透視了上古漢語的「多音節」形式。可惜的是對於這些構詞前綴的構詞與構形作用，龔先生多半停留在諧聲關係等語音層面上的分析，對其語法功能則未有深入的探討。由於，龔先生也認為上古漢語具有小舌音，因此在「複聲母系統應以單聲母系統為基礎」的前提下，我們以為龔先生的複聲母系統也應該具有帶小舌音的輔音群。最後，我們將龔煌城先生所構擬的複聲母系統以表 28 方式呈現如下（表中「＋」代表有此種類型之複聲母，「－」代表沒有構擬此類複聲母）：

表 28　龔煌城的複聲母系統表

詞綴 ＼ 基本輔音	塞音				鼻音			流音	擦音	塞擦音
	P	T	K	U	m	n	ŋ			
*s	＋	＋	＋	＋	＋	＋	＋	＋	－	－
*N	－	－	－	－	－	－	－	＋	＋	－
*r	－	＋	－	－	－	－	－	－	－	＋
*m	＋	＋	＋	＋	－	－	－	＋	＋	＋
-l-	＋	－	＋	＋	－	－	－	－	－	－
-r-	＋	＋	＋	＋	－	－	－	－	－	＋

（三）鄭張尚芳的複輔音系統

　　中國社科院語言所研究員鄭張尚芳先生從事語言研究已經有五十來年，尤其在上古音和方言領域成就斐然。關於鄭張尚芳的複聲母研究可詳閱其著作《上古音系》。〔註 31〕他提出複聲母有「後墊式」、「前冠式」、「前冠後墊式」三種類型，並主張上古漢語有以下幾類的複聲母：

〔註 31〕鄭張尚芳《上古音系》（上海：上海教育出版社，2003 年）。

1、墊後式複聲母

跟各親屬語一樣，古漢語只有流音 r 與 l 兩種墊音。〔註32〕且從有古老文字的親屬語言藏文、緬文、泰文看，流音 r、l 墊音主要與唇、喉牙，即 P-、K- 兩系和 s-、z- 聲母結合，而不和同部位的舌音，即 t-、ts- 系結合。〔註33〕tr-、tsr-、tl-、tsl- 都應該視爲晚起形式，可施於上古晚期，而不可用於早期。〔註34〕

（1）墊音-l

即 Cl- 型複聲母，基本輔音是 P-、K- 兩系和 s-、z-。鄭張認爲：「所有先生構擬的 tl-、tsl- 之類的形式我們認爲最初是不會有的，李方桂先生所擬的『知』tr-、『莊』tsr- 形式我們也認爲是上古晚期才出現的。知組早期是 rt-，莊組早期是擦音 sr-、shr-、sr-、zr- 和 sCr-。」Cl- 在後世大多簡化了，多數是失去墊音演化爲單 C-，如：「薑」 *klang＞kγɐŋ；也有的失 C- 而成 l-，如：「谷」 *kloog＞log 土穀渾，同峪。

（2）墊音-r

即 Cr- 型複聲母，基本輔音亦是 P-、K- 兩系。潘悟云先生《非喻四古歸定說》也指出各親屬語原來只有 kr-、pr- 系列，藏文孤零零不成系列的 dr- 由 gr- 演變而來。鄭張尚芳認爲既然上古已有 r、l 兩種墊音，因此高本漢三式皆不適用，應另擬爲表 29：〔註35〕

表 29　CL-型複聲母的四等分布

一等清	一等濁	二等清	二等濁	來母
各 klaag	貉 glaag	格 kraag	垎 graag	洛 raag＜g·raag＜ɦk·raag

Cr- 在後世大多簡化了，多數是失去墊音演化爲單 C-，也有的失 C- 而成 r-，如：「角」 *kroog＞roog 角裏先生、「巷」 *grooŋs＞弄 *rooŋs 。

另外，鄭張尚芳先生主張帶 r 的範圍還應擴及重紐三等字，即流音 r 亦是

〔註32〕鄭張尚芳將 -w、-j 視爲複輔音聲母的一部分，故其墊後式複聲母有墊音 -w、-j、-r、-l 四類。在本文中，筆者將 -w、-j 視爲圓唇化與顎化介音，故本文中所謂的墊後式複聲母只有 -r、-l 兩類。

〔註33〕鄭張尚芳《上古音系》，頁 122。

〔註34〕鄭張尚芳《上古音系》，頁 93。

〔註35〕鄭張尚芳《上古音系》，頁 131。

形成中古二等和重紐三等的條件。由於 r 與 l 在上古聲母中有時可以交替，因此在確定 r 的分布後，遇一、四等和重紐三等之外的三等字跟來母、以母通諧和異讀時，就定爲帶 l 墊音。r、l 兩種墊音分布表如下：〔註36〕

表30　　r、l 墊音分布表

	長母音		短母音	
	一、四等	二等	三等、重紐四等	重紐三等
K-系	l，wl	r，wr	l、lj，wl、wlj	r，wr
P-系	l	r	l、lj	r
S-系	l	r	l、lj	r

（3）塞化的-l 和-r

鄭張尚芳先生在〈上古韻母系統和四等、介音、聲調的發源問題〉〔註37〕文中強調流音塞化在複聲母變化中的重要作用，在漢語方言中也可以見到流音塞化現象，即把來母 l 發成近於 d 或 ld。羅常培先生《臨川音系》〔註38〕記來母細音讀 t，有人讀 ld（「驢」 ti^2 / ldli^2）。敦煌《藏漢對照語》殘卷「鐮」 ldem、狼 lda。說明這一現象古今方言都有過。

單 l、r 因塞化而變爲 ld、rd，複聲母 kl / r、pl / r 因所帶流音舌位影響變 tl / r 或因流音塞化而全變爲 t。〔註39〕不過在各語言音位上，後墊流音跟一般流音似乎沒有明顯的音值差別，所以至今還說不出立足於音位結構差異的塞化規則。〔註40〕鄭張尚芳依據流音導向作用猜測它可能重讀，潘悟云則認爲是流音因持阻時間縮短成爲閃音，音色上很類似於塞音，因而與塞音合流。〔註41〕由上述可知引發流音塞化的機制問題還需要再行探索。塞化流音在端組的分布，以 l'-爲例，理論上可有：

〔註36〕此表引大致自鄭張尚芳《上古音系》頁 122，經筆者扣除「圓唇化」介音-w 與「顎化」介音-j，後如文中所示。

〔註37〕鄭張尚芳〈上古韻母系統和四等、介音、聲調的發源問題〉，《溫州師範學院學報》1987 年第 4 期。

〔註38〕羅常培《臨川音系》，（臺北：中央研究院歷史語言研究所，1940 年）。

〔註39〕鄭張尚芳《上古音系》，頁 134。

〔註40〕鄭張尚芳《上古音系》，頁 135。

〔註41〕潘悟云《漢語歷史音韻學》（上海：上海教育出版社，2000 年 3 月），頁 272～273。

端　t　＜　kl'-、ql'-、pl'-

透　th＜　khl'-、qhl'-／hl'、phl'-、ŋhl'、mhl'

定　d　＜　gl'-、ɢl'-／ʔl'、bl'-、l'

泥　n　＜　ŋl'、ml'

依此類推，從 r'來則爲二等知徹澄娘四母，只要把上列的-l 改爲-r 就是。不過就語音的普遍性原則來看，一個語言有 r-、l-、r'-、l'-，再加上清的 l̥-、r̥-，共有六種流音，世界上的語言是很難找到有這種語音類型的。

2、前冠式複聲母

鄭張尚芳先生認爲古漢語冠音有五類：噝、喉、鼻、流、塞。這五類多數在鼻流音前面可以觀察到，而在其餘聲母前的冠音，原始漢語應該也有，但現有的材料還不足以作出比較確定的構擬（這需要得到親屬語前加音、前綴音研究的幫助），而目前比較確定的構擬只有噝冠音 s-。

冠音在塞音前和擦音、鼻、流音前作用不一樣。在鼻流音前冠音往往取得強勢，並在演變中吞沒基本輔音而佔其位，中古就以冠音作爲聲母了。試看：〔註42〕

s-變心母 —— sm-戌　sŋ-薛　sn-絮　sl-錫　sr-使

h-變曉母 —— hm-悔　hŋ-虺　hn-漢　hl-熙　hr-罅

ɦ-變匣云母 — ɦm-鼳　ɦŋ-完　ɦn-燃　ɦl-號　ɦr-鴉

ʔ-變影母 —— ʔm-頞　ʔŋ-呃　ʔn-痿　ʔl-益　ʔr-彎

（1）s-冠音

上古 s-冠音主要是在鼻、流音前，形成了中古心母可觀的一部分；在塞音前能生成後來的一部分精、清、從母字；在喉擦音前則清音入心母，濁音入邪母。李方桂先生（1976）假設 st-、sk-＞s-，我們認爲藏文有大量 sk-、st-但常見失落 s-而罕見失落聲幹 k、t 的。

（2）ʔ-、h-、ɦ-冠音

在鼻、流音前的喉冠音會以冠音佔位的方式吞沒聲幹，形成中古的影、曉、匣、云等喉音聲母，例如：ʔm-＞ʔw-「頞」，hm＞hw「悔」、「薨」，ɦm-＞ɦw-「鼳」。

〔註42〕鄭張尚芳《上古音系》，頁 140。

（3）r-冠音

藏文有 r、l 兩個流音冠音，但漢語比較明顯的是 r-冠音。限端系前形成知系二等，李方桂把知組擬構爲 tr-，但上文中後墊式提及，-r、-l 只出現於 P-、K-兩系和嗓音後，凡是 tr-、tl-類結構都是後起的，它們只是上古後期的形式。〔註43〕除此，流冠音 r-還有捲舌化作用，例如：撞、澤。

（4）p-冠音及 t-、k-冠音

鄭張尚芳由古藏文的前冠塞音 p-、t-、k-推測古漢語應該也有 p-、t-、k-冠音，其中 t 冠音的例子如「獸」ŋuɯɯi 又說「懘獸」，那就是 t-ŋuɯɯi，所以後來獸就讀爲 t 母了；k 冠音的例子如「冠」可能來自 k-ŋoon，苦回切的「悝、恢」很可能是 k-mhɯɯ，因爲「悝」不但與「埋」同諧聲，也作「詼」又與「悔」通假，莫代切的「胅」同「脢」，說明其詞根都肯定是 m-。不過 p-冠音及 t-、k-冠音的蹤跡在古漢語文獻中的反映卻最微薄弱，因爲在中古聲母系統中它們有的直接脫落無跡可尋，有的轉化爲後代基本聲母。

（5）m-、N-冠音

在清塞音前的鼻冠音後是大多脫落，不易追蹤，只有靠親屬語同源詞來尋覓，例如：「鼻」、「肺」在苗語都帶鼻冠音。但苗語有，不能說漢語一定也有，因此目前先把重點放在濁塞音前的鼻冠音上，因爲鼻冠音可因吞沒濁聲幹而佔位爲主聲母，其中鼻冠音 m-對後代聲母有「唇化作用」，如：戌、悔。

這裡要注意的是，鄭張尚芳所構擬的 m-冠音與同部位鼻冠音 N-是並立的，好比藏文中的 m-冠音也跟同部位前冠音 N-不同，m-可以在各個不同部位聲母前出現，例如：*mq-、*mg-、*mɢ->中古明母；*mqh->中古滂母。

3、前冠後墊式複聲母

前冠後墊式的三合複聲母，是在後墊式基本聲母加上前冠音構成的，主要見於中古莊組及曉、書、船、邪、來、以等母的一些上古形式。

（1）莊精組的 s-冠式

sCr-生成莊、初、崇、俟最常見；sCl-則混入精組；sl′-、sr′-〔註44〕也可能來自前古的 sql-、sqr-。s-冠在 ql-、qr-組的複聲母前，它們中古的分布分是：

〔註43〕鄭張尚芳《上古音系》，頁147。

〔註44〕此處 l′、r′ 表塞化之流音。

上古 sqhl->中古心母　　　　上古 sqhr->中古生母

上古 sɢl->中古邪母　　　　上古 sɢr->中古俟母

（2）曉書母的 h-冠式

hCl-生成曉母字，例如：「海」對緬文 hmrac＜hmrɯk 江河，「黑」對緬文 hmrouk 燒焦，mouk 暗黑；hCj-則生成書母字，如：「勢」hnjeds，「恕」hnjas，「手」hnjɯw'。應留意的是書母中 hlj-是以 l 為聲幹的結構，hl-中 l 相當於 ḷ。

（3）船母的ɦ-冠式

ɦlj-生成船母。船母字數雖少，來源卻不單純，有的上古還常包含一個濁塞成分，後來在 ɦ 冠影響下消失。如：「繩」ɦljɯŋ 藏文是 ɦbreŋ 皮繩；「舌」勉瑤語 bjet[8]、標敏瑤語 blin[4]、苗語 mplai[8]。可見原來聲母都是 ɦblj-，苗語鼻冠音 m-則是 ɦ-的遺跡。

（4）鼻音的 N-冠式

如ŋg-、mg-、ŋgr-、mgr-，然這類同部位的鼻冠複聲母並不很多，在方言中更有ŋ、g 音近而混的現象，因此鄭張尚芳認為這種構擬尚需其他佐證。

（5）來、以母的 ɦ-冠式

從親屬語的比較，可知來母除了 r-外還有*ɦbr-、*ɦgr-來源，如藏文 brim／ɦbrim 可對應漢語「稟／廩」，groŋ／ɦgroŋ 可對漢語「巷／弄」，bral／ɦbral「分離」可對漢語「披／離」，sgrig／ɦgrig「排列、整理」可對應漢語「紀／理」。其中帶 ɦ-冠的濁塞音在漢語對應詞中都脫落了。

4、小　結

鄭張尚芳先生的複聲母系統構擬除了從漢語內部證據著手，另一方面除了結合傳統觀點，將藏語、苗瑤語、侗台語等視為親屬語，同時並將南亞語與南島語納入漢語的親屬語體系中。其中，在鄭張尚芳的單輔音系統中並無塞擦音，他認為塞擦音是上古後期的產物。另外，鄭張尚芳亦主張上古漢語具有小舌音，因此他所擬構的複聲母系統也具有帶小舌音的輔音群。而上述三點正是鄭張尚芳與李芳桂、龔煌城先生的不同之處。

雖然鄭張尚芳先生的複聲母體系企圖將所有的音在上古漢語中找到屬於自己的位置。不過，鄭張尚芳先生在利用諧聲系列構擬古音的時候，對於每個字

的後起字與異體字並未稍加處理，因而忽略了語音的層次性，導致某些被構擬出來的複聲母十分複雜，增添許多不存在的類型，異常地擴張了上古漢語的複聲母系統。

此外，鄭張先生所構擬的上古漢語 r-、l-、r′-、l′-、l̥-、r̥-，有六種流音，而這樣的語言更是世界極罕見的語音類型。其中，可當後墊音的只有 l-與 r-，而 r′-、l′-、l̥-、r̥-四個卻是基本輔音。不過，在複聲母系統以單聲母系統為基礎的原則下，這樣的上古漢語應該也有 r′-、l′-、l̥-、r̥-與其他前綴和墊音構成的輔音群，事實上鄭張尚芳先生並沒有對此提出說明，如此一來更是過度膨脹了流音塞化的範圍。因此，我們認為這樣的複聲母系統在某個程度上違背了語言的普遍性、系統性與對稱性，與語言事實不符。

接著，筆者將上述鄭張尚芳先生的複聲母系統整理如下表 31 所示（表中「＋」代表有此種類型之複聲母，「－」代表沒有此類複聲母）：

表 31　鄭張尚芳的複聲母系統

詞綴或冠音 ＼ 基本輔音	塞音				鼻音	流音						擦音
	p	T	K	U		r	r̥	r′	l	l̥	l′	
*s	＋	＋	＋	＋	＋	＋	＋	＋	＋	＋	＋	－
*ʔ-	－	－	－	－	＋	＋	＋	＋	＋	＋	＋	－
*ɦ-	－	－	－	－	＋	＋	＋	＋	＋	＋	＋	－
*h-	－	－	－	－	＋	＋	＋	＋	＋	＋	＋	－
*m	＋	＋	＋	＋	－	＋	＋	＋	＋	＋	＋	＋
*N	＋	＋	＋	＋	－	－	－	－	－	－	－	－
*r-	－	＋	－	－	－	－	－	－	－	－	－	－
*p-	－	－	－	－	－	＋	＋	＋	＋	＋	＋	－
*t-	－	－	－	－	－	＋	＋	＋	＋	＋	＋	－
*k-	－	－	－	－	－	＋	＋	＋	＋	＋	＋	－
-r-	＋	－	＋	＋	－	－	－	－	－	－	－	－
-l-	＋	－	＋	＋	－	－	－	－	－	－	－	－

（四）潘悟云的複輔音系統

潘悟云，現任上海師範大學語言研究所教授，主要研究方向爲漢語歷史音韻學、漢語方言學、東亞歷史比較語言學。而潘先生對於的複聲母的看法主要集中在《漢語歷史音韻學》〔註45〕這本專著中，他主張古漢語有下列的複聲母類型：

1、CL-型複聲母

以流音 L 爲第二音素，即 Cl-型與 Cr-型，其中 Cl-是跟以母有諧聲關係的字，而 Cr-則是跟來母有諧聲關係的字。關於非來母字而與來母諧聲的模式，潘悟云從語音學角度來考慮這個問題，認爲在語音變化中，響度大而強度小的容易失落。由於流音的強度比各種輔音都小，根據這個規則 Cr-、Cl-中應是 r、l 失落。

2、P‧l-、K‧l-型複聲母

即與舌根音和唇音諧聲的端、知系字。潘悟云先生認爲 P‧l-、K‧l-型與 Pl-、Kl-型兩者的區別在於 Pl-、Kl-是一般的複聲母，*p‧l-、*k‧l-則是由「前綴音節＋*l-」失去前綴音節（即「C‧」，屬於弱化音節，用一點表示一個弱的、含混的母音）〔註46〕演變而來，這實際上是在詞首聲母的擬構中透視了上古漢語的多音節形式。本文贊成這種構擬，因此採用潘悟云先生書寫的形式 P‧l-、K‧l-來表示這種聲母類型。這類與舌根音或唇音諧聲的端系字上古到中古的演變如下表 32 至 34：

表32　與舌根音諧聲的端系上古至中古音變過程

長母音	短母音
*k‧l->*l̥->*r̥->t-	*k‧l->*l̥->j-
*kh‧l->*l̥->*r̥->th-	*kh‧l->*l̥->ç-
*g‧l->*l->*r->d-	*g‧l->*l->j-

〔註45〕潘悟云《漢語歷史音韻學》（上海：上海教育出版社，2000 年 3 月）。

〔註46〕麥耘〈潘悟云上古漢語複輔音聲母研究述評〉，《南開語言學刊》2003 年第 2 期，頁136。

表33　與舌根音諧聲的知系字上古至中古音變過程

長母音	短母音
*krl->*r̥l->*ʈ->t-（二等知母）	*krl->*r̥l->*ʈ->t-（三等知母）
*khrl->*r̥l̥->*ʈ̥->th-（二等徹母）	*khrl->*r̥l̥->*ʈ̥->th-（三等徹母）
*grl->*rl->*ɖ->ɖ-（二等澄母）	*grl->*ɖ->ɖ-（三等徹母）

表34　與唇音諧聲的端系字上古至中古音變過程

*p·l-> t-	*ph·l-> th-	*b·l-> d-

3、sC-型、sCL-型的輔音序列

即 sC-、sCl-、sCr-、sN-型複聲母其中 C 代表塞音，其實就是帶 s-前綴的複輔音聲母。然而潘悟云先生主張 sC-中的 s-屬於是次要音節，所以他把 sC-叫作輔音序列，而不看作複輔音，〔註47〕也就是說「*s-前綴音節＋C-（或 CL-）」失去前綴音節演變而來，這實際上是在詞首聲母的擬構中透視了上古漢語的多音節形式。關於 sC-型、sCL-型的輔音序列的音變過程如下：

表35　精系字上古至中古音變過程

*sk(l)->*st->ts-　精	*sq(l)->s-　　心
*skh(l)->*sth->tsh-　清	*sqh(l)->*sth->s-　　心
*sg(l)->*sd->dz-　從	*sɢ(l)->*sɦ->z-　　邪

表36　莊系字上古至中古音變過程

*skr->*sʈ->tʂ-　莊	*sqr->*sr->ʂ-　　生
*skhr->*sʈ̥h->tʂh-　初	*sqhr->*shr->ʂ-　　生
*sgr->*sɖ->dʐ-　崇	*sɢr->*sɦr->zʐ-　　俟

4、r·t-類型的輔音序列

潘悟云先生認為中古知系字應該來自*rt-之類的輔音序列，r-始後頭的 t 捲舌化作中古的 ʈ-，且 r-的發音強度比 t-弱，後來失去，同時舌尖後音的舌根翹起，產生了二等和重紐三等介音 ɯ（或 ɣ），例如：*rt->*rʈ->ʈ->ʈɯ-。

〔註47〕潘悟云《漢語歷史音韻學》，頁304。

但是，如果所有的知系字都來自 rt-類輔音序列，短母音前就沒有 t-類簡單輔音了，所以大部分的知系三等來自單聲母*t-，只有少部分的知系字來自上古的*rt-類。

5、C‧T-類型的輔音序列

潘悟云先生根據漢藏語比較的結果，爲端、章組構擬了 C‧T-類型的輔音序列。筆者認爲這裡所謂的 C‧T-類複聲母其實就是帶塞音前綴的複聲母，即上古的端系和章系差別在於一個是單聲母 T，另一個則有帶塞音前綴的複聲母 C‧T。而這個塞音前綴 C 則帶有某種語法或形態上的意義，它們的詞根聲母皆是 T，因此可以諧聲。

6、帶鼻冠音的複聲母〔註48〕

（1）m‧l-型

即鼻音加流音的「一個半」音節，如：m‧l-、m‧lj-，嚴格說來這是一個次要音節再加上一個主要音節，次要音節在構詞法平面上往往充當詞綴。

（2）NK-、NP-、Nq-型

Nk-、Nkh-、Ng->k-、kh-、g-；Np-、Nph-、Nb->p-、ph-、b-；Nq-、Nqh-、NG->N。此類擬構與筆者觀察到的漢語親屬語表現大致上一致，即鼻冠音後接同部位塞音，如：mp-、ŋg-。

7、小　結

在潘悟云先生所擬構的複聲母中，我們發現有很大一部分不稱作複聲母，而稱爲「輔音序列」，可知這其實上代表了「前綴音節＋詞根音節」，而這實際上是從詞首聲母的擬構中透視了上古漢語的多音節形式。此外，他還提出「語音的形態相關」看法，主張「諧聲現像是上古漢語形態的反映」，這些可說是潘悟云先生對傳統諧聲說的革新。不過，潘悟云先生對於不同構詞前綴的語法功能並沒有深入的探究。

最後，筆者將上文中潘悟云先生的複聲母系統整理如表 37 所示（表中「＋」代表有此種類型之複聲母，「－」代表沒有擬構此類複聲母）：

〔註48〕潘悟云《漢語歷史聲韻學》，頁 316～332。

表 37 潘悟云的複聲母系統

基本輔音 前綴或冠音	塞音				鼻音	流音		擦音
	P	T	K	U		r-	l-	
*s	+	+	+	+	+	+	+	—
*P	—	—	—	—	—	+	+	—
*K	—	—	—	—	—	+	+	—
*r	—	+	—	—	—	—	—	—
*m	—	—	—	—	—	—	+	—
*N	+	—	+	+	—	—	—	—
*C	—	+	—	—	—	—	—	—
-l-	+	+	+	+	—	—	—	—
-r-	+	+	+	+	—	—	—	—

　　潘悟云先生在鄭張尙芳先生的基礎上，針對鄭張尙芳先生所構擬的複聲母作了一些修正，取消了單輔音系統的 r'-、l'-、l̥-、r̥-。並且率先提出「諧聲現像是上古漢語形態的反映」，列出了十一種他認爲的「語音的形態相關」。〔註 49〕不過關於次要音節，尚有兩個問題有待商榷：

　　其一，跟 sC-聲母有關的問題。按照潘悟云先生說：sC 中的 s-是次要音節，而筆者發現這個 s-有可能出現在原已帶有次要音節的詞裡。例如：「林」應爲 g·r-，而一般認爲「森」是林的相對形容詞，帶 s-前綴，則「森」是 sg·r-，如此就會出現一種帶有兩個次要音節的詞。而這種詞在整個體系中是否有其地位，需要說明。又 s-雖是次要音節，但在發展中與其他次要音節不同，它並不失落，而總能保存下來，〔註50〕其中的道理，也是應該加以討論的。

　　其二，知、章系字的問題。最初潘悟云先生談後重型複聲母，是繼承包擬古的觀點，〔註51〕包括了端、知、章系。後來，K·l 類「輔音序列」只涉及端、知二系（端擬作 kl-，知擬作 krl-）而章系卻擬 klj-（屬 CL-類複聲母）。另外，C·T 類包括端、章二系，而知系不在其中。照筆者的理解端、知、章三組應是平行的，如果有不平行之處是否應作特別的解釋。

〔註49〕潘悟云《漢語歷史音韻學》，頁 127～136。

〔註50〕潘悟云《漢語歷史音韻學》，頁 304～315。

〔註51〕潘悟云〈章、昌、禪母古讀考〉，《溫州師院學報》第 1 期。

（五）金理新的複輔音系統

關於金理新先生對於的複輔音與詞綴的看法主要見於《上古漢語音系》、《上古漢語形態研究》〔註52〕等專書中。金先生的複輔音與前綴系統大致如下：

1、帶*s-前綴的複聲母

即sC-型複聲母，作為一個構詞或構形前綴，金理新先生認為上古漢語的*s-應該出現在除了擦音之外的所有輔音聲母之前，如：*s-T-類複聲母、*s-K-類複聲母、*s-M-類複聲母、*s-L-類複聲母。而金先生認為s-詞綴有名謂化、動詞致使、啟動動詞〔註53〕、表動詞持續、生命動詞與普通名詞標誌等語法功能。

2、帶*g-前綴的複聲母

金理新先生認為上古漢語的端系與章系的差別僅在於上古章系帶有一個*g-前綴，同時*g-前綴也是「來母」與「見系」諧聲的媒介。上古漢語的*g-和*d-前綴是互補的前綴，前者出現在舌尖輔音之前，而後者出現在舌根輔音之前，它們可說是同一個前綴的條件變體，如：*g-T-類複聲母、*d-K-類複聲母、*g-n-複聲母、*g-P-類複聲母、*g-L-類複聲母。

另外，金先生又提出*g-前綴在上古漢語有名謂化、表施事動詞、表代詞標記、名詞借代等語法功能。

3、帶*r-前綴的複聲母

金理新先生主張上古漢語知系和端系的不同僅在於知系比端系多了一個*r-前綴。另外，上古漢語的*r-前綴不僅可以出現在舌尖塞輔音之前，也能出現在舌根塞音和雙唇塞音之前，例如：*r-T-類複聲母、*r-K-類複聲母、*r-P類複聲母。不僅如此，*r-前綴在舌根和雙唇塞音之前演變成中古重紐三等，同時*r-前綴有具有名謂化、表受事動詞、表名詞借代等語法功能。金先生還認為上古漢語的*r-前綴和*s-前綴之間存在著既可能有語音歷史演變關係也

〔註52〕關於金理新的複聲母系統詳情可見金理新《上古漢語音系》（安徽：黃山書社，2002年6月）、《上古漢語形態研究》（安徽：黃山書社，2006年4月）。

〔註53〕所謂啟動動詞表示一個動作行為、一種狀態或一個過程的開始，詳見金理新《上古漢語形態研究》，頁132。

可能有語法上的類推關係，只是暫時沒有足夠的證據對此加以證明。

4、帶*m-前綴的複聲母

金理新先生認爲鼻冠音事實上是後起的，來自前綴*ɦ-和*m-。有鼻冠音的語言，大抵上來源於更早期的*ɦ-前綴和*m-前綴。除此，通過諧聲材料的分析與漢藏比較，他認爲這些鼻冠音實際上是發展過程中的產物，其上古來自鼻音*m-前綴，這個鼻音前綴由於受到後面所接塞音的影響後來才演變成同部位鼻冠音。*m-前綴在上古有動轉化、表生命名詞以及非動作性動詞等功能。金理新先生主張*m-前綴可以出現在雙唇塞音、舌尖塞音及舌根塞音之前，構成*m-C-型的複聲母，如：*m-P-類複聲母、*m-K-類複聲母、*m-L-型複聲母、*m-T-型複聲母。

5、帶*ɦ-前綴的複聲母

金理新先生認爲*ɦ-前綴在上古漢語時期就音值而言是一個喉擦音，而不應該擬成一個小舌鼻音，這個*ɦ-輔音前綴不能出現在上古漢語的擦音之前。它有名謂化、非致使動詞與不及物動詞標記的語法功能。它的上古到中古演變規則是：ɦ-在舌根音之前，中古演變成喉音影、曉、匣（云）；小舌音之前中古爲影、曉、匣（云）合口。ɦ-在舌尖音之前，中古演變成喉音影、曉、喻；雙唇音之前中古爲唇齒音非、敷、奉。同時，這個音也出現在顎化的舌尖塞音聲母前，中古演變成精系三等字。可形成*ɦ-K-類複聲母與*ɦ-T-類複聲母。

6、帶-l-中綴的複聲母

金理新先生主張上古漢語本來一等的語詞附加了構詞中綴*-l-之後就變成了二等，一等和二等只是同一個語詞的兩個不同形態變體，例如 kl 類複聲母爲二等。

7、小　結

金理新先生與上述李方桂、龔煌城、鄭張尚芳、潘悟云等四位先生由語音角度切入看上古漢語有所不同，他完全由「形態研究」與「語法功能」的角度切入來看上古漢語的複聲母。

對於上述六種上古漢語詞綴的假設作者雖提出了親屬語與諧聲材料的證據，不過仍有部分假設證據稍嫌不足，而且引用的親屬語材料同一個詞，在書中也呈現前後不一的矛盾。另外，金理新不只一次在書中強調：參與諧聲的是

「基本聲母」，構詞前綴並不包含在內。不過，當他再次提及關於與見母諧聲的來母一等 gl-、三等的 gr-複聲母時卻又指出參與諧聲的是*g-前綴。〔註54〕這似乎顯得前後矛盾，文章說法前後不一致。書中關於音節中參與諧聲的部分往往前後看法不一，頗令讀者無所適從，因此我們認為對於這類的構擬，應當重新考慮才是。

金先生的複聲母系統可歸納如表 38（表中「＋」代表有此種類型，「－」代表沒有擬構此類複聲母）：

表 38　金理新的複聲母系統

詞綴＼基本輔音	塞音				鼻音			流音		擦音
	P	T	K	U	m	n	ŋ	r	l	
*s	＋	＋	＋	＋	＋	＋	＋	＋	＋	－
*g（d）	＋	＋	＋	＋	－	＋	－	＋	＋	－
*r	＋	＋	＋	－	－	－	－	－	－	－
*m	＋	＋	＋	－	－	－	－	＋	＋	－
*ɦ	＋	＋	＋	－	－	－	－	－	－	－
-l-	＋	＋	＋	＋	－	－	－	－	－	－
-r-	＋	＋	＋	＋	－	－	－	－	－	－

在第四章第二節中，我們看了李方桂、龔煌城、鄭張尚芳、潘悟云、金理新等先生的複聲母系統，以本文第三章所得之複輔音結合規則來檢視以上四家學者的複聲母系統，我們發現學者們對於普遍存在於語言中的 PL-、KL-形式的複聲母、帶*s-前綴、帶*r-前綴、帶*m-前綴等形式之複輔音的構擬上看法較為一致（當然仍有細節上看法的差異）。最後，我們試著將學者們所構擬的複聲母整理為表 39（表中「－」代表不存在或沒有構擬此類複聲母）：

〔註54〕詳見金理新《上古漢語音系》，頁 97～111、金理新《上古漢語形態研究》，頁 169～170。

表 39　學者們所構擬的複聲母類型表

前綴 ＼ 人名	李方桂（1998）	龔煌城（2004）	鄭張尚芳（2003）	潘悟云（2000）	金理新（2002、2006）
*s-前綴	*s-C-	*s-C-	*s-C-	*s-C-	*s-C-
*r-前綴	—	*r-T- *r-Ts	*r-T-	*r-T-	*r-P- *r-T- *r-K-
*m-前綴	—	*m-C-	*m-C-	*m-l-	*m-C-
*g-(d-)前綴	—	—	—	—	*g-P- *g-T- *g-n- *g-L- *d-K-
*ɦ前綴〔註55〕、ɦ冠音、ʔ冠音	—	—	*ɦl- *ɦCl- *ɦbr- *ɦgr- *ʔN- *ʔL-	—	*ɦ-T- *ɦ-K-
帶鼻冠音 m-、n-、ŋ-（*N-前綴）	—	*N-s- *N-l-	*mg- *ŋg- *mgr- *ŋgr	*NK- *NP- *Nq- *m-l-	—
*P-、*T-、*K-C-T前綴*	—	—	*P-L- *T-L- *K-L-	*P-L- *K-L- *C-T-	—
CL-型複聲母	*PL- *KL- *Tsr- *tr-	*PL- *KL- *Tr- *UL-	*PL- *KL-	*PL- *KL-	*PL- *KL- *UL-

由表 14，我們發現這些複聲母基本上都符合本文第三章與第四章所歸納之語

〔註55〕即藏語的 a-chung，亦可標作 ɦ。

言現象，例如：前綴＊s-可與除了擦音外的任何輔音結合；舌尖音少與流音結合；輔音叢相鄰的兩個輔音發音部位或方法不能相同或相近，否則將因「異化作用」而排斥；基於「響度原則」三合複聲母輔音叢的最後一個音素為流音-r-或-l-。接著，下文中我們將就前文中所得出結論對上古複聲母系統提出些許的看法。

（一）上古漢語可能沒有四合複聲母

各家學者之上古漢語複聲母系統極少觸及三合複輔音，亦不見四合複輔音。而這樣的現象也見於本文所觀察之藏語、彝語、基諾語、野雞坡苗語、臘乙坪苗語、水語、泰語等親屬語中，在這些語言中三合複輔音占少數，同樣也不見四合複輔音。

古藏文中的唯二的四複合複聲母 bskr-、bsgr-經筆者證實為「前綴＋基本聲母」而非單純的複輔音聲母；野雞坡苗語的 mʔpl-、mʔphl-、mʔpz-、ŋʔql-四個複聲母，這類的帶鼻冠喉塞音四合複聲母在結構上幾乎全為「鼻冠喉塞三合複聲母＋流音 l」。而我們又發現這些帶鼻冠喉塞音複聲母單讀時，輔音叢中的鼻冠音和喉塞音往往不出現，成為單純的塞音聲母，而當它位於第二音節，而第一音節又沒有鼻音韻尾時，鼻冠音就移作第一音節的鼻音韻尾，例如：mo^{31}「不」tshie^{31}「清潔」連讀作「mon^{31} tshie^{31}」，應標作「mo^{31} nʔtshie^{31}」，這個現象則是說明了此類鼻冠喉塞音複聲母其實是條件音變的結果，因此野雞坡苗語中所謂的鼻冠喉塞三合複聲母其實只是單純的塞音聲母，而帶鼻冠喉塞音四合複聲母 mʔpl-、mʔphl-、ŋʔql-實際上是「單純的塞音聲母＋流音 l」型式。換言之，這類鼻冠喉塞四合複聲真面目應是帶流音-l-的二合輔聲母，而非所謂的四合複輔音。

如此一來，本文中所觀察親屬語皆不具四合複聲母。加上古藏文所記錄的實際上代表著西元六世紀左右的藏語語音現象，距離我們所謂的「上古漢語」也隔了很長的一段時間，而 bskr-、bsgr-是否在原始藏語時期就已經存在了，值得我們深思。基於筆者上述種種思考，筆者認為親屬語中僅存在極少數的四合複輔音現象是否暗示著：上古漢語其實是不存在著四合複輔音呢？我們這個問題值得未來繼續深入探討。

（二）上古漢語應具有小舌音

我們還發現在本章第二節中龔煌城、鄭張尚芳、潘悟云、金理新等先生皆為上古漢語單輔音系統擬構了小舌音。究竟上古漢語有無小舌音？

若由親屬語觀察，我們發現小舌音在羌語支語言分布比較廣泛，它與舌根部位的塞音是對立的不同音位，如下表40。〔註56〕

嘉絨語東部方言無小舌音，但嘉絨語北部、西北部方言裡有小舌音。爾蘇語東部和中部方言也沒有小舌音，而西部方言則有小舌音，又爾蘇語東部和中部方言中，小舌音與舌根音已合併，但明顯有一部分詞讀音稍靠後，有一部分詞舌位稍靠前。彝語支個別語言及方言中也有小舌音，如：拉祜語、彝語東南部方言（撒尼），白語的碧江方言，納西語東部方言的部分地區等。藏緬語族各語言的小舌音，彼此有明顯的對應關係。如表41中的例詞：

表40　小舌音在羌語支語言分布情況

語言	小舌塞音	小舌擦音	複輔音中是否有小舌音
羌語	q、qh、ɢ	χ、ʁ	有
普米語（箐花）	q、qh、ɢ		有
嘉絨語	方言中有小舌音		有
爾龔語	q、qh	χ、ʁ	有
木雅語	q、qh、ɢ	χ、ʁ	有
紮巴語	q、qh		
貴瓊語	q、qh		
納木義語	q、qh、ɢ	χ、ʁ	有
史興語	q、qh、ɢ	χ、ʁ	有
爾蘇語	方言中有小舌音		

〔註56〕孫宏開編《藏緬語語音和詞彙》（北京：中國社會科學出版社，1991年），頁26。

表41　藏緬語族各語言中的小舌對應

羌語（桃坪）	qo³³	羌語（麻窩）	quaˑ	
貴瓊語	qo³³lɔ³³lɔ³³	爾龔語	zʐʁɤ zʐʁɤ	
納木義語	qho⁵⁵qho⁵⁵	嘉絨語（金川）	rqi	
木雅語	quɜ⁵³	拉枯語	qo²¹	「彎」
藏文	gug gug	緬文	kɔk	
白語（大理）	khv⁴⁴	基諾語	a³³kho⁴⁴	
載瓦語	koi⁵⁵	獨龍語	dɯ³¹guŋ⁵⁵	
羌語（桃坪）	gtɕig	羌語（麻窩）	tɕiʔ⁵³	
木雅語		納木義語	htɕək	
史興語	tʃ̩³³	白語（碧江）	tɕi	「頭」
嘉絨語（金川）	tɕi³³	拉枯語	dzʐ̩³³	
撒尼彝語	tshŋ²¹	爾龔語	tɕhi³¹	
普米語（箐花）	squɑ³³	史興語	quɛ̃⁵⁵	
貴瓊語	qo³⁵			「哭」
白語（碧江）	qhe⁵⁵			
羌語（桃坪）	ʁu²⁴¹	羌語（麻窩）	ʁu (tʂa)	
貴瓊語	qho⁵³	史興語	qho⁵⁵	
白語（碧江）	qe⁴²	嘉絨語（金川）	qho ze	「碗」
爾龔語	qhuə zi			
羌語（桃坪）	χe⁵⁵	羌語（麻窩）	χe	
普米語（箐花）	qho⁵⁵	爾龔語	ʁa vu	
普米語（桃巴）	kho³⁵	紮巴語	qho⁵³	
納木義語	ʁo³³	史興語	ʁo³⁵	「針」
嘉絨語（金川）	ʁɑɣ̥	撒尼彝語	ɣ̩ˠ²²	
藏文	khab	門巴語（墨脫）	kham	
木雅語	ʁɒɣ̥	門巴語（錯那）	khɔp³⁵	

　　此外，小舌音在羌語支語言及部分彝語支語言中是比較一致的，這部分小舌部位的詞在其他藏緬語中，多數讀成舌根音，也有讀其他部位的。但是，也有少數小舌塞音與喉塞音或零聲母的詞相對應的情況，例如表41中的「頭」字。在部分羌語支語言中讀小舌音，而在多數藏緬語中讀舌根音。又如「針」字，在多數羌語支語言中讀小舌音，但在緬語支語言中變成零聲母起首的音節。另外，從表41我們還可以發現，目前羌語支語言是藏緬語族語言中在聲

母方面保留早期語音特徵較多的一些語言，並且普遍地存在著小舌部位的輔音。再者，這些小舌音與苗瑤語族、侗台語族部分語言中的小舌音也有一定的對應關係。〔註57〕

　　七世紀的古藏文和十一世紀的緬甸碑文，都是拼音文字，但都沒有小舌音的遺跡，藏緬語族部分帶小舌音的詞，不僅藏緬語族內部是同源的，某些漢語也有同源關係，如果說藏緬語族部分語言中的小舌音是歷史的遺留，這就意味著上古漢藏語也應該有小舌音。〔註58〕又如果小舌音是後起的一種語音現象，那麼我們就必須進一步解釋爲什麼在侗台、苗瑤、藏緬等語族的部分語言裡不約而同地要從舌根音中分化出小舌音來。從發音原理上來講，發音時小舌音比舌根音更用力；由省力的原則上說來，小舌音不大像後起的。

　　同時，李永燧先生在《漢語古有小舌音》一文中，〔註59〕比較了漢語與苗語的關係詞。發現漢語中的舌根音既同苗語中的舌根音相關，也和苗語中的小舌音相關，他認爲從苗語語音演變的過程看，小舌音要比舌根音古老。不論漢語和苗語的關係詞是同源還是借貸，都證明古漢語有小舌音，而漢語現在沒有小舌音是因爲「早在漢語和苗語分化爲不同語言時，漢語的小舌塞音已經演化爲舌根塞音了。」無獨有偶，潘悟云先生〈喉音考〉一文中，〔註60〕全面地比較了漢語和侗台、苗瑤、藏緬等語族之民族語言中小舌音的資料，還引用了古代譯音資料和諧聲資料等，證明上古漢語存在小舌音，他認爲小舌音到中古分別變成了影、曉、匣、云等母，逐個進行了較爲細緻的論證，這種論證是有一定說服力的。

　　而我們在本章中第一節曾論及構擬複輔音聲母的幾個原則，其中一項則是「複輔音系統須以單輔音系統爲基礎」，因此我們認爲上古漢語應具有小舌音，而以單聲母系統爲基礎的古漢語複聲母系統也應具有小舌音所構成的輔音群才是。

（三）上古漢語「塞擦音」為後起現象

　　除了小舌音的問題之外，上古漢語到底有沒有塞擦音呢？雖然，李方桂與

〔註57〕孫宏開編《藏緬語語音和詞彙》，頁30。

〔註58〕孫宏開編《藏緬語語音和詞彙》，頁30。

〔註59〕李永燧〈漢語古有小舌音〉，《中國語文》1990年第3期。

〔註60〕潘悟云〈喉音考〉，《民族語文》1997年第5期。

龔煌城先生的複聲母系統中分別都爲上古漢語構擬了塞擦音。但鄭張尙芳、潘悟云、金理新等先生則主張塞擦音爲上古後期的產物。根據親屬語史研究顯示「塞擦音」聲母多屬後起，原始漢藏語是沒有塞擦音的，塞擦音是原始漢藏語分化以後陸續產生的語音現象。〔註61〕張均如先生於1983專文討論《壯侗語族塞擦音的產生和發展》，1991年社科院民族所出版、孫宏開先生編《藏緬語語音和詞彙》導論也談到：「藏緬語語族塞擦音的發展是後起的。」〔註62〕及其〈原始漢藏語系統中的一些問題——關於原始漢藏語音節結構構擬的理念思考之二〉也主張：「原始漢藏語是沒有塞擦音的。」

從藏緬語各語言同源詞的對比情況，參照藏文、緬甸文等歷史文獻，我們初步發現，中古時期藏緬語的塞擦音是較少的，或者說是沒有，它是在長期的歷史演變過程中才逐漸發展起來。〔註63〕藏緬語塞擦音的發展，大致源於兩個方面，一方面是塞音受韻母的影響而向塞擦音方向變化。例如：「一」在多數藏緬語中其聲母讀 t，但在部分藏語支和羌語支中讀塞擦音：〔註64〕

表42　「一」在藏緬語中的讀音對照表〔註65〕

傈僳語	thi^{31}	緬文	tas	
獨龍語	tĩʔ^{55}	彝語（南華、墨江）	thi^{21}	
哈尼語（碧卡）	thɣ^{31}	基諾語	thi^{33}	
普米語（箐花）	ti^{13}	門巴語（墨脫）	thor	
藏文	gtɕig	藏語（拉薩）	tɕiʔ^{53}	「一」
藏語	tɕi^{53}	藏語（夏河）	htɕək	
羌語（桃坪）	tʃɿ^{33}	羌語（麻窩）	tɕi	
納木義語	tɕi^{33}	史興語	dʑĩ^{33}	
彝語（喜德）	tshŋ^{21}	哈尼語（哈雅）	tɕhi^{31}	
彝語（羅平）	ta^{21}	彝語（彌勒）	thi^{11}	

〔註61〕孫宏開〈原始漢藏語輔音系統中的一些問題——關於原始漢藏語音節結構構擬的理念思考之二〉，《民族語文》2001年第1期。

〔註62〕孫宏開編《藏緬語語音和詞彙》，頁20～25。

〔註63〕孫宏開編《藏緬語語音和詞彙》，頁20。

〔註64〕孫宏開編《藏緬語語音和詞彙》，頁21。

〔註65〕本文限於篇幅僅舉一例說明，其他例證詳見孫宏開編《藏緬語語音和詞彙》，頁21～22。

另一方面，我們還可以明顯看到複輔音向塞擦音轉化的例子。在這一面，羌語南北兩個方言對應的例子是最能說明的，如下表 43：

表 43　複輔音向塞擦音轉化的例子

漢義	北部方言（麻窩）	南部方言（桃坪）
三	khsi	tshi^{55}
官	gzə	dzʅ^{33}
跳	qhsu	tshu^{33}
下（蛋）	khɹəˈ	tʂi^{55}
筋	gɹəˈ	dzʅ^{241}
屎	qhʂəˈ	tʃhʅ^{33}
四	gzə	dʒʅ^{33}
敢	khɕu	tɕhy^{33}
犏牛	khɕi	tɕhi^{55}
揉麵木盒	gʑuku	dʑu^{241}ku^{33}

又如：表 44「雷，（打）雷」在部分藏緬語中的反映，也可以看出：

表 44　「雷，（打）雷」在藏緬語中的對應

藏文	ɦbrug（skad）	緬文	mo^{3}kro^3	
爾龔語	mbʑu	門巴語	bruʔ^{53}	
藏語（德格）	ndʑuʔ^{35}	普米語	mɣ^{55}dʒy^{13}	「雷，打雷」
木雅語	ndʑu^{35}	爾蘇語	mɛ^{33}dzʅ^{55}	
彝語（大方）	mu^{33}dzʅ^{33}	哈尼語	ɔ^{31}dʑ^{31}	

這些例詞十分清楚地告訴我們，塞擦音的產生是複輔音中的後置擦輔音把前面異部位的塞輔音同化爲同部位的塞音，因此形成了塞擦音，可知藏緬語族各語言塞擦音的發展是後起的。至於目前各語言塞擦音的發展呈現的不平衡現象，則是由語言自身的變化規律所決定。

不僅如此，俞敏在《後漢三國梵漢對音譜》（1979）還指出東漢音系就獨缺 ts-組。故此在上古漢語早期應不存在 Tsr-類複聲母。鄭張尚芳更主張苗瑤語族、侗台語族，甚至藏緬語族的塞擦音都是後起的，而三者與上古漢語對

應的同源詞多數讀爲擦音。〔註66〕因此我們認爲上古漢語不存在塞擦音，那麼這也代表了我們在上古漢語複聲母系統中將不會看見帶有塞擦音的複輔音聲母。

然而，我們這裡還必須指出，鄭張尚芳、潘悟云、金理新等先生的主張是基於一假設，也就是漢語、藏緬語、苗瑤語、侗台語都是同源的，甚至和南島語、南亞語也都是同源的，因此他們可以充分的利用這些語言作爲比較的對象。事實上，苗瑤語和侗台語是否跟漢語、藏緬語同源，國內與國外有不同的意見，大陸地區普遍認爲漢語、藏緬語、苗瑤語、侗台語是同源的，但台灣的龔煌城先生確認爲只有漢藏同源，苗瑤侗台不同源，〔註67〕這一觀點和美國的本尼迪克特相同；除此，國外還有另一種意見，法國的沙加爾認爲漢藏語與南島語同源，因而在更早的階段侗台語和漢藏語是同源的，但和苗瑤語不同源。

（四）學者們看法較不一致的複聲母類型

最後，從表 39 中，我們可以很清楚地看見，對於帶前綴*g-、*ɦ-與鼻冠音的類型的複聲母，學者們的歧異較大。下文中我們將由語音普遍性的角度出發，結合本文所觀察之察的藏語、彝語、基諾語、野雞坡苗語、臘乙坪苗語、水語、泰語等親屬語與希臘語、梵語、拉丁語等印歐語言的語言事實來探討這些類型的複聲母的可能與否。

1、帶*k、*g前綴的輔音群

在古藏語有 gn-型複聲母而印歐語中則有複聲母 kn-與 gn-。巧合的是，金理新《上古漢語音系》書中，認爲在上古漢語時期，泥母與日母詞根聲母相同，兩者的差別僅在於日母較泥母多了構詞前綴*g-，故此日母可構擬爲複聲母*g-n。姑且不論前綴*g-在日母與泥母間扮演著怎樣的構詞功能，我們不妨從「語音」角度切入來看，舌根塞音 g-的確有與舌尖鼻音 n-構成複聲母 gn-的可能性。

〔註66〕鄭張尚芳《上古音系》，頁 93～97。

〔註67〕龔煌城〈漢語與苗瑤語同源關系的檢討〉，《中國語言學集刊》創刊號：第一卷‧第一期（北京：中華書局，2007 年，9 月），頁 245～260。

（1）「異化作用」的影響

兩個音互相排斥的現象叫作「異化作用」（dissimilation），這意味著輔音叢中相鄰的兩個輔音發音部位與發音方法不能相同或相近，否則會因為發音相同或相近而相互排斥。例如：舌根音 g 後不與舌根音（k、g、gh）搭配，舌尖音 d 不出現在舌尖音（d、t、n、s）之前組成複聲母，雙唇音 b 也不出現在雙唇音（b、p、m）之前，舌尖音 T 不與流尖流音 l 構成 tl-與 dl-複聲母等等。

但為什麼輔音相鄰的兩個輔音發音部位與發音方法不能相同或相近，就相互排斥呢？本文第二章筆者曾提及所謂的複聲母是一個詞位（morpheme）中的兩個或三個連續的聲母音位（phonemes），其中任何一個音位都不能取消，否則就是另一個截然不同的字。因此當我們發複聲母時，輔音叢中的每一個輔音彼此都不能間隔太長，否則聽起來就會像兩個（或以上）的音節，這對於發音器官來說，在短時間內必須發出好幾個不同發音方法的輔音，的確是一項沉重的負擔。因此複聲母輔音結合必須得在異化作用的前提之下，否則無法結合成複聲母。而基於「異化作用」的影響，g 舌根塞冠音後只接「不同」發音部位的輔音。

（2）「響度原則」的影響

我們除了從輔音的發音機制來看，還可以從音節角度著眼觀察 gn-型複聲母。由於音節響度由聲母、主要母音至韻尾呈現「低－高－低」的曲線分布，音響度衡又告訴我們語音響度為「母音＞介音＞流音＞鼻音＞輔音」。gn-複聲母起首為舌根塞輔音，根據上述音節化原則，舌根塞音 g 後面只能接響度大於舌根塞輔音的非母音音素才能組成複聲母。然而，這個音又不能是一般輔音與流音（否則就成了 gL-型複聲母），因此鼻音是不二的人選，這也就是 gn-型複聲母何以可能的原因之一。

（3）聲母舌體位置的影響

舌根音後可選擇的鼻音有雙唇鼻音與舌尖鼻音兩個，為什麼複聲母 gn-可能而 km-、gm-卻不可能？筆者認為這與唇鼻音的發音機制有關。我們都知道，雙唇鼻音發音時，此時舌體呈平放狀態並無協調動作牽連其中，也就是說發唇音時舌體是靜止狀態的，這種靜止狀態使它傾向於「一次動作」而不利於前後來回的「連鎖動作」。換言之，舌尖發音舌體處於活動狀態，在發完聲母後再接連元音的調度上比唇音更方便，而這也是何以 Kn-型複聲母存在而

Km-型複聲母不存在的原因之二。

　　基於上述兩項理由，我們認爲上古漢語應具有 gn-型之複聲母，而這類複聲母極有可能是由「前綴＋基本聲母」凝固而來，即*g-前綴加上詞根爲舌尖鼻音 n 之輔音叢*g-n-，後來因語音的演變而變爲複聲母 gn-，而這類 gn-型複聲母又有兩條演變途徑。其一：舌根塞音 k 消失，保留鼻音聲母 n-，成爲中古的鼻音聲母；其二，鼻音 n-消失而變成中古的舌根音聲母。

2、帶鼻冠音的輔音群

　　除了上文已談過的雙唇鼻音外，我們在親屬語當中也可以看到鼻冠音後幾乎只接「同部位」輔音，如 mp-、ŋk-、nt-，而這樣的情況似乎與「異化現象」產生牴觸。眾所皆知，複聲母輔音叢中相鄰的兩個輔音「發音方法」與「發音部位」不得相同或相近的，否則就會因異化作用而排斥，現這樣前提下鼻冠音與同部位輔音的結合就顯得有些異常，因此我們認爲這樣這類型的輔音群應是在「異化作用」的前提下結合，而後來卻在「同化作用」的影響之下才變成發音部位相同的輔音。

　　又沃爾芬登（Stuart N. Wolfenden）曾舉出 Lhota Naga 語裡的例子前綴 me 分話爲 n-和 m-，是受後面輔音的影響造成的，[註68]而古藏語中前置輔音 d-和 g-的互補大約也與此有關。[註69]基於上述「異化作用」的前提與輔音叢中輔音彼此同化影響等因素下，筆者認爲 mp-、nt-、ŋk-等鼻冠音複聲母中的 m-、n-、ŋ-應是受到後面輔音的影響而「同化」爲發音部位相同的鼻音。換言之在 mp-、nt-、ŋk-中，前面的鼻冠音 m-、n-、ŋ-原本應該是鼻音前綴 m-，只是後來分別受到輔音 p-、t-、k-的影響而分別同化爲發音部位相同的鼻音 m-、n-、ŋ-。

3、帶*ɦ-前綴的輔音群

　　這個前綴目前在漢語裡已失去蹤跡，而本文所觀察之親屬語及印歐語系語言也不見它的痕跡。目前在藏語安多方言的拉卜楞話中還看的到帶 h-的 hC-型複聲母：[註70]

〔註68〕Stuart N. Wolfenden, 1929, *"Outline of Tibet-Burman linguistic Morphology"*, The Royal. Asiatic Society.

〔註69〕馬學良主編《漢藏語概論》，頁 125。

〔註70〕馬學良主編《漢藏語概論》，頁 169。

hta	馬	hka	溝	htsa	草
htɕa	頭髮	ɦna	鼻子	ɦŋa	五

除此，在拉卜楞話中，濁塞音和濁塞擦音前往往帶有一個輕微的濁送氣音 ɦ，這或許是古藏語*ɦ-前綴的遺留，例如：〔註71〕

[ɦ]do	石	[ɦ]go	門	[ɦ]dza	月
[ɦ]zo	制	[ɦ] ʐə	四		

因此我們認爲上古漢語很可能也擁有這個前綴。從發音方法上來看，喉擦音 ɦ 實際上並無特別的發音方式。或者說它的發音方式自成一格，並不屬於任何的發音方式類型的一種。故此，我們可以推斷 ɦ 應可任何輔音結合，例如：唇音、舌尖音、舌根音……等等。

第三節　同族語複聲母系統之比較

在本文第三章裡，筆者由古藏語、彝語、基諾語、野雞坡苗語、臘乙坪苗語、水語、泰語等親屬語中現存之複聲母中歸納了些許複聲母組合的規律，接著我們要來看一看目前學者們爲親屬語所構擬的複聲母系統。檢視這些被構擬的複聲母系統是否符合的眞實的語言現象。

一、《苗瑤語古音構擬》之原始苗瑤語複聲母分析

根據《苗瑤語古音構擬》中擬構的原始苗瑤語聲母，單、複輔音有下列幾種，筆者整理如表格所示，其中淺灰底字爲二合複輔音聲母，深灰底粗體字爲三合複輔音聲母：〔註72〕

〔註71〕馬學良主編《漢藏語概論》，頁 169。

〔註72〕王輔世、毛宗武《苗瑤語古音構擬》，（北京：中國社會科學院，1995 年），頁 41 ～54。此表格中複輔音聲母之灰色網底劃記部份則爲筆者所加。

表45　《苗瑤語古音構擬》中原始苗瑤語聲母，單、複輔音

p	b	t	d	n	m̥	m				ʔ	v	s	l	ɭ
ph	bj	th		n̥						ʔm	ʋ		ḷ	ʈh
pj		tθhj		ŋ̊j	m̥j	mj	mjn				θ	sj	ḷj	
pw	bw	tθw	dðw	nw	m̥jn̥	mn	mwn	mwjn		ʔmw	θj	sw	lw	
pwj	bwj	tw	dwj	n̥w	m̥w	mw						swj	ḷj	ʈw
phw				nd	m̥wj									ʈɭ
phwj				ndw		mb	mbl	mbdʐ						
phs	tθhwj			nm		mbj	mblw	mbdʑ			θwj		ḷw	
	ts		ntsh	nts		mbw	mbwj	mbwl					ɭ	
pts	tsj		ndb	ntθhj		mp	mpj			ʔv			ɭ	
phtsh	tsh		ndð			mph					h	x	ḷw	
	tθ		ndz			mpw	mpwj	mpwts			ɦ		ḷj	
ptʂ	tʂ	tsw	ndʑw	ndʑwj		mphw					ɦj			
phtʂh	tʂh			ntsj			mpts			ʔn				
	bwdʑ			ntshj						ʔns				
pl	bl			ns	m̥n	mphtsh				ʔnl				
phl				n̥s						ʔnj				
pl̡			nl	n̥l						ʔl				
cl	ɲcl	ȶ	dð	nt		mptʂ				ʔlj				
	ɲclj		dz	ntj						ʔl̡				
			dzw	nth										
	ɲɟl		dzj	ntw	ntwj									
k	kl	tʂhw	ɖ	n̥ɖ								ʂ		
kw	klw	tʃ	dʐ	ɳdʐ										
	klj	tʃh	dʐj	ɳʈʂ	ɳʈʂj	ɲɟ				ʔn̠				
kh	khl					ɲɟj	ɲɟwj	ŋ	ŋw					
		tʃhj	ȡ	n̠		ɲc	ŋk	ŋg	ŋj					
khw				n̠dʑ		ɲcwj	ŋkj							
		tʃw	dʑw	n̠w		n̠tj	ŋkh	ŋgw						
g	gl	tɕ	dʑ	n̠tɕ		ŋkl	ŋgl			ʔʑ	c	ʑ	ʃ	
	glj		dʑw	n̠tɕh		ŋkhl				ʔʑw	cw	ʑw	ɕ	
qɭ	ɢɭ	tɕh	dʑ	ɳʈʂh		ŋkhlj	ŋglj				ch			
q	ql	tɕj	dʑw	nq	nG	nGw	nGwj							
qh	qlj	tɕhw		nqh		nGl								
qwj	qlw			ɳʈʂhj		nqlw						ɟ		
qhwj	qlwj											ɟwj		
ɢ	ɢl	ŋdʑ	ŋt	ŋtɭ		ntʃ	ntʃj			ʔɖ				
ɢw	ɢlw	ŋdʑj	ŋth			ntʃw	ntʃwj							
	glj	dɭ	ɳɖ	ndɭ										
ɢwj	ɢlwj		ŋ̠											

　　由上列的表格可以發現《苗瑤語古音構擬》中擬構的原始苗瑤語聲母相當複雜，若以發音方法區分，光是單聲母就有塞音、塞擦音、擦音、邊音等種類。各種聲母底下又可細分為圓唇聲母、顎化聲母、圓唇且顎化聲母。複聲母的形況比起單聲母的複雜程度可說是有過之而無不及，包含二合複輔音聲母與三合複輔音聲母，無四合複輔音聲母。

（一）二合複輔音共有 111 個。又可細分為

　　1、帶流音-l-的二合複輔音，如：ql-、dʎ-、qlwj-，其形式為 Cl-。

　　2、帶鼻冠音的二合複輔音，如：nɢ-、ɲc-、ŋtʃ-、nm-、mjn-，鼻冠音後頭所接輔音清一色與鼻冠音屬於同一個發音部位。基於「異化作用」的前提與輔音結合後「同化作用」的影響，此外經鄭張尚芳先生論證苗語鼻冠音 m-是 ɦ-的遺跡。〔註73〕

　　3、帶喉塞音的二合複聲母，如：ʔɖ-、ʔʐ-、ʔlj-，其形式為ʔC-、ʔF-、ʔl-。

　　4、塞音 C-起首的二合複聲母，在《苗瑤語古音構擬》中擬構了 bwʥ、phtʂh、ptʂ 三個「CA-型」複聲母，其形式為 PTs-，即「雙唇塞音＋舌尖塞擦音」。不過仔細觀察後可以發現這三個複聲母出現地相當「孤立」，也不成系統。就語言的「系統性」與「對稱性」而言，我們不瞭解為何有 bwʥ 而無 bʥ；p-與 ph-可以跟 tʂ 與 tʂh 組成複聲母，但卻不與 ts 結合成複聲母的原因，故此筆者認為此類複聲母的構擬尚待斟酌。

（二）三合複輔音數量遠遠少於二合複輔音，只有 24 個。可分為：

　　1、帶鼻冠音的三合複輔音，如：ŋkl-、ɲɟl、mpwts-，形式為 NCl-、NCF-、NCA。

　　2、帶喉塞音的三合複輔音，此類複輔音數量較少僅有兩個，如：ʔns-、ʔnl-，形式為ʔns-、ʔnl-。在《苗瑤語古音構擬》中，帶喉塞音的二合複聲母有ʔm-、ʔmw-、ʔl-、ʔn-等形式，不過帶喉塞音的三合複聲母卻只有ʔnl-與ʔns-兩個。按照常理推斷，這裡帶喉塞音的三合複聲母應該還會有ʔml-才是，因此我們認為此處帶喉塞音的三合複聲母值得再思考。

〔註73〕詳見鄭張尚芳《上古音系》，頁154。

（三）對於《苗瑤語古音構擬》構擬之原始苗瑤語的看法

在《苗瑤語古音構擬》書中作者擬構了許多發音方法為「塞擦音」及發音部位為「捲舌音」、「舌面音」的複聲母，例如：ṇʨh-、ṇdʐ-、ɲʄj-、ŋʥj-、ŋʈh-等。此外，也不見帶流音-r-與 s-詞頭的複聲母。而這樣的現象明顯與本文所觀察之印歐語系與藏語、彝語、基諾語、野雞坡苗語、臘乙坪苗語、水語、泰語等多數親屬語實際情況不符合。在此，筆者提出幾點疑問：

其一，就漢語來說，捲舌音與舌面音也是中古才形成的，就連早期的藏文也不見這兩種音類，那麼同為親屬語的苗瑤語是否在原始苗瑤語時期就已具備這兩種音類了呢？在《苗瑤語古音構擬》中的擬構的捲舌音單聲母有：77 甑*tʂ-、78 車*tʂh-、79 匠*dʐ；而帶捲舌音複聲母則包含：帶捲舌鼻冠音ɳ-的複聲母，如：ɳʂ-、ɳtʂh-；帶捲舌流音-ɭ-的複聲母，如：qɭ- 、ɢɭ-；也有基本輔音是捲舌音的複聲母，如：ɳd-、ʈɭ-。其中，捲舌單聲母是據畢節、威寧有舌尖後音定的，但其實除了花壇吉衛讀 ʨ-外，其他點仍以讀 s-為主。77、78 高坡、紫雲、黃平讀 s-、凱里讀 ɕ-；79 紫雲讀 s-、高坡讀 sh-、凱里讀 ɕh-、黃平、畢節讀 ɕ-。福泉 77 則讀 ts-、78 讀 tsh-、79 讀 z-。而凱里全讀 ɕ-類是一如花壇那樣顎化，黃平獨獨在送氣類讀 ɕ-才值得注意。

眾所皆知，李方桂先生提出上古漢語二等具有-r-介音，而且這個-r-介音有捲舌化的作用，促使-r-介音前的聲母發生捲舌作用；孫宏開先生也指出：「藏語中後置輔音-r-決定了塞擦音為捲舌。」[註74] 因此我們有理由認為原始苗瑤語中的這些捲舌音同樣是受到「-r-」介音影響才產生的，也就是複聲母輔音叢中的「捲舌鼻冠音」或「捲舌基本輔音」分別受到「基本輔音 r-」或「後置輔音-r-」的影響進而發生「捲舌化」的現象，變成了捲舌音之後-r-介音才消失。因此《苗瑤語古音構擬》中的擬構的捲舌音複聲母應屬後起形式，原始苗瑤語應不具有捲舌音。

其二，在《苗瑤語古音構擬》書中擬構的眾多複聲母當中，獨不見帶-r-的複聲母。在印歐語系與同為親屬語之藏語、彝語、基諾語、侗台語中都擁有-r-的情況之下，原始苗瑤語卻獨缺流音-r-這似乎不太符合情理。根據學者

〔註74〕 孫宏開〈原始漢藏語輔音系統中的一些問題──關於原始漢藏語音節結構構擬的理念思考之二〉，《民族語文》2001 年第 1 期。

研究原始漢藏語，乃至上古漢語、古藏文、原始侗台語等親屬語擁有「-r-」、「-l-」，〔註75〕那麼，身為漢藏語系一員的苗瑤語在「原始苗瑤語」時期理應具有流音「-r-」。又或許我們可以換個角度思考，倘若在原始漢藏語中僅有流音-l-而無-r-，那麼上古漢語、古藏文、原始侗台語中的「-r-」應該就是各語言自原始漢藏語分化之後才各自產生的，否則我們很難解釋為何來自共同母語的原始苗瑤語僅有-l-而獨缺-r-。此外，上文中我們曾論及原始苗瑤語中的這些捲舌音同樣是受到「-r-」影響才產生的，倘若原始苗瑤語中無流音 r，那麼捲舌音又是如何產生的呢？

其三，在《苗瑤語古音構擬》書中所構擬的原始苗瑤語卻擁有為數可觀「塞擦音」聲母。然而，根據親屬語史研究顯示「塞擦音」聲母多屬後起。張均如先生於 1983 專文討論《壯侗語族塞擦音的產生和發展》，1991 年社科院民族所出版、孫宏開先生編《藏緬語語音和詞彙》導論也談到：「藏緬語語族塞擦音的發展是後起的。」及其〈原始漢藏語系統中的一些問題——關於原始漢藏語音節結構構擬的理念思考之二〉也主張：「原始漢藏語是沒有塞擦音的。」且在俞敏《後漢三國梵漢對音譜》的東漢音系就獨缺 ts-組。鄭張尚芳先生更主張苗瑤語族、侗台語族，甚至藏緬語族的塞擦音都是後起的，而三者與上古漢語對應的同源詞多數讀為擦音：〔註76〕

> 苗語方言中有好多 ts-、tʂ-在方言比較中表明更早的形式是 pj-、pr-，還能見到 pz、pts-、pẓ-、ptʂ-之類的中間形式，〔王輔世《苗語古音構擬》〕韻名標目用字已注意到，這些組的例詞中多數正好跟漢語精組是同源的，但它們除在部分點讀 ts-、tsh-、dz-外，多數卻是讀 s-、sh-、z-的。（頁 93）

> 藏文的 ts-、dz-母字不但量少，除可能是借詞的「蔥」外，也沒有明顯與漢語精組對當的，但 s-母詞中卻有一批是跟漢語精、莊、清、

〔註75〕詳見孫宏開〈原始漢藏語的複輔音問題——關於原始漢藏語音節結構構擬的理念思考之一〉，《民族語文》2001 年第 1 期、〈原始漢藏語中的介音問題——關於原始漢藏語音節結構構擬的理念思考之三〉，《漢藏語言研究》（北京：民族出版社，2006 年 3 月）。

〔註76〕鄭張尚芳《上古音系》，頁 93～97。

初母字對當的。（頁 97）

所以《苗瑤語古音構擬》書中所構擬的塞擦音聲母非常可能是後起的，因此帶有塞擦音的單輔音與複輔音等形式都必須排除在原始苗瑤語之外。

其四，《苗瑤語古音構擬》所構擬的鼻冠複輔音，鼻冠音後所接輔音一律與鼻冠音同一個發音部位，例如：n̥tɕh-、n̥dʑ-、ɲʈj-、ŋdʑj-、ŋʈh-，此種現象與彝語、野雞坡苗語言、臘乙坪苗語、水語、泰語等親屬語言中的鼻冠複輔音現象一致，我們認為這並非巧合，筆者以為這應當是「同化作用」之影響。換言之鼻冠音是受基本輔音的同化作用後才會變得跟基本輔音同一個發音部位，這很可能意味著鼻冠音 m-、n-、ŋ-、n̥-、ɲ-、ɳ-的前身是來自於同一個冠音。此外，鄭張尚芳先生在《上古音系中》中曾論證苗語鼻冠音 m-是 ɦ-的遺跡，[註77]那麼我們或許可以大膽假設《苗瑤語古音構擬》所構擬的鼻冠複輔音在原始苗瑤語時代應是來自 ɦ-冠音（或前綴）。

其五，關於帶 s-詞頭的複聲母經梅祖麟先生等學者們證實曾經存在於上古漢語中，且同族語中的藏語亦有不少帶 s-詞頭的複聲母。不過表 45 中所列的眾多複聲母中，卻不見以 s-起首的複輔音聲母，這樣的情況是否暗示著這個 s-前綴在原始漢藏語時期其實是不存在的，一直到後來漢語、藏語、苗瑤語、侗台語彼此分化後才各自產生的呢？又倘若這個 s-前綴早在原始漢藏語時期就已經存在，那麼照理來說我們的確該為原始苗瑤語構擬一個 s-前綴才是。

二、《侗台語族概論》原始侗台語複聲母分析

根據《侗台語族概論》中構擬的原始侗台語聲母，單、複輔音有下列幾種[註78]：

〔註77〕詳見鄭張尚芳《上古音系》，頁 154。

〔註78〕此表引自梁敏、張均如《侗台語族概論》，頁 72。此表格中複輔音聲母之灰色網底劃記部份則為筆者所加。

表 46　《侗台語族概論》之原始侗台語單、複聲母

p	b	bɦ	ʔb	ʔm	m̥	m	ʔmb	mp	mb	ʔw	w̥	w			xp	sp	zb
pw	bw	bwɦ	ʔbw		m̥w	mw										spw	
pl	bl		ʔbl	ʔml	m̥l	ml	ʔmbl	mpl	mbl						xpl	spl	
plw	blw		ʔblw														
pr	br	brɦ		ʔmr	m̥r	mr		mpr	mbr						xpr		
					m̥rw												
t	d	dɦ	ʔd	ʔn	n̥	n	ʔnd	nt	nd		l̥	l	s	z	xt	st	zd
													sw				zdw
tl	dl	ndlɦ	ʔdl	ʔnl	n̥l			ntl	ndl				sl	zl		stl	
tr	dr		ʔdr	ʔnr		nr		ntr	ndr	ʔr	r̥	r	sr	zr		str	
				ʔȵ	ȵ̥	ȵ				ʔj	j̊	j	ɕ	ʑ			
					ȵ̥w												
k	g	gɦ		ʔŋ	ŋ̊	ŋ		ŋk	ŋg				x	ɣ	xk	sk	
kw	gw	gɦw		ʔŋw	ŋ̊w	ŋw		ŋkw					xw	ɣw	xkw	skw	
kl	gl	ɣɦ						ŋkl	ŋgl				xl	ɣl	xkl	skl	
klw	glw	ɣwɦ													xklw		
kr	gr					ŋr			ŋgr				xr		xkr	skr	zgr
krw	grw														xkrw	skrw	
q	ɢ	ɢɦ												ʁ	xq	sq	
		ʁɦ														xql	
ql						ɴl											
qr	sɢrɦ															sqr	
ʔ													h	ɦ			

　　經筆者統計，淺灰色劃記之二合複輔音聲母有 67 個，而深灰色粗體字的三合複輔音聲母有 39 個，粗斜體之四合複輔音聲母僅有 1 個。

（一）二合複輔音聲母

1、帶流音 -r- ／ -l- 的二合複輔音，如：tl-、pr-、klw-、khj-，形式為 CL-。

2、帶 s- 前綴的二合複輔音，如：sl-、sr-、sp-，形式為 sL-、sC-。

3、帶喉塞音的二合複輔音，如：ʔd-、ʔn-、ʔr-，形式為 ʔC-、ʔN-、ʔr-。

4、帶鼻冠音的二合複輔音，如：nt-、nr-、ml-，形式為 NC-、NL-。

5、帶舌根清擦音 x- 的二合複聲母，如：xt-、xp-、xk-，形式為 xC-。

6、帶舌尖濁擦音 z- 的二合複聲母，如：zb-、zd-、zl-，形式為 zC-、zL-。

又古藏語前置輔音 s-在拉達克方言裡因受基本輔音清濁影響而分化爲 s-和 z-。〔註79〕

因此筆者認爲《侗台語族概論》所構擬的冠音 s-與冠音 z-原本應來自於前置輔音 s-，只是後來基本輔音清濁影響而分化爲 s-和 z-。故在《侗台語族概論》中帶濁擦音 z-的二合複聲母 zC-、zL-應屬 sC-、sL-形式，而原始侗台語中應無帶濁擦音 z-的二合複聲母。

（二）三合複輔音聲母

1、帶 s-前綴的三合複輔音，如：sqr-、skr-、spl-，形式爲 sCL-。

2、帶喉塞音的三合複輔音，如：ʔdl-、ʔmr-、ʔbl-，形式爲ʔCL-、ʔNL-。

3、帶鼻冠音的三合複輔音，如：ntr-、ndl-、ŋkl-，形式爲 NCL-。

4、帶舌根清擦音 x-的三合複聲母，如：xql-、xpr-、xkr-，形式爲 xCL-。

5、帶濁擦音 z-的二合複聲母，如：zgr-，形式爲 zCr-。又前文中我們已論證原始侗台語帶濁擦音前綴 z 爲 s 前綴的變體，故在《侗台語族概論》中帶濁擦音 z-複聲母 zgr-應爲 sgr-，而原始侗台語中應無帶濁擦音 z-的三合複聲母。

（三）四合複輔音聲母

此類複聲母僅有一個喉塞音起首之ʔmbl-，形式爲ʔNCl-。

（四）對於《侗台語族概論》構擬之原始侗台語的看法

觀察了上表中《侗台語族概論》所擬構的原始侗台語，筆者有以下幾點疑問：

第一，《侗台語族概論》中所構擬的眾多複聲母中，其中 tl-、dl-等「舌音＋l／r」的複聲母形式只見於古藏語，並且僅有 tr-之形式。而本文中所觀察之彝語、基諾語、野雞坡苗語、臘乙坪苗語、水語、泰語中則不見 TL-型複聲母，原始印歐語、希臘語、梵語、拉丁語裡亦不見 tl-、dl-等「舌尖音＋l」的複聲母。此外，漢藏語系中其他擁有 tl-、dl-型複聲母的親屬語亦佔相對少數，故筆者認爲很可能是後起的形式，非原始侗台語複聲母所有。

第二，關於《侗台語族概論》中擬了舌根清擦音 x-聲母及 x-起首的複聲母形式，如：xt-、xpr-、xkl-，不過在本文觀察之古藏語、彝語、基諾語、野雞坡苗語、臘乙坪苗語、水語、泰語與印歐語言中則不見。按照語音演變規律來

〔註79〕馬學良主編《漢藏語概論》，頁 125。

看，擦音多半是是塞音弱化而來，而清輔音往往由濁輔音清化而來，因此我們推測《侗台語族概論》中輔音群中起首的舌根清擦音 x-很可能由其他前綴或前置輔音弱化成來，非原始侗台語所有。

第三，在《侗台語族概論》構擬的原始侗台語，除了有舌根清擦 x-及其起首的複聲母外，尚有濁擦音 z-與其起首之複聲母形式。而以濁擦音 z-起首之複聲母類型實不見於親屬語之彝語、基諾語、野雞坡苗語、臘乙坪苗語、水語以及泰語。古藏語亦僅有 zl-一個濁擦音 z-起首的複聲母。經我們上文分析後發現 zl-來自於 sl-，s＞z 完全是受到流音 l 的同化影響，可知冠音 z 實為冠音 s 之變體。再者，《侗台語族概論》中作者所構擬，擁有濁擦音 z-起首之複聲母，如 zr-、zl-、zb-、zd-、zdw-等形式且 z-後面所接的輔音全為濁音，這不禁讓人想要反問作者：同樣以擦音 s-起首的複輔音，複音叢起首的清擦音 s-後面不但可以接清音也可以接濁音，即「s-＋清輔音／濁輔音」。為什麼濁擦音 z-起首的複輔音，只見「z-＋濁輔音」的形式，而不見「z-＋清輔音」的形式呢？故此我們認為《侗台語族概論》所構擬之 z-起首複聲母早期應來源於 sC-、sL-形式，而原始侗台語中應無帶濁擦音 z-的二合複聲母。

第四，此處所構擬的鼻冠複輔音，鼻冠音後所接輔音一律與鼻冠音同一個發音部位，此種現象與彝語、野雞坡苗語言、臘乙坪苗語、水語、泰語等親屬語言中的鼻冠複輔音現象一致，我們認為這並非巧合所致，這應當是「異化作用前提下的同化作用」的影響。換言之，鼻冠音是受基本輔音的同化作用後才會變的跟基本輔音同一個發音部位，而這更意味著鼻冠音 m-、n-、ŋ-的前身極有可能是來自於同一個鼻冠音甚至是同一個鼻音的構詞前綴。

在本節的前三部分，筆者檢討了關於學者對於原始苗瑤語、原始侗台語的構擬，接著我們本節將針對原始苗瑤語與原始侗台語的複聲母系統作一綜合比較。

（一）輔音群的數量

在《苗瑤語古音構擬》中所構擬的複聲母數量明顯多於《侗台語族概論》中構擬的原始侗台語複聲母。《苗瑤語古音構擬》中所構擬的二合複輔音聲母與三合複輔音聲母共有 135（二合 111 個，三合 24 個），而《侗台語族概論》中構擬的二合複輔音聲母、三合複輔音聲母與四合複輔音聲母共有 107（二合 67 個，三合 39 個，四合 1 個）。

　　總的來說，二合複輔音聲母總是多於三合複輔音聲母，而四合複輔音聲母僅見於原始侗台語，且數量極少只有一個ʔmbl-。且由下文中表3我們還可以發現：二合複聲母的種類多於三合複聲母，而三合複聲母的種類又多於四合複聲母，於是我們可以說：輔音叢的長度越長，限制也就越嚴格，不僅數量越少，種類亦越少。

（二）輔音群的形式

　　筆者試將《苗瑤語古音構擬》與《侗台語族概論》中構擬的「複聲母」形式異同歸納如下表47（其中「＋」代表有此種形式，而「－」則代表無此種形式）：

表47　《苗瑤語古音構擬》與《侗台語族概論》輔音群形式比較

輔音群類型 \ 書名		《苗瑤語古音構擬》		《侗台語族概論》	
帶流音L-複聲母	二合	＋	Cl-	＋	CL-
	三合	－	——	－	——
帶鼻冠音複聲母	二合	＋	NC-、NA-、NN-	＋	NC-、NL-
	三合	＋	NCl-、NCF-、NCA	＋	NCL-
帶喉塞音ʔ-複聲母	二合	＋	ʔC-、ʔF-、ʔl-	＋	ʔC-、ʔN-、ʔr-
	三合	＋	ʔns-、ʔnl-	＋	ʔCL-、ʔNL-、ʔNCl-
	四合	－	——	＋	ʔmbl-
帶擦音s-複聲母	二合	－	——	＋	sC-、sL-
	三合	－	——	＋	sCL-
帶擦音z-複聲母	二合	－	——	＋	zC-、zL-
	三合	－	——	＋	zCr-
帶擦音x-複聲母	二合	－	——	＋	xC-
	三合	－	——	＋	xCL-
塞音起首複聲母	二合	＋	bTs-、pTs-	－	——
	三合	－	——	－	——

　　由此表格我們可以發現下列幾點：

　　第一，《侗台語族概論》中構擬了帶流音L-的複聲母、帶鼻冠音的複聲母、帶喉塞音的複聲母、帶清擦音s-的複聲母、帶濁擦音z-的複聲母、帶擦音x-的複聲母等六類輔音群。而《苗瑤語古音構擬》則擬構了流音-l-的複聲母、

帶鼻冠音的複聲母、帶喉塞音的複聲母、塞音起首的複聲母四類輔音群，較《侗台語族概論》少兩類。由此可知原始侗台語複聲母「類型」多於原始苗瑤語。

第二，《侗台語族概論》與《苗瑤語古音構擬》皆構擬了帶喉塞音的複聲母。然而我們懷疑喉塞音起首的輔音群非原始形式。潘悟云先生曾對喉塞音有過這樣的描述：

> 喉塞音聲母聽起來與其說是個塞音聲母，還不如說是一個零聲母。漢藏語專家在作語言記錄的時候，是把喉塞音聲母與零聲母同等對待。從語音學角度來說，一般塞音屬於發音作用（articulation），而喉塞音則屬於發聲作用（phonation）。發聲作用就是聲門狀態對語音音色的影響。各種語言發母音的時候聲門狀態是不太一樣的。有些語言在發一個母音的時候，習慣於先緊閉門，聲帶振動時伴隨著聲門的突然打開，在母音前會產生一個喉塞音。所以，喉塞音與其說是塞音，不如說是發一個母音的時候，聲門打開的一種特有方式，與耳語、氣聲一樣屬於一種發音作用。〔註80〕

可知就發音上而言，它跟零聲母聽起來非常的相近。又喉塞音往往是弱化的形式，例如：上古漢語的入聲韻尾在吳語中的反映只剩下喉塞韻尾；清海果洛藏族自治州的甘德話次濁基本輔音前的喉塞音ʔ，即由古藏語不同的前置輔音演變而來，例如：ʔŋu＜dŋul「銀」、ʔa＜rŋa「鼓」、ʔŋa＜lŋa「五」、ʔleʔ＜klag「雕」、ʔla＜gla「工錢」、ʔjə＜g-ju「松耳石」等。〔註81〕又苗瑤語中石頭的ʔt＜*ql，可知喉塞冠音本來源於小舌音q。〔註82〕以上種種線索都使我們有理由懷疑輔音叢起首的喉塞音很可能是其他冠音或前綴的殘留，否則我們很難解是在原始侗台語和原始苗瑤語時期就屬於弱化形式的喉塞音ʔ在歷經了如此久遠的時間之後，還保存在現今的野雞坡苗語、臘乙坪苗語、水語與泰語之中。

第三，《苗瑤語古音構擬》作者僅為原始苗瑤語構擬了一個流音「-l-」，而《侗台語族概論》作者則為原始侗台語構擬了「-l-」與「-r-」兩個流音，這顯

〔註80〕潘悟云〈喉音考〉，《民族語文》1997年第5期。

〔註81〕張濟川〈藏語拉薩話聲調分化的條件〉，《民族語文》1981年第3期。

〔註82〕馬學良主編《漢藏語概論》，頁529。

示了原始苗瑤語過去可能只擁有一個流音。不過，親屬語中的古漢語、古藏文、彝語、侗台等都同時擁有-l-與-r-對立的情況之下，原始苗瑤語是否也應該同樣具有-r-呢？換個角度思考，倘若原始苗瑤語真的不具有流音-r-，那上述其他親屬語中的-r-很可能是從原始漢藏語系分化後，才分別在各語言中逐漸產生。

第四，帶流音的複聲母極爲普遍，它幾乎可以附加在任何輔音之後。但因「異化作用」的影響，流音前所附加的輔音不可爲發音部位同是舌頭的塞音、鼻音、塞擦音等，基於「響度原則」在三合複輔音聲母中，輔音叢裡最後一個音素幾乎都是流音。不過在《苗瑤語古音構擬》中構擬的三合複聲母中，輔音叢最後一個音素除了流音-l-、-r-之外，還可以是擦音，例如ʔns-。

依據「響度原則」一個音節以韻腹爲響度最高點分別向兩端遞減，因此處於聲母部分的輔音群類型也應當符合響度原則。又響度劃分強度等級由強到弱爲母音＞半母音＞流音＞鼻音＞濁擦音＞清擦音＞濁塞擦音＞清塞擦音＞濁塞音＞清塞音，而複聲母ʔns-恰巧不符合此項原則，這使我們不禁懷疑原始苗瑤語中是否真的具有ʔns-這樣的輔音群。

第五，《苗瑤語古音構擬》作者擬構了許多塞擦音，這些塞擦音可附加在鼻音與塞音之後構成複聲母。然而，前文已提及根據親屬語史研究顯示「塞擦音」聲母多屬後起，原始漢藏語是沒有塞擦音的，塞擦音是原始漢藏語分化以後陸續產生的語音現象。〔註83〕因此《苗瑤語古音構擬》書中擬構的眾多塞擦音聲母非常可能在原始苗瑤語時期並不存在，值得作者再次商榷。

第六，在《苗瑤語古音構擬》與《侗台語族概論》書中，鼻冠音「m-、n-、ŋ-、ɲ-、ɳ-」後面所接的塞音全都是與鼻冠音「同部位」的塞音或塞擦音（除《苗瑤語古音構擬》中的nɢl-、nql-）且鼻冠音「m-、n-、ŋ-、ɲ-、ɳ-」之間表現出「互補分配」的情況，出現的頻率也呈現出一種互補的狀態。此外，沃爾芬登（Stuart N. Wolfenden）曾舉出 Lhota Naga 語裡的例子前綴 me 分化爲 n-和 m-，是受後面輔音影響造成的。〔註84〕而我們認爲這樣互補分配的情況絕不

〔註83〕孫宏開〈原始漢藏語輔音系統中的一些問題——關於原始漢藏語音節結構構擬的理念思考之二〉，《民族語文》2001 年第 1 期。

〔註84〕Stuart N. Wolfenden, 1929, *Outline of Tibet-Burman linguistic Morphology,* The Royal. Asiatic Society.

是出於偶然，這很可能代表鼻冠音「m-、n-、ŋ-、ɲ-、ɳ-」是不同條件之下的條件變體，它們很可能是由同一個冠鼻音甚至是同一個鼻音前綴演變而來，只是後來受後面所接輔音的影響而「同化」成相同發音部位的「鼻冠音」。

第七，在《侗台語族概論》構擬的原始侗台語，除了有舌根清擦 x-起首的複聲母外，尚有濁擦音 z-與其起首之複聲母形式。而以濁擦音 z-起首之複聲母類型僅見於本文所觀察之古藏語 zl-，經前文的討論後，我們發現 zl-來自於 sl-，s＞z 完全是受到流音 l 的同化影響。再者，《侗台語族概論》中作者所構擬之濁擦音 z-起首的複聲母有 zr-、zl-、zb-、zd-、zdw-等形式，恰巧 z-後面所接的輔音又全部都是濁音，這不禁讓人想問：同樣以擦音 s-起首的複輔音，複音叢起首的清擦音 s-後面不但可以接清輔音也可以接濁輔音，即「s-＋清輔音／濁輔音」。那麼，為以濁擦音 z-起首的複輔音，只見「z-＋濁輔音」的形式，而不見「z-＋清輔音」的形式？因此，我們認為《侗台語族概論》所構擬之 z-起首複聲母早期應來源於 sC-、sL-形式，而原始侗台語中應無帶濁擦音 z-的二合複聲母。

另外，書中以舌根清擦音 x-起首的複聲母形式，如：xt-、xpr-、xkl-，更是違反了「響度原則」，應屬「邊際音叢」的複聲母形式，而輔音叢起首的 x-為邊際成分，其劃分可能為 x-t，x-pr，x-kl。因此，我們認為以舌根清擦音 x-起首的複聲母形式很可能是後起的形式。就「擦音往往是塞音弱化而來」和「清音往往由濁音清化而來」的語音演變規律而論，我們推測《侗台語族概論》中輔音群中起首的舌根清擦音很可能由其他前綴或前置輔音弱化成來，非原始侗台語所有。

第五章　上古漢語的複聲母與詞頭問題

　　「詞頭」（前綴）與複聲母是不同的。複聲母是一個詞位（morpheme）中的兩個或三個連續的聲母音位（phonemes），其中任何一個音位都不能取消，否則就是另一個截然不同的字了。詞頭是一個字根（root）前面的附加成分（affix），這個附加成分是爲了一種特定的文法作用，或某一種特殊意義而加上去的，把詞頭去掉，字根也還是個同類的字。[註1] 複聲母不單可以是詞根，也可以作爲字音的基本聲母，但它不等同於詞頭這意味著上古漢語可以有「詞頭＋單輔音」等形式，也可以有「單純的複輔音」形式，更可以有「詞頭＋複輔音」的形式。單輔音加詞頭表面看起來跟二合複聲母一樣，其實是兩回事：複輔音加詞頭看起來像三合甚至是四合複聲母，但它跟三合、四合複聲母仍然是不一樣的。

　　誠如龔煌城先生所說，複聲母所構成的詞，只包含一個語位，而詞頭與聲母所構成的詞卻包含兩個語位；上古漢語的詞頭往往在研究複聲母時遭到忽略。[註2] 「前綴＋基本聲母」的結構屬於具有「語法功能」的「形態音位」，單純的複聲母結構則屬於「語音形式」的「音韻音位」，兩者在本質上是有所差異的。有鑑於此，當我們談論上古漢語複聲母的同時，就勢必得觸及上古漢語

〔註1〕竺師家寧《古漢語複聲母研究》，頁 680。

〔註2〕龔煌城〈從漢藏語的比較看上古漢語的詞頭問題〉，《漢藏語研究論文集》，頁 160。

的詞頭問題。

第一節　諧聲原則與形態相關

　　上古漢語和古藏語一樣，是一種具有形態變化的語言。事實上趙元任先生早就在《語言問題》中明確指出漢語也有語法的音變，只是這種音變「很古很古就失掉了產生力了，現在只成遺跡的現象了」〔註3〕。依照趙先生的說法，既然現在只成遺跡的現象，那麼我們自然可以推論漢語起碼在某一時期有過豐富的形態，而現代漢語方言中也可以看到一些用語音屈折形式表現的構形形態，比如廣州話動詞用變調表示完成。〔註4〕王力先生在其著作《漢語史稿》「語法的發展」部分特地列出「歷史形態學」並明確指出「中古漢語的形態表現在聲調的變化上面，同一個詞，由於聲調的不同，就具有不同的詞彙意義和語法意義。」同時又提出「上古漢語有它自己的語法範疇，這些範疇不但和其他語言的語法範疇不同，而且和現代漢語的語法範疇也不完全相同」〔註5〕。一般說來，所謂的形態（morphology）有廣義和狹義之分，狹義的形態只研究構形法而廣義的形態學則兼研究構詞法。

　　然而由於多種因素的干擾，導致上古漢語的形態變化隱而不顯，學者只能透過漢字的諧聲系列去認識漢語音義關聯的滋生過程。縱使，漢語最終走向音義關聯的滋生方式，如同章太炎先生所說的「孳乳」與「變異」，其中「孳乳」偏向語詞的滋生，而「變異」則是文字的繁衍。同時形聲字占多數，因此從形聲字內部的語音關係所歸納出來的諧聲原則，便專門爲漢語同族語詞的音義關係服務，而忽略掉其實諧聲原則也適用於上古漢語形態變化。事實上，王力先生在《同源字典》中已經討論到上古漢語的構詞形態，也討論過上古漢語的構形形態，如被動、使動等等，只是王力還沒有對其中的語音規則進行系統性的總結。其實，若就一組同族詞而言，諧聲原則其實就是形態的相關反映。

〔註3〕趙元任《語言問題》（臺北：臺灣商務印書館，2001 年 5 月），頁 50。

〔註4〕麥耘〈潘悟云上古漢語複輔音聲母研究述評〉，《南開大學語言學刊》2003 年第 2 期。

〔註5〕王力《漢語史稿》（北京：中華書局，1980 年，6 月），頁 247～248。

　　眾所皆知，諧聲字的聲符與聲子之間，彼此有著一定的語音關係，包含韻部和聲紐兩個方面，這種關係簡單來說就是所謂的「諧聲關係」。喻世長先生甚至把它擴大至不同層級的諧聲字，他說：「借助於《切韻》讀音，研究古代諧聲字中主諧字與被諧字之間、同級被諧字之間、不同級被諧字之間語音的相似和差異，就可以找出若干條語音對應關係，我們稱之為『諧聲關係』，存在於聲母上的，又稱為『聲母互諧關係』。」〔註6〕由此可知，所謂「諧聲」談的其實就是音韻層面的語音和諧與對應關係，而從這些複雜多樣的語音關係中，歸納整理出一些有規律的通則，就是學者所說的「諧聲原則」。

一、傳統音韻層面的諧聲說

　　中古的四十一聲類在上古有親疏不等的諧聲關係，這些關係經過條理化後，就成為「諧聲原則」。瑞典學者高本漢可說是最早提出諧聲原則的學者，高本漢的「諧聲原則」首見《中日漢字音分析字典》〔註7〕，後來趙元任先生把它翻譯為〈高本漢的諧聲說〉，共包含〈諧聲原則〉、〈諧聲字中弱諧強的原則〉兩篇，並且於 1927 年刊登於《國學論叢》1 卷 4 期上。下文僅以趙元任先生的譯文對高本漢的諧聲說作分析：

　　高本漢全面討論了聲母、介音和韻母三方面的諧聲問題，其中介音與韻母非本文重點，故略而不論，這裡只談聲母的問題，並以舌音作為觀察對象。高本漢對於舌音的諧聲情況提出了十條通則：（頁 218-219）

　　一、舌尖前的破裂音可以隨便互諧。

　　二、舌尖前的破裂摩擦音跟摩擦音可以隨便互諧。

　　三、舌尖後的破裂摩擦音跟摩擦音可以隨便互諧。

　　四、舌面前破裂音可以隨便互諧。

　　五、破裂音不跟他方面破裂摩擦音和摩擦音互諧。

　　六、舌尖前的破裂摩擦、摩擦音跟舌尖後的破裂摩擦、摩擦音可以隨便互諧。

〔註6〕喻世長〈用諧聲關係擬測上古聲母系統〉，《音韻學研究》第 1 輯（北京：中華書局，1984 年），頁 183。

〔註7〕高本漢（Karkgren），1923, "Analytic dictionary of Chinese and Sino-Japanese"《中日漢字音分析字典》Paris.

七、舌面前的破裂摩擦音跟舌面前的摩擦音可以隨便互諧。

八、舌面前的摩擦音大都不跟破裂摩擦音、摩擦音互諧。

九、舌尖前、後的破裂摩擦音、摩擦音大都不跟舌面前的破裂摩擦音、摩擦音相偕。

十、舌尖前的破裂音不但可以跟舌面前的破裂音隨便互諧，而且可以跟舌面前的破裂摩擦音、摩擦音隨便互諧（可是不跟舌面前的清摩擦音互諧）。

這裡可以很明顯地看出，上述十條通則是站在「中古音」的角度去觀察的。第六條「舌尖前的破裂摩擦、摩擦音跟舌尖後的破裂摩擦、摩擦音可以隨便互諧。」是因為這兩類聲母在上古的語料裡面，彼此可以互通，所以說「可以隨便互諧」；但是第九條「舌尖前、後的破裂摩擦音、摩擦音大都不跟舌面前的破裂摩擦音、摩擦音相偕」，只因為這兩類聲母在古代的典籍中，並沒有大量的通諧現象，於是被判定不能互諧。這裡，筆者想問的是：為何同是「破裂摩擦音、摩擦音」，舌尖前的可以跟舌尖後的互諧，而舌面後的卻不能跟舌尖前、舌尖後的互諧？從音理上來說，這是不合理的。

此外，如果從中古音的角度看諧聲關係，同樣會並碰到不少諧聲例子的中古音相差很遠，例如：

膠，中古見母 k- ~繆，中古明母 m-

丙，中古幫母 p- ~更，中古見母 k-

勺，中古襌母 dʑ ~豹，中古幫母 p- ~的，中古端古 t-，約，中古影母?

可知，高本漢具體做法是從中古聲母之間所呈現的現象出發，並在上古替它們構擬出相近的聲母。可是這樣一來，所謂舌音的通則自然就不能夠被視為上古的通則了；而高氏所提出的諧聲原則，也就流於中古表層，並非上古的實際。

高本漢對諧聲的觀察，影響了後來的學者，而他從中古聲類在古籍中的遠近關係去分析古代聲裡的具體做法，也同樣深深地影響著後學。如董同龢先生，雖然沒有提出古諧聲說，但他在《漢語音韻學》論及第十二章「上古聲母」時，提出四個推求古代聲母的方法，即：〔註8〕

〔註8〕董同龢《漢語音韻學》（臺北：學生書局，1968 年），頁 288～289。

一、凡是常常諧聲的字，聲母必屬於一個可以諧聲的總類；而不諧聲的，
　　或僅偶爾諧聲的，必屬於另一類。

二、和韻母的類相同，大多數的聲母的類自然不會只包含一個聲母，但是
　　各類之內，各個聲母也必有某種程度的相同，才會常常諧聲。例如
　　「悔」、「晦」等從「每」得聲，他們的聲母，在上古決不會和在中古
　　一樣，一個是 x- 而一個是 m-。

三、每一類中究竟包括多少聲母，仍然要從他們變入中古的結果去追溯。
　　如果有線索足以說明若干中古聲母是因韻母或聲調的關係才分開的，
　　那就可以假定他們在上古原屬一體；否則，在中古有分別的，只好暫
　　時假定它們在上古已經不同了。

四、擬測每個聲母的音值，一方面要合乎諧聲、假借、異文等的要求，一
　　方面還要適宜於解釋他是如何的變作中古某音。

以上四條研究上古聲母的方法，可以看作是董同龢先生的正式諧聲原則，
不過董先生還是難以避免從中古聲類的角度去構擬上古聲母的缺失。例如：董
先生接受錢大昕「古無舌上音」的說法，假定中古只有一四等的端、透、定和
只有二三等的知、徹、澄原屬一類，後來受了不同的韻母影響而有差異，韻書
中舌音類隔的反切，正是「古無舌上音」的遺跡。

$$^{*}t\text{-}、^{*}th\text{-}、^{*}d\text{-} \begin{cases} \text{一四等韻} \rightarrow t\text{-}、t^{\text{‘}}\text{-}、d^{\text{‘}}\text{-} \\ \\ \text{二三等韻} \rightarrow \underset{\text{.}}{t}\text{-}、\underset{\text{.}}{t}^{\text{‘}}\text{-}、\underset{\text{.}}{d}^{\text{‘}}\text{-} \end{cases}$$

然而錢大昕先生還認為「齒音古亦多讀舌音」，因此董先生只好假定章、
昌、船、書、禪是由 $^{*}\underset{\text{.}}{t}$-、$^{*}\underset{\text{.}}{t}^{\text{‘}}$-、$^{*}\underset{\text{.}}{d}^{\text{‘}}$-、$^{*}\varsigma$-、$^{*}z$- 變來的，由於章系和端系上古
部位接近可以互諧，再加上端系和知系中古屬舌音（分別為舌頭和舌上音），
而章系中古屬齒音，加上又只出現在三等，不能和端系呈現完整的互補分配，
因而被董同龢先生排除在舌尖音的行列。

另外，喻世長先生對於諧聲的看法基本上也沒有跳脫高本漢的模式，他指
出四十一聲類互相諧聲，分為五系十一組的根據有三條，這三條也許還稱不上
是喻世長先生的諧聲原則，但卻代表了喻先生對四十一聲類相互諧聲的重要看
法：

一、塞音、塞擦音、塞音加擦音（見匣組）各組內部互諧的多，互諧的具體方式有共同性，各組之間互諧的很少。影母則同見匣組有一些互諧。

二、鼻音各組內部互諧的多。同本系塞音互諧的有一些。各組之間互諧的少，但疑和日有少量互諧。曉主要和明、微，其次和疑有相當多的互諧，和泥娘日互諧是很少的。

三、來心（有時連同疏）邪審禪喻各母諧聲範圍超出本系，各有自己的諧聲特點：

1、來同各系塞擦音及幫見兩系鼻音都有一些諧聲。

2、心除和疏及本系塞擦音互諧外還有和端見影三系塞音互諧。

3、邪除諧心外很少和精系互諧，因此在上古它不應屬於精系，邪和端知照組各母都有少量互諧，其中濁聲母的較多，諧清聲母的較少，但諧審的多，而最多是和喻互諧。邪還有少量和見溪匣互諧情況。

4、審禪主要是和端系塞音互諧，禪和照互諧最多，審和喻互諧最多。審還和心邪互諧。審禪互諧不多。

5、喻和端系塞音、心邪、審禪、見系塞音、來日都有互諧，而以和定相諧最多。

以上四十一聲類的互相諧聲情況對於研究上古音聲母而可說是非常重要，它基本上釐清了中古各聲類在上古的遠近關係，對於擬構上古聲母的音值有極大的助益。但是無可否認的，在論及諧聲原則時，基本立足點應該是上古而非中古。

由上面的案例可知，早期學者們所以跟據中古音進行諧聲分析，一來是中古音比較確定，是已知的因素，從已知求未知是科學研究的基本途徑。二是因為上古音研究水平的侷限，如王力先生的上古音體系中，上古的聲母與中古的聲母沒有多大的變化，根據上古聲類進行諧聲分析，與根據中古聲類進行諧聲分析沒有太大區別。然而，隨著上古音研究的深入，越來越多的上古音知識變為已知的內容，這些已知的內容就要加入諧聲分析中去。例如：清儒對上古韻部的分析早已為人公認，所以諧聲分析中也就比較早地從上古韻部出發對上古的韻母進行諧聲分析。

近年來上古聲母的研究也有長足的進展，新知識作為諧聲分析的新依據。更重要的是，根據已獲得的知識，首先打破這個僵局的是李方桂先生。李方桂

先生從上古的角度出發，提出了兩條諧聲原則：〔註9〕

　　一、上古發音部位相同的塞音可以互諧。

　　1、舌根塞音可以互諧，也有與喉音（影及曉）互諧的例子，不常與鼻音
　　　　（疑）互諧。

　　2、舌尖塞音互諧，不常與鼻音（泥）諧。也不與舌尖的塞擦音或擦音相
　　　　諧。

　　3、唇塞音互諧，不常與鼻音（明）相諧。

　　二、上古的舌尖塞擦音或擦音互諧，不跟舌尖塞音相諧。

這兩條原則都是指上古聲母的情況，都是以上古而非中古的諧聲作為前提。李
方桂以這兩條原則去檢視高本漢、董同龢等人的構擬，發現了許多不合理的地
方。例如：高本漢構擬了一套上古的舌面塞音（t^＞ts，th^＞tsh，d^˙＞dz´），
這套聲母可以跟上古的舌尖塞音互諧；事實上，舌面音和舌尖音發音部位並不
相同，兩者是對立的音位，不應當諧聲。又如同董同龢先生構擬了一套上古的
舌根前塞音（c＞tɕ，c'＞tɕ'，ʃ＞dz´，ç＞ɕ，j＞ʑ），這套聲母可以和上古的舌根
後音互諧；然而，這兩套聲母的發音部位也不一樣，自然也不應當諧聲。李方
桂先生的諧聲原則突破了前人的侷限，讓古諧聲說再度往前推進了一步，可說
是繼段玉裁古諧聲說與高本漢的諧聲理論後的第二個高峰。

　　由上述可知，從段玉裁的古諧聲說到李方桂先生的諧聲說，學者們所提出
的諧聲原則只是對諧聲現象的歸納，這樣的諧聲理論一直是建立在「語音」層
面的相近關係上。在這樣的語音層面上談諧聲，學者們須要注意的是：兩個或
兩個以上的字之所以諧聲，是因為它們的聲母、韻母很相近，彼此具有雙聲或
疊韻的關係，或雙聲與疊韻兩者兼具，其他層面的問題則可以不必理會。

二、諧聲現象是反映上古漢語形態的新說

　　其實早在 1930 年，馬伯樂在〈上古漢語的詞頭及語源〉〔註10〕中就提出了

〔註9〕李方桂《上古音研究》，頁 10～12。

〔註10〕 "Préfixes et dérivation en chinois archaïque", *Mémoires de la Société de Linguistique de Paris,* 23.5:313-327（法文版）；或譯為《古代漢語中使用前綴和派生的情況》（中國國家圖書館漢學家資源庫）。本文此處據竺師家寧〈釋名複聲母研究〉（1979）一文之譯名。

一項新理論，他認爲 l 是聲系中的「連綴成分」（link），l 之前的聲母實際是個詞頭（prefix，又稱前綴），這個詞頭曾經具有辨義功能（morphological function）。聲母的近似在形聲字的構成上並非唯一條件。然而在馬伯樂那個年代，詞頭的研究尚未深入，當時的學者包括馬伯樂本人對於上古漢語的詞頭有什麼功能也不甚清楚，因此這種說法並沒有得到後人的採用，例如美國學者包擬古（Bodman N.C.）他在〈釋名複聲母研究〉中說：

> 如果依照馬氏的理論，指有在字根（root）以 l 或鼻音開頭時，才能找出詞頭演化的過程。……帶 l 的複聲母太多了，若依馬氏的辦法，字根中的 l 聲母要比別的聲母數量超出很多。〔註11〕

事實上，馬伯樂所提出來的「詞頭說」在複聲母的研究上有著劃時代的意義。包擬古認爲複聲母是「詞位」（morpheme）中的兩個連續音位（phonemes）的組合，這種看法是正確的，然而要解釋諧聲的現象就會產生一個麻煩：既然詞位中所包含的都是獨立的音位，那麼「音近」又如何能成爲諧聲的充分且必要的條件？換句話說，諧聲關係存在著形態上的功能變化，僅僅語音相近是不能相諧的。

　　直到 1987 年，潘悟云先生在〈諧聲現象的重新解釋〉一文中，提出了新的看法。他認爲過去聲韻學家們對於提出的諧聲原則只是對諧聲現象的「歸納」，至於爲什麼會有這些諧聲現象，則需要進一步提出「解釋」。首先，第一個要解釋的問題就是何謂「諧聲」？這得從什麼是諧聲、假借說起。潘悟云先生指出：「幾乎所有的聲韻學家都認爲 p、ph、b 在上古是三個獨立的音位，根據音位的定義，這三個聲母輔音具有辨義作用，互相之間自然是不能隨便代替使用的。但是根據諧聲原則，這三個塞音同部位，相互之間又是能夠借用的。於是音位原則與諧聲原則之間便產生了矛盾。所以『音近』假借說，與清儒的『一聲之轉』只不過是五十步與百步之差。音位理論應該是普遍適用的，音位原則與諧聲原則發生矛盾的時候，應該首先服從『音位原則』。」〔註12〕而對諧聲原則要作出另樣的解釋。有鑑於此，潘悟云先生於是乎提出了

〔註11〕 包擬古（Bodman N.C.）：〈釋名複聲母研究〉，原爲《釋名研究》第三章，哈佛大學出版；竺師家寧譯，收入《古漢語複聲母論文集》（北京：北京語言文化大學出版社，1998 年），頁 92～93。

〔註12〕 潘悟云《漢語歷史音韻學》，頁 122。

「諧聲現象是上古漢語形態的反映」的新說法。

潘先生的諧聲新說是從漢語的異讀現象引出的，他認爲諧聲反映「形態」現象而不是「語音」現象，而異讀也不全然是方言現象。漢語數以千計的異讀往往被解釋成方言現象。古代韻書用反切注音，反映出來的是「音類」而不是「音值」。《廣韻》的異讀數以千計，如果把這些異讀都歸結爲方言差別，那就難以想像古代各方言的音類竟有如此大的差別。從《經典釋文》的注音可以看出，許多異讀早已見於漢代的經師音注，可見漢語中的這麼多異讀，有些可能反映方言現象，但是更多是與方言現象無關。而這些與方言現象無關的異讀，經過一些語言學家研究，已經確定有些異讀反映古代的形態現象。例如古代漢語原來用聲母清濁表示使動式與自動式的形態變化，到了現代漢語則演變爲用「使……」、「叫……」之類分析形式來表示。因漢字是表義文字，各種語音屈折和詞綴成份不能直接通過字形表現，即用不同的字形來代表同一個詞的不同形態，如「立」和「位」分別代表動詞及其派生出來的名詞形式。另一種方法則是同字表現，即用同一個字形來代表同一個詞的不同形態變體，例如同一個「量」字，既作動詞，也作名詞，不過前者讀平聲，來自上古的 $*$g·raŋ，後者讀去聲，來自上古 $*$g·raŋs，而這種同字表現就成爲後來的異讀。〔註13〕

潘悟云先生的諧聲形態說具有很大的意義，他讓傳統的諧聲說從語音層面正式跨入了語法層面。以往的做法都是從傳統語音的層面去解釋音韻問題，現在，諧聲新說則是企圖從語法層面去解決問題。如潘悟云先生舉「雇」字爲例：

〔雇〕《廣韻》中讀侯古切，折合成上古音爲 $*$gla，意爲「農桑候鳥」，當爲本字。另一讀古暮切，折合成上古音 $*$klas，《廣韻》：「鳥也」。這說明作爲鳥名的「雇」原來是有兩個讀音的，反映古代兩個不同的形態。後一讀另義「相承借爲雇賃」，當爲假借義，後來又增加了「亻」旁，成了新的形聲字「僱」。「僱」與「雇」之間，僅在古暮切一讀上有同音假借關係。到了《漢語大字典》，「僱」雖然還讀古暮切，但是「雇」的「農桑候鳥」義只留下候古切一讀，古暮

〔註13〕潘悟云《漢語歷史音韻學》，122～124。

切一讀被丟棄了，如果《廣韻》一書失傳，「僱」與「雇」之間就再
也見不到同音借用關係的跡象了。〔註14〕

潘悟云先生並將上述文字訴諸表格，於是讀者可以清楚看出假借、諧聲的整體
關係和過程。

　　所謂「近音假借」、「近音諧聲」，只是人們看到的表象，實際原因是同音假
借，並非侯古切的匣母和古暮切的見母由於發音部位相同，發音方法稍異而進
行了假借。因此，諧聲反映了語音形態相關的規則，但也僅僅反映或間接反映
語音形態相關的規則，因爲「僱」*klas 與「雇」*gla 之間並沒有語義關連，它
們沒有直接的形態相關。

　　按照傳統的看法，假借的條件是音同或音近，「雇」字沒有古暮切一點都
不重要，因爲它只需有侯古切一讀就可以假借爲古暮切的「僱」。潘悟云的諧
聲新說並不滿足於此，它要解釋的是「爲什麼」的問題，而不是「可不可以」
的問題，爲什麼不同音的「雇」（侯古切）可以假借爲「僱」（古暮切）？匣
母和見母是兩個不同的音位，它們是對立的，如果造字者的口中有僱用的概
念而沒有僱用的字詞，當他要造僱字時，應該拿見母的字來造，而不是拿匣

〔註14〕潘悟云《漢語歷史音韻學》，頁 125～126。原文作「鳥名，侯古切」無擬音，本文
　　　　擬音參考自丘彥遂《論上古漢語的詞綴形態及其語法功能》（臺北：臺灣師範大學
　　　　國文系博士論文，2008 年），頁 171。

母的侯古切來造。這是諧聲新說優越的地方，也是它的價值所在。

潘悟云先生除了主張「諧聲現象是上古漢語形態的反映」並提出了十一種他認爲的「語音的形態相關」：〔註15〕

一、韻尾相同而主要元音相近的韻母形態相關，相當於清儒的旁轉。

二、主要元音相同而韻尾部位相同的韻母形態相關，相當於清儒的對轉。

三、同部位的塞音形態相關，包括清濁交替，送氣不送氣的交替。

四、流音之間的形態相關，包括 l~r，l̥~r̥。

五、同部位的鼻音形態相關，即 m 與 m̥，n 與 n̥，ŋ 與 ŋ̊。

六、詞根前可加前綴*s、*N-（鼻冠音）、*P-、*K-、*Q-（小舌塞音）、
　　*L-、*KL-、*PL-、*QL-

七、詞根後可加後綴*-s、*-ˀ（緊喉或喉塞）

八、詞根聲母和元音之間可加中綴*-l-、*-r-、*-j-

九、長短元音之間形態相關

十、小舌塞音*Q-與舌根音*K-形態相關

十一、帶次要音節的詞與不帶次要音節的詞形態相關

這十一種「語音的形態相關」可以說是潘悟云先生對傳統諧聲說的革新，可是潘悟云先生在鄭張尚芳先生古音學說的基礎上進一步提出來的，修正上古音系統的重要項目。

因此本文認爲所謂諧聲、通假的本質就是一組字所記錄的與之對應的一組詞，它們共同擁有一個相同的詞根，由於這一組詞儘管具有相同詞根（詞根同音）但它們彼此各自的前綴、中綴或後綴不一樣，因而在發展過程中因前綴、中綴或後綴的影響而變得不一樣。而參與諧聲的「詞根聲母」，意指兩個或兩個以上的詞具有相同的詞根，這個詞根可以是複聲母，也可以是單聲母。這裡要特別提出的是：詞根並不等於詞頭，構詞前綴本身事實上並不參與諧聲的關係，而構詞前綴代表的即是上古漢語形態反映。

三、「形態音位」與「音韻音位」

漢語書面文獻裡主要是諧聲字族的特殊諧聲現象，同族詞及文字異讀顯現

〔註15〕潘悟云《漢語歷史音韻學》，127～136。

出上古漢語的形態，而上古漢語的形態變化主要是透過內部屈折、附加詞綴和重疊三種方式呈現的。人們在處理諧聲關係時往往注意到在諧聲字族裡頭有發音部位差異甚大的聲母互相接觸的情形存在，認為部分的中古聲母前身其實是前綴，具有語法上的構詞或構形功能，後來這些前綴佔據基本輔音的位置而成為基輔音，[註16] 因此造成單純的複聲母結構（音韻音位）和「前綴＋基本聲母」結構（形態音位）必須區別的要求。

前文曾提及「詞頭」（前綴）與複聲母的不同在於：複聲母是一個詞位中的兩個或三個連續的聲母音位，其中任何一個音位都不能取消，否則就是另一個截然不同的字了。詞頭是一個字根前面的附加成分，這個附加成分是為了一種特定的文法作用，或某一種特殊意義而加上去的，把詞頭取掉，字根也還是個同類的字。換句話說，上古漢語可以有「詞頭＋單輔音」的形態音位等形式，也可以有「單純的複輔音」，更可以有「詞頭＋複輔音」的形式。「前綴＋基本聲母（單、複聲母皆可）」的結構屬於具有語法功能的「形態音位」，單純的複聲母結構則屬於語音形式的「音韻音位」，兩者在本質上是有所差異的。

我們除了由上文提及之「詞位」概念來區分複聲母與附加詞綴的輔音叢的差別外，還可以從「構詞」與「構形」的語法角度來區別它們的差異性。這意味著輔音叢中的起首的音位具有某種「語法功能」，它反映出形態的變化與語法的意義，即附加了不同的詞綴便產生不同的語法意義，詞綴之間能相互交替，讓詞根的語法功能得以轉換。否則，單從上述「語音」角度切入看「詞頭＋單輔音」、「單純的複輔音」與「詞頭＋複輔音」三種輔音叢形式是無法區分出彼此間的不同，例如：從「語音」層面著眼看*g-l-與*gl-、*s-pr 與*spr-是無法分開來的，因為*g-l-與*gl-就語音層面來解釋，它們不過是輔音叢 gl-，是由一個舌根塞輔音 g 加上一個流音 l 所構成的輔音叢；同樣地，*s-pr 與*spr-就語音觀點來看也一樣，它們都是由一個舌尖清擦音 s 加上雙唇塞音 p，最後再接上一個流音 r 所組成的三合複輔音。又由於輔音叢 gl-與輔音叢 spr-皆位於主要元音之前，同樣都扮演著「聲母」的角色，因此語音層次上的*g-l-與*gl-、*s-pr 與*spr-都稱作是「複輔音聲母」。

又如二合複輔音 kl-究竟是「詞頭＋基本聲音」還是單純的複聲母，我們

〔註16〕李長興〈談構擬上古漢語複聲母的幾個原則〉，頁 40。

得從舌根塞音 k 與流音 l 的接觸的情況著手探討。倘若舌根塞音 k 是個構詞前綴，那麼輔音叢＊k-l-便是單輔音 l（詞根聲母）附加構詞前綴 k。換言之，當詞根聲母 l 加上前綴 k 後便會使得＊k-l-與詞根 l 發生某種形態關係，可能是改變了時態或是從動詞的及物轉爲不及物，或自動詞轉使動詞……等等。相反地，若我們找不到能證明舌根塞音 k 具有語法功能的事實，這代表著 k 這個音位不具任何語法及構詞義涵，那麼輔音叢 kl 只能是爲一個詞位中的兩個連續音位，而不是詞根 l 加上前綴 k。那麼我們就只能說＊kl 就語音層面上是單純的複聲母＊kl-而非「詞頭＊k-＋基本聲母-l-」這種具有語法或構詞層面意涵，代表著「形態音位」的輔音叢＊k-l-。如馬伯樂（Marspéro. H）就認爲在同一個諧聲系列裡，如果出現 K-聲母（含 k、kh、g 等）的字，又出現 l-聲母的字中，那麼 K-在古代就是 Kl-；只不過這個 Kl-是聲母 l-加上詞頭 K-，而不是單純複聲母。〔註17〕然而包擬古（Bodman N.C.）則反對這個看法，他主張：〔註18〕

> 如果依照馬氏的理論，只有字根（root）以 l 或鼻音開頭時，才能找
> 出詞頭演話的過程。面對這種情況，也許馬氏會解釋説，詞頭早在
> 其他字根前面失落了。但仍舊難以服人，因爲帶 l 的複聲母太多了，
> 若依馬氏的辦法，字根中的 l 聲母要比別的聲母數量超出很多。這
> 是我不採馬氏理論的主因。

他還認爲，「我們還得承認一個極大的可能性，那就像 klak 這樣的形式，即使不視之爲詞頭，也成立的可能。複聲母 kl 可視爲詞位（morpheme）中的兩個連續音位（phonemes）」，而不是詞根 l 加上詞頭 k 後來凝固爲複聲母。

　　早期的研究認爲，複聲母可能來自於詞頭的凝固，其是複聲母也可以是原生的，它們不一定是詞頭的凝固，我們沒有理由排除上古漢語的基聲母具有複輔音的形式。不過有一點可以確定，漢語與藏語關係密切，學者可以借助漢藏語對應詞的比較，進行上古漢語的構擬。正因爲複聲母所構成的詞，只包含一個語位，而詞頭與聲母所構成的詞卻包含兩個語位；上古漢語的詞

〔註17〕馬伯樂（Marspéro. H）1930 “ *Préfixes et dérivation en chinois archaïqye*”〈上古漢語的詞頭與衍生〉Mem. Soc. Ling. De Paris 23：313～327.

〔註18〕包擬古（Bodman N.C.）：〈釋名複聲母研究〉，《古漢語複聲母論文集》，頁92～93。

頭往往在研究複聲母詞遭到忽略，因此從漢藏語的比較，直接探索上古漢語的詞頭是很好的方法。下文中分別就親屬語言和漢語文獻兩方面舉例說明：

1、親屬語言的複聲母

從部份前綴的形式與語法功能的不一一對應可以得知藏緬語的前綴是屬於對比情形的，相同的詞綴可以表示不同的形態，相同的形態在不同的親屬語言裡用不同的構詞或構形手段表示。然而藏緬語言的詞綴往往是與基本聲母結合在一起的，若是無法得知它們的語法功能，就會將其誤認爲純語音的複聲母形式，[註19] 例如：觀音橋拉塢戎語的五合複聲母「ʁ-v-rdʑɤɣə⁵⁵ 發芽：ʁ-rdʑɤdʑə⁵⁵ 豆芽」[註20]（姑且不論它是原始型態還是後起形式）就是忽略前綴 v- 的名謂化功能而將其歸化爲五合複聲母，其實那是「前綴＋四合複聲母」的形式，因此藏緬語裡其實並不存在所謂的五合複聲母。

藏緬語言裡有不少表示構詞功能的前綴，例如表示動物名詞的前綴 s-，本尼迪克特認爲源於 *sya「吃的肉、動物」。「虎」藏文 stag、拉薩 ta⁵²、巴塘 taʔ⁵³、夏河 hatX、阿力克 rtak，透過藏文與阿力克文的比對，可以發現前綴 s- 和 r- 的交替，這說明 st-、rt- 都不是一個複聲母形式，而是屬於「前綴＋基本聲母」的情形。「猴子」藏文 spreɦu、拉薩 piu⁵⁵、巴塘 tʂɣ⁵⁵ʔa⁵⁵ge⁵³、夏河 Xwi、阿力克 rpi 亦說明 s- 跟 r- 均不屬於音韻音位的複聲母成分。然而「墊子」藏文 gdan、拉薩 kha⁵⁵tẽ⁵⁵、巴塘 dẽ⁵⁵、夏河 ʔoX htan、阿力克 oŋ ɣdan，則說明藏文的 gd- 是一個眞正的複聲母形式，在拉薩話跟巴塘話裡單輔音化，在夏河話跟阿力克語裡面前置輔音 g 擦化爲 h、ɣ。這裡的前置輔音 g 不具有構詞上的語法功能有別於「前綴＋基本聲母」形式。[註21]

此外，藏緬語言裡具有形態的複聲母類型實際上是「前綴＋基本聲母」的形式，形態成分和詞根聲母間具離散性質，形態成分不屬於詞根的一部分，因而可分離於詞根聲母，例如藏文的三時一式 rdʑe － brdʑe － brdʑes － rdʑes「換」，前加字 b-、後加字 -s 爲形態成分，表示時式（b 表未來時、s 命令式、

[註19] 李長興〈談構擬上古漢語複聲母的幾個原則〉，頁 40。

[註20] 此處姑且不論「ʁ-v-rdʑɤɣə⁵⁵ 發芽：ʁ-rdʑɤdʑə⁵⁵ 豆芽」是原始藏緬語中的形式還是後起的，僅就語法層面來分析它的結構。

[註21] 李長興〈談構擬上古漢語複聲母的幾個原則〉，頁 41。

b⋯s 表過去時），上加字 r-屬詞根音素，故 brdʑ-其實是 b-rdʑ-的形式，並非三合複聲母 brdʑ-。然而藏文裡確實也有三合複聲母 brdʑ-，而前面的 b-沒有語法功能：〔註22〕

表48　三合複聲母 brdʑ 在現代藏語中的反映

藏文	拉薩	巴塘	道孚	阿力克	「忘記」
brdʑed	tɕeʔ³⁵	dʑeiʔ⁵³	wdʑe	wdʑet	

brdʑ 與 b-rdʑ-的基本聲母皆爲舌面前塞擦音，區別在於前者的 b 是一個前置輔音，不能游離於基本輔音 rdʑ-；而後者的 b 是一個具有表時態功能的前綴，不屬於詞根聲母的一部分。〔註23〕又如一般認爲在藏文裡有些許的四合複輔音聲母存在，這些四合複輔音都是基字加前加字和上加字再加下加字的組合，例如：bskrun「建造」、bsgrubs「完成」。我們可以透過親屬語的對比與前輩學者的研究成果來檢驗這些所謂的四合複聲母可以發現：在《授記性入法》記錄藏文的的動詞形態，側重分析動詞的「三時一式」，三時指現在、未來和過去，一式指的是命令式，「完成」一詞在未來和過去均以 b-前綴表示：

表49　動詞「完成」之「三時一式」

現在	未來	過去	命令	形態
sgrub	b-sgrub	b-sgrub-s	sgrub-s	使動
ɦgrub	ɦgrub	grub	—	自動

由上述的三時一式明顯顯示 bsgr-不是一個四合的複聲母形式，它是前綴 b-加詞根 sgrub 的情形，因此我們不該將其視爲四合複聲母的存在。〔註24〕同理 bskrun「建造」中的 b-也是一個構詞前綴，因此 bskrun 實際上是「前綴＋三合複聲母」 而不能算是四合複聲母。當然藏緬語裡還有許多的詞綴表示不同或相同的語法功能，本文限於篇幅僅舉上述二例說明，但也已明確地區別了形態音位和音韻音位的不同。

〔註22〕李長興〈談構擬上古漢語複聲母的幾個原則〉，頁 41
〔註23〕李長興〈談構擬上古漢語複聲母的幾個原則〉，頁 41。
〔註24〕馬學良主編《漢藏語概論》，頁 136。

2、上古漢語的複聲母

上古漢語具有形態已獲得部分學者的認同，也對上古漢語形態進行深入探討，這些形態主要是透過漢語書面文獻如諧聲、異讀、同族詞等語料發現。由諧聲、異讀、同族詞所顯示的古語音形式不僅有形態存在，也有純粹語音層面的複聲母，兩者的區別就在於這種所謂的複聲母形式是否具有語法功能，有的話就劃歸「前綴＋基本聲母」而不再視爲複輔音聲母。

詞綴（affix）具有一定的語法功能，最常被提及的就是 s-前綴的使動化、名謂化功能，已有相當多的學者探討過 s-前綴的形態，下文中將會有詳細論述，這裡就不再贅述。又如「歲」字族的諧聲現象，「歲」甲骨文屬於獨體象物，爲戌的異體字，原指斧鉞，《說文》謂此字從戌聲誤，而從歲得聲的有心母（*sk-）、見母（*k）、影母（*ʔ）、曉母（*k）四種聲母。歲字族*kwjad 可視爲字根，字根前加*s-變爲*skwjad，「劌」是刺傷、「歲」是斧鉞，親屬語言中的藏語支與羌語支「斧頭」確實有加*s-（藏文 sta ri、羌語 sta:ˈ），*skwjad 除去*s-前綴後其詞根確實與原來的字義有關聯，可視爲名詞化形態。〔註25〕

表50 藏語方言「斧頭」一詞形式對照

	藏文	拉薩	德格	夏河	澤庫	門巴	羌（麻窩）	羌（桃坪）
斧頭	sta ri	ta⁵³ ri¹³	ta⁵⁵ ri¹³	hta re	rta ti	thA⁵⁵ ri⁵³	sta:ˈ	χta³¹ zɹ⁵⁵

然而更多的諧聲字族在處理諧聲關係時，依然無法區別所構擬的複聲母形式究竟是屬於「前置輔音＋基本聲母」的情形，還是屬於「前綴＋基本聲母」的情形。例如「損」從「員」得聲，損、員諧聲關係爲*skwən：*gwrjən，「損」的*s-無法得知它究竟有無語法功能，造成語音隔遠的諧聲關係。〔註26〕

另外，一些字異讀的情形與上古漢語的複聲母或是形態相關。與複聲母相關的是在一地域的生活族群口中所操的某個語音形式，因爲移居遷徙、社會狀態等緣故造成這個語音形式在不同的方言區裡演變爲不同的樣貌，但是透過漢語書面文獻的記錄我們可以回溯得知原始型，例如《廣韻》：「鬲，郎

〔註25〕金理新提出前綴*s 可以附加在動詞前面派生出名詞，他認爲這個*s 前綴是從上古漢語的借代詞「所」（處所）縮減而來，並舉歲／越爲*s-／*ɦ-爲例。詳見金理新《上古漢語形態研究》，頁 160～168。

〔註26〕李長興〈談構擬上古漢語複聲母的幾個原則〉，頁 43。

擊切，又各核切」、「綸，力屯切又古頑切」，顯示上古漢語應當存在著*kr-這樣的複聲母形式。與形態相關的一字異讀又如前文所述及的清濁聲母別異源自*s-、*ɦ-前綴的對立，還有利用異讀表示自動、使動範疇的，例如：「施」《集韻》「以豉切」表「延續、延伸、移易、改變」的意思，另一讀「式之切」表「散布、擴充、張開」義，可知以母和書母的異讀透過古音構擬（*lal：*s-ljal）顯示出自動態與使動態的區別。但是上古漢語聲母的輔音叢究竟是形態音位還是音韻音位都是先通過構擬音值的方式對比其有無語義上的相關來確定，因此不同學者的擬音體系就會造成對於上古漢語輔音叢聲母的有不同的見解，而這也是目前研究上古漢語複聲母所遇到的最大困難。〔註27〕

　　總而言之，若要區分「單純的複輔音」、「前綴＋基本聲母（可為單、複聲母）」等形式的輔音叢最好的辦法就是由「語法」的角度切入，單從「語音」方面下手是無濟於事的。然而，形態相關說法最讓人非議之處在於把為數不多的同源詞的形態變化視為普遍原則，進而把傳統看作諧聲基礎的音義關係解釋為語音上的形態相關。的確，把上古漢語所有的語音關係都視為形態相關是不妥的，但我們不能否認的是上古漢語確實存在著語法意義上的形態變化，而這種變化不容易找到大量例子的原因在於因年代久遠，漢語本身經歷了多次的劇烈變化，早已面目全非；另一方面自有漢字始漢語就一直受到漢字的制約，始終無法突破單音節的格局，甚至到了今天還是如此。不論是上古漢語的複聲母或是詞根加前綴形式仍然只算一個音節；加上漢字本身不制約著多音節的發生，因此上古漢語的詞綴形態與複聲母只能日益萎縮，最後必然消失。

　　從上中文我們瞭解到：在上古漢語階段，有一部分複聲母是原生的（即複聲母與構詞前綴同時並存），而另一部分則來自於構詞前綴的凝固（即形態音位的輔音叢與音韻音位的複聲母有發生學上的關係）。那麼，我們今天在親屬語中，乃至世界上其他語系所見之「單純的複聲母」、「單輔音加詞頭」甚至是「複輔音加詞頭」之類的輔音叢是最初的形式嗎？很明顯地，這個答案是否定的。眾所皆知，語音是會演變的，複輔音聲母當然也會變。在漫長的時間軸之下，不僅僅單聲母、原生複聲母會變，就連「詞頭＋單輔音」和「詞頭＋複輔音」等形態音位也有著異於過往的巨大轉變，這樣的演變往往造成輔音叢的面目全

〔註27〕李長興〈談構擬上古漢語複聲母的幾個原則〉，頁43。

非，以致於人們無法直接由表面的線索去探求它的本源，這樣的例子更是不乏多見。例如董同龢先生最早在《上古音韻表稿》〔註28〕從中古曉母字與唇音明母諧聲的現象提出古代一定有清鼻音*hm，而後李方桂先生在《上古音研究》提出上古有一套清音的鼻音*hm-、*hn-、*hŋ、*hŋw-；後來又在學者的接力研究下，我們知道這個清鼻音並不是最早的形式，它事實上來自早期的*s-n-輔音叢，是由構詞前綴*s-與詞根聲母n-的凝固而來，即*s-n->*sn->*hn-。接著，我們來看看藏語中的例子。表51是「金子」、「風」、「大腿」、「天氣」在藏語中若干方言點的對照。

表51　藏文「金子」、「風」、「大腿」、「天氣」之藏語若干方言點對照表

	藏文	拉薩	巴塘	夏河	阿力克	門巴
金子	gser	se:^{55}	se^{55}	hser	ɣser	ser^{55}
風	rluŋ	ɬak^{55}pa^{55}	lũ^{55}	she rə	wloŋ	røn^{55}
大腿	brla	le^{55}ça^{55}	lɑ^{55}keiʔ^{53}	la	wla	
天氣	gnam gçis	nəm^{55}çi^{52}	nã^{55}	hnam çi	ɣnæm ŋo	nam^{53}çi^{53}

藏文與阿力克語的方言比對可以發現藏文的二合複聲母形式至阿力克語會朝著第一個輔音擦化的路徑演進，而其他的方言點藏文的第一個輔音則多半是走失落的方向，只有夏河的「金子」、「天氣」前置輔音也是走向擦化，這也許能夠提醒我們在構擬上古漢語的複聲母時，部分複聲母也許有更早的來源，就像是藏緬語的清鼻音、清邊音來自早期的*sN-、*sL-，後來演變為*hN-、*hL-，上古漢語的每：悔、黑：默、豐：體等清鼻音、清邊音聲母也可能有*s-的來源。〔註29〕而這些例子除了告訴我們單輔音加上詞頭可能凝固成複聲母也可能演變成單聲母，更暗示著在不同的歷史層次有著不同的形式；不同年代與不同地區的語料反映出不同的歷史層次，這些舉足輕重地影響了研究的結果，而這往往就是學者們在做研究的同時必須注意的。

　　我們知道漢語目前已無複聲母，於是我們必須借助親屬語中關於複聲母的研究來幫助我們重構上古漢語的複聲母體系以及複聲母與附加前綴輔音叢的關係，而古藏語保留了許多關於複聲母的記錄，足供我們借鏡，例如：現

〔註28〕董同龢《上古音韻表稿》（臺北：中研院史語所，1944年）。

〔註29〕李長興〈談構擬上古漢語複聲母的幾個原則〉，頁3。

代藏語中複聲母 zbj-、mpr-分別從 sbj-與 spr-演變而來〔註30〕。換言之 zbj-早期來自於帶*s 前綴，而基本聲母爲雙唇濁塞音 bj-之輔音叢 sbj-，後來前綴*s受基本輔音濁塞音 bj-「前向同化」之影響而變爲濁擦音 z；同樣地，mpr-早期來自於帶*s 前綴，基本聲母爲複聲母 pr-的輔音叢 spr-，而前綴*s 前綴被 p-同化爲同部位的唇音 m。當然，除了基本輔音影響前綴的例子，前綴影響基本輔音的例子亦不在少數，如：前綴*s-可使後面的基本輔音產生「濁音清化」現象，如古藏語的 skar-ma「星」可能源於更早的*sgar-mo；n-和 m-前綴可以使後面的清音濁化，古藏語的 nba「蟲」可能源於更早的*nphu。〔註31〕另外，n-後無擦音，是因爲早期擦音在 n-後變成別的音了：ntsh-＜*ns，ndz-＜*nz，ndʐ＜*nʐ。〔註32〕

　　由這些例子，前綴*s-與前綴*n-和*m-分別被後面所接之輔音同化，同時也影響其後所接輔音的情況，我們發現輔音叢起首之輔音不見得就是前綴的原始樣貌。同理，輔音叢中的基本輔音或複聲母也不一定就是原始的形式，它們很可能都只是歷史音變的結果，若研究者不察，可能就會導致結論上的錯誤。反之，若我們已避開上述所談之「歷史音變」因素，那麼，除了原生的複聲母，現存的部份複聲母很可能就是來自於詞頭的凝固，如：藏語中 spəŋ「草坪」、stuŋ「縮短」、skjag「矢」、*s-bra「牛毛帳篷」＞pa¹³（拉卜楞話）……等帶前置輔音 s-的複聲母，事實上就是由早期的「單輔音加詞頭」與「複輔音加詞頭」演變而來。換言之，它們分別由來自前綴*s-加雙唇塞音 p-、舌根塞音 k-與複聲母 br-，可以寫作*s-pəŋ「草坪」、*s-tuŋ「縮短」、*s-kjag「矢」與*s-bra「牛毛帳篷」，唯一不同例子的是*s-bra「牛毛帳篷」在拉卜楞話中已演變成單聲母的 pa¹³。從這裡我們也可以看出這些複聲母表面上雖然看起來像是原生的複聲母，不過實際實它們其實是來自於詞頭的凝固，只是演變到了最後使得「加詞頭的單輔音」與「加詞頭的複輔音」看起來竟也與單純的複聲母相差無幾了。若是我們無法在親屬語或漢語書面文獻中找出詞綴所

〔註30〕詳見馬學良主編《漢藏語概論》，頁 169。

〔註31〕張琨（Chang Kun），1977 "The Tibetan Role in Sino-Tibetan Comparative Linguistics"，《中央研究院歷史語言研究所集刊》第 48 本第 1 分，頁，93～108。

〔註32〕李方桂〈藏文前綴音對聲母的影響〉，《中央研究院歷史語言研究所集刊》第 4 本第 2 分，頁 135～157。

代表的語法功能，那麼就會造成形態與語音兩個不同層面的混淆，在構擬上古漢語複聲母的形式時，便容易忽略詞綴的構詞或構形功能而將其當作一般的複聲母看待，〔註33〕誤認上古漢語存在某種特殊的音韻音位，因此區分「詞綴＋基本聲母」的形態音位和「單純複聲母」的音韻音位便顯得十分重要。

第二節　上古漢語前綴及其語法功能

上文中，我們論及了區分「詞綴＋基本聲母」的形態音位和「單純複聲母」的音韻音位的重要性。緊接著本節中，我們將對上古漢語的前綴及其語法功能進行討論。

在語言學裡，前綴，又稱詞頭，屬於一種前置於其他語素的字綴，由於其無法以單字的方式獨立存在，故亦為一種附著語素，是一種附著在詞根或詞幹之前的構詞成分，由於詞綴是一種「附著語素」無法單獨使用，它的詞義虛化，構詞能力強。下文中，將要討論的就是上古漢語的前綴以及不同的前綴分別代表了哪些語法功能。

一、上古漢語前綴*s-

上古漢語的詞綴，比較明確的是*s-前綴，討論的學者也比較多。它的提出是高本漢（Karlgren 1923）為了解釋諧聲系統中較特別的諧聲關係，因而為上古漢語構擬了一些*sl-模式的複聲母，如「使」和「吏」之間的諧聲。不過，在高本漢所構擬的上古漢語語音系統裡面，*sl-模式複聲母中的 s-還只能算是複輔音聲母中的一個組成部分，不能算是一個獨立的構詞前綴。

雅洪托夫（Yahontov，1960）在提交給第二十五屆國際東方學會議的論文中正式提出上古漢語有一個*s-前綴，並認為這個在*s-前綴可與其後的響輔音結合。李方桂先生在《上古音研究》書中接受了雅洪托夫的假設，認為這個 s-可以算是一個詞頭 prefix，也因此在上古漢語的構詞學裡占很重要的位置。〔註34〕

然而，針對上古漢語*s 前綴的構詞功能進行總的整理，梅祖麟先生或許是第一人。他在《上古漢語*s-前綴的構詞功用》中從藏文的功用出發，整理出屬

〔註33〕李長興〈談構擬上古漢語複聲母的幾個原則〉，頁 40。

〔註34〕李方桂《上古音研究》，頁 25。

於上古漢語*s-前綴的各項功能,包括使動化、名謂化、方向化等,其中使動化與名謂化也是方向化的表現。〔註35〕作爲一個構詞或構形前綴,上古漢語的*s-能出現在除了擦音之外的所有輔音聲母前,而這個前綴的功能有以下幾點:

(一)前綴*s-的名謂化功能

早在 1896 年在《漢藏語系中使動名謂式之構詞法及其與四聲別義之關系》一文中,康拉第就已指出前綴*s-在藏語中有使動和名謂化的功能〔註36〕,附加在名詞詞根之前,使名詞轉變詞性而成爲動態動詞或狀態動詞,並可以在句子中充當謂語。上古漢語的*s-前綴也有這個功能,我們可以從下面幾個詞族看出來,如:

容,《廣韻》余封切,以紐東部。《說文・宀部》:「容,盛也。從宀,谷聲。宕,古文容從公。」頌,余封切,以紐東部;又似用切,邪紐東部。《說文・頁部》:「頌,貌也。從頁,公聲。」段注:「古文作頌貌,今作容貌,古今字之異也。容者,盛也,與頌義別。六詩一曰頌,《周禮》注云:『頌之言誦也、容也。』誦今之德,廣以美之。《詩譜》曰:『頌之言容。天子光被四表,格于上下,無不覆燾,無不持載,此之謂容。於是和樂興焉,頌聲乃作。』此皆以容受釋頌,似頌爲容之假借字矣。而《毛詩・序》曰:『頌者,美聖德之形容,以其成功告於神明者也。』此與鄭義無異而相成。鄭謂德能包容,故作頌。序謂頌以形容其德,但以形容釋頌,而不作形頌,則知假容爲頌,其來已久。以頌字專系六詩,而頌之本義廢矣。《漢書》曰:『徐生善爲頌。』曰:『頌禮甚嚴。』其本義也。曰:『有罪當盜械者,皆頌繫。』此假頌爲寬容字也。……古祇余封一切。」就「儀容」一義,兩者相同,其後頌分化出「頌容」一義,且中古讀爲去聲,由此可知它們具有如下的音義關係:

　容　*gjoŋ:儀容(名詞)

　頌　*gjoŋ:儀容(名詞)

　　　*s-gjoŋ:歌頌＋儀容(動詞)

〔註35〕梅祖麟〈上古漢語*s-前綴的構詞功能〉,《第二屆國際漢學會議論文集》(臺北:中研院史語所,1986 年)。

〔註36〕本文未見,轉引自周法高《中國古代語法:構詞編》第一章(臺北:中研院史語所專刊之三十九,1994 年景印 2 版),頁 9。

古漢語中的*gjoŋ「儀容」是名詞，當這個名詞要用為動詞時，必須加上動詞詞綴*s-，而成為*s-gjoŋ「歌頌儀容」的形式。「*gjoŋ：*s-gjoŋ」是語音形式，而「容／頌：頌」則是文字形式。*gjoŋ 加上*s-前綴後便轉變為動詞*s-gjoŋ「頌」，義為儀容，這是名謂化的功能，也就是把名詞轉變為動詞的功能。

除了把名詞轉為動詞之外，*s-前綴還可以把名詞轉變為形容詞。例如：黑，《廣韻》呼北切，曉紐職部。《說文・炎部》：「黑北方色也。火所熏之色也」。段注：「熏者，火煙上出也。此語為从炎本起。」墨，莫北切，明紐職部。《說文・土部》：「墨，書墨也。从土、黑。」段注：「聿下曰：『所以書也。楚謂之弗，秦謂之筆。』此『書墨也』，蓋筆墨自古有之，不始於蒙恬也。箸於竹帛謂之書。」「小徐曰會意；大徐有黑亦聲三字。」另外有一個「纆」字也跟黑、墨同源：纆，墨北切，明紐職部。《說文・糸部》：「纆，索也。从糸，黑聲。」段注：「从墨者，所謂黑索拘攣罪人也。今字從墨。」三者共同構成已下詞族：

  黑 *s-mek：黑（形容詞）

  墨 *mek：黑＋墨汁（名詞）

  纆 *mek：黑＋繩索（名詞）

如果不拘泥於文字的形體，那麼從上面這一個詞族可以明顯看到，最早的形式是名詞*mek「墨」，因為加上構詞前綴*s-而派生了形容詞的*s-mek「黑」，也就是最先造成的形體「黑」。另外，名詞*mek「墨」由於語義的分化又派生出另一個名詞，讀音仍然是*mek，字形則寫作「纆」，而且最後繁化為「纆」。這一來就很清楚了，詞根*mek「墨」是最早的形式，透過詞綴和語義分化兩種方式，分別派生出*s-mek「黑」、*mek「纆」這兩個新詞。

此外，還可以拿藏語作一比較，藏語的 nag po「黑」、snag tsha「墨」正好是帶前綴 s-與不帶前綴的形式，只不過詞綴的位置跟漢語剛好相反，藏語是加在「墨」snag 上，而漢語是加在「黑」*smek 上。乍看之下，藏語的 nag「黑」、snag「墨」這兩個詞根的基本聲母都是舌尖鼻音，似乎與漢語的*mek「墨」、*s-mek「黑」雙唇鼻音不能對應，但是施向東先生指出：「黑墨二字的諧聲，先賢早有解釋，或以為複輔音（高本漢 1940），或以為清鼻音 m̥（董同龢 1948）。李方桂雖然主張清鼻音 m̥，但在《上古音研究》（李方桂 1971）

中仍然寫作 hm。我們認為這個音來自上古的 *sm-，*sm->*hm-，這既可以解釋漢字黑墨、晦每等等的諧聲，也可以解釋漢藏間的對應。藏文這裡出現的是 n-、sn-，但是它來自 sm-，*smag->*snag->*nag-，（如藏文 smyug-ma 竹子，又作 snyug-ma）而在漢語中：*smag->*hmag->*hag／mag。」〔註37〕

（二）前綴*s-的使動化功能

上古漢語*s前綴諸多功能，使動化功能最為學者所熟識，也是討論最多的語法功能之一。例如：《書‧呂刑》：「獄成而孚，輸而孚。」清‧王引之《經義述聞》：「成與輸相對為文。輸之言渝也，謂變更也……獄辭或有不實，又察其曲直而變更之，後世所謂平反也。」《爾雅》：「渝，變也。」《莊子‧天運》：「是以道不渝。」《廣雅》：「輸，毀也。」《經義述聞‧國語上》：「弗震弗渝，渝讀為輸。」

渝　*ɦ-do：變更（自動）

輸　*s-tho：變更（使動）

可見「輸」*s-tho 是一個使動動詞，*s-前綴是一個使動動詞前綴，也就是致使動詞前綴。

（三）前綴*s-表動詞持續

如同藏語一樣，上古漢語*s-前綴的意義是非常豐富的。除了前面所討論的將名詞轉為動詞的名謂化功能、致使語法意義外，梅祖麟先生（1989）例舉了 11 例，認為上古漢語的*s-前綴有「方向化」（directive）的作用。那麼，什麼是「方向化」？梅先生的解釋是「就是更深入，更有方向性」，「加*s-前綴形成的派生動詞比基本動詞更有方向性」。不過，這裡我們並不清楚梅祖麟先生所謂的「方向性」所指為何。

動詞，尤其是帶有直接賓語的及物動詞往往是有指向的，其所指向的方向則是受事賓語。因而，一些語法著作往往把及物動詞解釋為動作行為支配或指向主語之外的某個人或物。〔註38〕從梅祖麟先生所舉的例子中，可以肯定他所謂的「方向性」顯然不是及物動詞的動作指向，同樣也應該不是藏緬語某些語

〔註37〕施向東《漢語和藏語同源體系的比較研究》（北京：華語教學出版社，2000 年），頁 65～66。

〔註38〕李佐豐《上古漢語語法研究》（北京：北京廣播學院出版社，2003 年），頁 87。

言的動詞方向範疇。讓我們先來看如下一對同詞根動詞：

升　*s-theŋ：《廣韻》職蒸切。

《說文》：「古經傳登多作升，古文假借也」。

《詩經・定之方中》：「升彼虛矣，以望楚矣。」

《論語・先進》：「由也，升堂矣，未入於室也。」

登　*teŋ：《廣韻》都滕切。

《說文》：「上車也，引申之凡上升曰登」

《左傳・僖公十六年》：「有夜登丘而呼曰：齊有亂。」

《左傳・襄公二十五年》：「吳師奔，登山以望，見楚師不繼，復逐之。」

上述動詞「升」和「登」所指的動作都是有方向性的，它們所指的方向是「向上」。〔註39〕這可以從其與「降」的對比中看出，例如：《左傳・襄公二十九年》：「其以宋升降乎？」《左傳・桓公二年》：「夫德儉而有度，登降有數。」動詞「降」是「向下」，而動詞「登」、「升」是「向上」，因此這裡難以從「方向」來解釋動詞「升」、「登」之間的不同。又動詞「升」、「登」非常接近，比如「升車」、「登車」等等。因而，上古典籍中，兩者有時甚至互用，而古注釋家也常常以「升」訓「登」或者以「登」訓「升」。例如：《荀子・勸學》：「故不登高山，不知天之高也。」而《大戴禮記・勸學》作「故不升高山，不知天之高也。」；《論語・陽貨》：「舊穀既沒，新穀繼升」《孟子・滕文公下》：「五穀不登。」《儀禮・喪服傳》鄭玄【注】：「升，字當爲登。登，成也。」

由上面的例子，我們發現動詞「升」和「登」所聯繫的主體都可以施事主語，而其所聯繫的客體也都可以是施事賓語。「升」和「登」意義固然接近，但是不能就因此認爲兩者是同一詞的兩個不同文字形式。不過，從一些注釋中可知動詞「升」和「登」是不一樣的，它們有明顯的不同：「登」是一個涉及到具體動作的「動作性」動詞，而「升」是一個不涉及到具體動作的「運動性」動詞。動詞「登」是從低處一步一步走向高處，重在動作；而動詞「升」主要是跟動詞「降」相對，意指「向上」，重在持續過程。即「登」表達一個個離散的

〔註39〕金理新《上古漢語形態研究》，頁141。

動作，而「升」則是一個持續不間斷的運動過程。

換言之，動詞「登」所表示的動作行爲是離散的，而動詞「升」所表示的動作行爲則是持續的，即前者可以分解成一個個離散的動作，而後者不能，也可以說「登」是一個離散動詞而「升」是一個連續動詞，因而太陽、月亮只用升而不用登。故此上古漢語*s-詞綴這一「從動詞派生動詞」的功能又稱作動詞行爲的持續，簡稱動詞持續，派生動詞主要表示動作的起始與持續，又如：

襄　*s-naŋ：《說文・衣部》：「漢令解衣而耕謂之襄。」

壤　*g-naŋ-ɦ：《說文・土部》：「柔土也，從土襄聲。」

纕　*g-naŋ：《說文・糸部》：「援臂也。從糸襄聲。」

　　　　　　段注：「援臂者，揎衣出其臂也。……援臂者，援引也，

　　　　　　引襄而上之也。是爲纕臂。襄訓解衣，故其字從襄從糸」。

可見襄是一個動詞，包含了「解」、「衣」、「耕」三個義素，其核義素爲「退＋衣＋耕＋土」；「壤」是受事對象，所以是名詞，是「襄」的施事對象，其核義素爲「柔＋土」；而「襄」是解衣而耕，「纕」則是引袖而上，即今之退衣袖，兩者的詞源關系相當明確，「纕」之核義素爲「退＋衣袖」。如此可以建立一個詞族

襄　*s-naŋ：「退＋衣＋耕＋土」

壤　*g-naŋ-ɦ：「柔＋土」

纕　*g-naŋ：「退＋衣袖」

其中*s-naŋ「襄」正是由詞根附加*s-前綴而來，表示動作的起始與持續，不同於*g-前綴的施事功能，表示施事者的動作行爲。

二、上古漢語前綴*ɦ-

目前有些學者認爲藏語中位於基輔音之前的輔音 ɦ-更早的時期爲鼻音*N-，如張琨、龔煌城先生等人，他們主要的依據是藏語中帶這種輔音 ɦ-的語詞在現代藏緬語族的一些語言以及一些現代藏語方言中往往表現爲帶鼻冠音，例如：夏河話*ɦbu「蟲」讀 mbə，*ɦgug「待」讀 ngəʔ，*ɦgo「頭」讀 ŋgo 等等。不過，我們認爲著實難以據此認定藏語這個 ɦ-更早期就是鼻冠音*N-。〔註 40〕

〔註40〕金理新《上古漢語形態研究》，頁 262。

因爲這個前加字 ɦ-在藏文中有三種讀音：在單獨作聲母時讀 ɦ 或不發音，如 ɦog「光」，拉薩話讀 ɦɔʔ[12]，夏河話讀 ol；在作韻尾時不發音，如 dgaɦ「喜歡」，拉薩話讀 ka[12]；在作前置輔音時，除了已經沒有複輔音的藏語方言外，有複輔音的語音和基字的語音基本是一致的。這個字母讀三個音，作爲前加字和基字的讀音不一致，這個前加字所標記的語音就令人生疑，因此對於這個字母究竟讀什麼音，歷來看法則有不同。認爲讀濁擦音是根據基字讀音，認爲讀鼻音是參考方言，似乎都有道理。

　　龔煌城先生曾指出藏語的 a-chung（N-）（本文一律標 ɦ-）在藏文的動詞變化上扮演很重要的角色，很多動詞加 N-詞頭造成現在式。[註41] 上古漢語的情況在這兩方面與古藏語類似，因此上古漢語也有類似的非致使前綴*ɦ-，[註42] 只不過這個前綴目前在漢語裡已失去無蹤跡了。目前在藏語安多方言的拉卜楞話中還看的到帶 h-的 hC-型複聲母：[註43]

hta 馬	hka 溝	htsa 草
htɕa 頭髮	ɦna 鼻子	ɦŋa 五

　　除此，在拉卜楞話中，濁塞音和濁塞擦音前往往帶有一個輕微的的濁送氣音 ɦ，這或許是古藏語*ɦ-前綴的遺留，例如：[註44]

[ɦ]do 石	[ɦ]go 門	[ɦ]dza 月
[ɦ]zo 制	[ɦ] ʑə 四	

那麼，上古漢語是否有*ɦ-前綴？蒲立本提出非致使動詞和致使動詞對立，其中讀濁輔音聲母的非致使動詞，其濁輔音聲母是由清輔音聲母加*ɦ-前綴派生來的。[註45] 他暗示上古漢語的*ɦ-前綴跟藏文小 a（a-chung）同源，認爲小 a 也是*ɦ-。而這個*ɦ-究竟具有哪些語法功能呢？下文我們將一一舉例說明之。

〔註41〕龔煌城《漢藏語研究論文集》，頁 175。

〔註42〕丘彥遂《論上古漢語的詞綴形態及其語法功能》，頁 205。

〔註43〕馬學良主編《漢藏語概論》，頁 169。

〔註44〕馬學良主編《漢藏語概論》，頁 169。

〔註45〕Pulleyblank, E.G.（蒲立本）"Some New Hypotheses Concerning Word Families in Chinese", *Journal of Chinese Linguistics* 1.1：111-125.

（一）前綴*ɦ-的非致使動詞標記

一種語言如果有致使動詞前綴，勢必會有非致使動詞語之配對。上古漢語和古藏語一樣，也存在與致使動詞前綴*s-對立的非致使動詞前綴*ɦ-。龔煌城先生指出，藏語的 a-chung（N-）（本文標作 ɦ-）在藏文的動詞變化上扮演很重要的角色，很多動詞加 N-詞頭造成現在式，〔註46〕例如：

藏語：འགེབས Ngebs（現在式）、bkab（完成式）

dgab（未來式）、khob（命令式）覆蔽

自動詞與他動詞或動詞使動式的區別，前者加詞頭 N-，後者則加詞頭 s-表示，例如：

藏語：འབར N-bar 燒、燃

s-bar 點火、燃火

上古漢語這兩方面的情況與古藏語頗為相似。首先，上古漢語也有類似的非致使前綴*ɦ-，試觀察「參」詞族：

三，《廣韻》蘇甘切，心紐侵部。《說文·三部》：「三，數名。天地人之道也。於文，一耦二為三，成數也。」

參，《廣韻》所今切，心紐侵部，原作曑。《說文·晶部》：「曑，商，星也。從晶，今聲。」《詩·唐風·綢繆》：「三星在戶。」傳：「三星，參也」。王力《同源字典》：「三星，指參宿一二三。」〔註47〕

驂，《廣韻》倉含切，清紐心部。《說文·馬部》：「驂，駕三馬也。從馬，參聲。」

犙，《廣韻》蘇含切，心紐侵部。《說文·牛部》：「犙，三歲牛。從牛，參聲。」

這一詞族核義素為「三」，類意素則分別為「數目、宿星、駕馬、歲數」等。

〔註46〕龔煌城〈從漢藏語的比較看上古漢語詞頭的問題〉，頁 175。

〔註47〕王力《同源字典》（上海：商務印書館，1982 年），頁 619。

三　*sum：　目＋三

參　*srum：宿星＋三

驂　*ɦ-sum：駕馬＋三

慘　*sum：歲數＋三

其中「驂」*ɦ-sum（駕三馬）正是動詞，而且是自動詞，與其他同族詞爲名詞或數詞不同。可見這個*ɦ-前綴是一個非致使動詞前綴，它能使名詞或數詞轉變爲自動詞。

又龔煌城先生所舉之「敗」、「別」、「降」等字例，其中附加前綴*ɦ與*s分別代表了「自動詞」與「使動詞」的不同意義：〔註48〕

別　PC　*N-brjat ＞ OC *brjat ＞ MC bjät

　　　　　"different，leave"　《廣韻》「異也、離也」

　　PC　*s-brjat ＞*s-prjat＞ OC *prjat ＞ MC pjät

　　　　　"divide，separate"　《廣韻》「分別」

「別」字《廣韻》收有兩讀：一爲皮列切，並紐，義爲「異也，離也，解也。」一爲方別切（皮列切下說：又彼列切），幫（非）紐，義爲「分別」。既是「分別」當是使動用法，清聲母的「分別」和濁聲母的「離也」正好構成致使動詞和非致使動詞的配對。又如：

敗　PC　*N-brads ＞ OC *brads ＞ MC bwai

　　　　　"ruined；become defeated"　《說文》「毀也」

　　PC　*s-brads ＞*s-prads＞ OC *prads ＞ MC pwai

　　　　　"to ruin；defeat"　《廣韻》「破他曰敗」

降　PC　*N-grəngw ＞ OC *grəngw＞ MC ɣång

　　　　　"submit"　《廣韻》「降伏」

　　PC　*s-grəngws ＞*s-krəngws ＞ OC *krəngws＞ MC kång

　　　　　"descend，go down；send down"《廣韻》「下也、歸也、落也」

我們將上述例子整理爲表1（龔先生的*N前綴本文一律標作*ɦ）：

〔註48〕龔煌城《漢藏語研究所論文集》，頁188。

表52　「敗」、「別」、「降」致使動詞與非致使動詞對照表

	自動詞		使動詞	
敗	*ɦ-brads＞brads	自破	*s-brads＞*s-prads＞prads	破他
別	*ɦ-brjat＞brjat	異也，離也	*s-brjat＞*s-prjat＞prjat	分別
降	*ɦ-grəŋw＞grəŋw	降伏	*s-grəŋws＞*s-krəŋws＞krəŋwss	下也，歸也，落也

　　由此可見，上古漢語的致使動詞和非致使動詞基本上是由構詞前綴來完成的，而相互交替的兩個前綴，正是致使前綴*s-和非致使前綴*ɦ-。只不過到了後來，這兩個前綴逐漸失去生命力，最後脫落，於是形成聲母之間的清濁關係；換言之，上古漢語的輔音清濁也可以構成致使與非致使的對立，因為它們來自於更早時期的詞綴形態。

（二）前綴*ɦ-表時態完成體

　　《群經音辨》：「解，釋也，古買切；既釋曰解，胡買切。」《易・解》孔疏：「解有兩音，一音古買反，一音胡買反。解為解難之初，解為既解之後。」「解」，原作「古買切」（釋也，見紐支部，清聲母），為了表示完成，也就是「解」的既事式，而把清聲母轉換為濁聲母「胡買切」（既釋曰解，匣紐支部）。可見上古漢語的*ɦ-前綴也有表示時態（完成體）的功能，例如：

　　　解　*kriɦ：釋，《廣韻》古買切

　　　　　*ɦ-griɦ：既釋，《廣韻》胡買切

原來，既事式的濁聲母 g 是帶有前綴的，由於帶有一個濁的*ɦ-前綴，所以才會使詞根聲母變濁：*kriɦ／*ɦ-kriɦ＞*ɦ-griɦ。既事式的*ɦ-前綴在使詞根聲母變濁後，由於逐漸僵化、弱化，最後消失，導致後人誤以為諧聲系統中，清、濁聲母的諧聲只是單純的音近而已。因此，「解」這個詞明顯經過了以下的歷史音變：*ɦ-griɦ＞*ɦgriɦ＞*ɦri。又如：

　　　見　*kens：視也，《廣韻》古甸切

　　　　　*ɦ-gens：使見曰見，《廣韻》胡甸切

以往學者並未發現任何具有表示時態功能的詞綴，因此漢藏語是否同源在這個地方常常被質疑；如今看來，上古漢語跟藏緬語的關係又更密切了一些，因為上古漢語也具有表示完成體的*ɦ-前綴。這是以往學者尚未發掘的地方，也是未來進一步證明漢藏語是否同源的另一項證據。至於上古漢語是否如古藏語一

般，具有明確表示時態的詞綴？依目前的研究成果看來，還無法得知。

三、上古漢語前綴 *g-

早在上個世紀的上半葉，馬伯樂就為上古漢語構擬了一個 *k-前綴，此後本尼迪克特（K.P Benedict）、楊福綿先生等也紛紛認為上古漢語有個 *k-前綴，黃樹先先生曾在一篇討論上古漢動物名詞前綴的文章中提出上古漢語有 *g-前綴。〔註49〕俞敏先生（1984）已經注意到上古漢語端系跟章系之間的語音交替是上古漢語新詞派生的一種模式，並列舉了三個例子，其中有兩例屬於名詞、動詞之間詞性的轉換，潘悟云先生在〈漢語歷史比較中的幾個聲母問題〉在藏文 gt-、gd-與上古漢語的端、知、章系字之間進行了比較，發現漢語的端、知、章母可能是 *k-l、*krl-、*klj-，也可能是 *k-t-、*krt-、*k-tj-。〔註50〕金理新先生在討論章系上古讀音時利用諧聲、通假、異讀、同源詞等材料證明中古章系和端系的上古差別僅在於章系上古有一個 *k-前綴而端系沒有，而這個塞輔音 *k-前綴後來弱化並使主要母音變緊而中古成三等。〔註51〕換言之章系、端系就詞根聲母而言是相同的，兩者中古會分化僅在於章系比端系多了一個構詞前綴 *k-。後來金理新基於上古漢語沒有 *k-前綴和 *g-前綴對立的事實，並從上古漢語內部本身的系統性考慮，把 *k-前綴改為 *g-前綴，同時也論述了上古漢語帶 *g-前綴音節的中古演變。〔註52〕除此，金理新先生《上古漢語音系》書中，亦提及在上古漢語時期，泥母與日母詞根聲母相同，兩者的差別僅在於日母較泥母多了構詞前綴 *g-，故此日母可構擬為 *g-n。

沙加爾（Laurent Sagart）於 1999 年根據上古漢語的諧聲以及同族詞等材料為上古漢語重構了 *k-前綴（在沙加爾的系統中並無對立的 *g-前綴）。〔註53〕吳安其先生於 1997 也認為上古漢語有 *g-前綴，這個前綴在上古漢語有致使化和表動詞完成體的語法意義，而這個前綴可以跟另一個 *k-前綴代替，同時也認為

〔註49〕黃樹先〈試論古代漢語動物詞前綴〉，《語言研究》1993 年第 2 期。

〔註50〕潘悟云〈漢語歷史比較中的幾個聲母問題〉，《語言研究集刊》（上海：復旦大學，1987 年）。

〔註51〕金理新《上古漢語形態研究》，頁 169。

〔註52〕金理新《上古漢語音系》，頁 181～210。

〔註53〕沙加爾《上古漢語詞根》（上海：上海教育出版社，2004 年）。

這個前綴附加在舌尖塞音，並在中古演變成章系字。〔註54〕

　　那麼這個*g-前綴究竟有怎樣的構詞或構形功能呢？筆者將在下文一一舉例說明。

（一）前綴*g-的施事動詞標記

　　上古漢語除了有致使動詞前綴*s 和非致使動詞前綴*ɦ 的對立外，亦有施事動詞前綴和受事動詞*r 前綴的對立。〔註55〕何謂施事動詞呢？一般說來，說話者陳述的主體是動作行為的作者是一種常態，而主體不是動作行為的作者則是一種非常態，常態情況下用施事動詞形式，而非常態用受事動詞形式，表示主體能做而不涉及客體的動作行為總是施事動詞，反之則是受事動詞。被動態中，主體是動作的接受者，是動作的受事對象，而主動態則不同，主動態中動詞所代表的動作行為多半是由主體實施的。從下面詞族可以看出*g-前綴是一個施事動詞，*r 則是與其相配的受事動詞：

　　入，《廣韻》人汁切，日紐緝部。《說文‧入部》：「內，內也。象從上俱下也。」段注：「自外而內也。上下者，外中之象。」《春秋‧隱公二年》：「夏五月，莒人入向。」《論語‧先進》：「由也升堂矣，未入於室也。」

　　納，《廣韻》奴答切，泥紐緝部。《說文‧糸部》：「納，絲溼納納也。從糸，內聲。」段注：「納納，溼意。劉向〈九嘆〉：『衣納納而掩露。』王逸注：『納納，濡溼貌。』《漢書‧酷吏傳》：『阿邑人主。』蘇林曰：『邑音人相悒納之悒。』按：悒納當作浥納，婟阿之狀。於濡溼義近也。古多叚納為內字，內者，入也。」又《左傳‧襄公二十七年》：「子鮮曰：『逐我者出，納我者死』。」《釋文》：「納，本作內，音納。」

　　由上可知「納」與「內」意義相當，而且是一個及物動詞。不過這個及物動詞主要表示動詞的施事；換言之*g-前綴是一個表施事動詞的前綴。

　　　納，《廣韻》奴答切　　*nup：自外而內（動詞）

〔註54〕吳安其〈漢藏語的使動和完成體前綴的殘存與同源的動詞詞根〉，《民族語文》1997年第 6 期。

〔註55〕本文接受龔煌城先生在〈從漢藏語的比較看上古漢語詞頭的問題〉一文中提出之r-詞頭的假設，龔先生認為這個詞頭可以將自動詞轉為他動詞，同時並解決了知系字與端系字中古分化的問題，詳見《漢藏語研究論文集》，頁 167～172。

入，《廣韻》人汁切　　*g-nup：自外而內（動詞＋施事）

二字的意義相當，詞根形式的*nup「納」表示自外而內的動詞，而加上詞綴形式的*g-nup「入」則是表示施事者的行為動作，也就是「施事者由外而內」。帶有前綴的「入」是施事動詞，是後起形式；而從內得聲的「納」雖是晚起的字形，卻不帶任何前綴的詞根*nup，是沒有任何標記的原始形式。詞根*nup「納」在沒有帶前綴的情況下已具備了受事的功能，可見前綴的出現跟詞綴本身的語法功能密切相關；也就是說某個詞必須先有特定的語法意義，然後才產生出相關的構詞前綴。又如：

至，《廣韻》脂利切　　*g-tid-s：到（施事）

致，《廣韻》陟利切　　*r-tid-s：至，引而至也（受事）

出，《廣韻》尺律切　　*g-thud：自內而外（施事）

黜，《廣韻》醜律切　　*r-thud：貶下、退也（受事）

「至」、「致」二字的意義相當，帶*g前綴的「至」*g-thud表示到達，而加上*r前綴的形式的*r-tid-s「致」則是表示受事者的行為動作，也就是「受事者被引而到達」。同樣的「出」、「黜」二字的意義相當，帶*g前綴的「出」*g-thud：表示施事者自內而外，而加上*r前綴的形式的*r-thud「黜」則是表示受事者的行為動作，即「受事者被貶下」。

（二）前綴*g-的名詞借代功能

前綴*g-除了可以表示施事者的行為動作外，還具有將動詞變為名詞的功能。然而作為一個構詞前綴，上古漢語的前綴*g-還有明顯的借代作用，如同修辭中的「借代」，借用同它密切相關的人或事物來代替派生詞所指的事物，例如：

通，《廣韻》他紅切　　*thoŋ：通達（動詞）

衝，《廣韻》尺容切　　*g-thoŋ：通道（名詞）

詞根*thoŋ「通」表示通達，屬於動詞，加上前綴*g-以後轉化為名詞*g-thoŋ表示通道，由於有*g-前綴的緣故，「通」與「衝」之間的轉化才得以實現。又如：

短，《廣韻》都館切　　*to-n：短小（形容詞）

豎，《廣韻》臣庾切　*g-to-h：童僕之未冠者；

　　《廣雅》王念孫疏證：「古謂童僕之未冠者曰豎，亦短小之意也」

　　（名詞）

由上面兩個例子，我們可以發現就性質而言，上古漢語的*g-前綴似乎有將動詞轉化爲名詞的功能，不過值得注意的是這些動詞或形容詞派生出來的名詞所強調的是這一名詞具有這一動詞或形容詞的特性，好比「衝」不僅僅是「通的」而是「通的街道」，也正因爲*g-前綴強調的是「借代意義」，因而附加前綴*g-之後所構成的名詞，其的意義比原詞根意義要狹窄，外延要小。又例如：

　　丹，《廣韻》都寒切　*tan：紅（形容詞）

　　旃，《廣韻》諸延切　*g-tan：紅旗（名詞）

丹指紅色、紅色的，而旃則指紅色的旗子，比較兩者的差異就可以看出「丹」所指的廣泛，而「旃」所指的意義較狹窄，即*g-前綴有起指示限定的作用，是一個借代標記，對詞根意義起限定作用，縮小了詞根的意義範圍。

（三）前綴*g-的代詞標記功能

沃爾芬登（Stuart N. Wolfenden，1929）認爲原始藏緬語也跟藏語一樣有*g-前綴，而這個前綴在漢藏語中有指向（directive）意義，〔註56〕這個古老的代詞成分仍保留在克欽語等裡，而這個前綴在孔亞克語和庫基－那加語是一個表示身體部位名詞之中不可分割的前綴，沃爾芬登這一觀念被本尼迪克特（K.P Benedict，又譯作白保羅）所繼承。〔註57〕

其實*g-前綴在上古漢語中也是一個代詞標記，出現在代詞之前，成爲代詞不可分割的一個組成部分，以往學者幾乎不會去考慮指示代詞的構詞形式，更不會聯想到相對於現代漢語的指示代詞數量要多的上古漢語指示代詞間彼此在構詞上有共同性：它們都帶有*g-或*ɦ-前綴。例如：

（1）之，《廣韻》止而切，*g-te

《詩經‧桃夭》：「之子於歸，宜家宜室。」周法高先生把指示代詞「之」

〔註56〕藏語前綴 g-跟前綴 d-互補，沃爾芬登認爲是一個前綴的條件變體。

〔註57〕本尼迪克特 K.P Benedict（又譯作白保羅）《Sino-Tibetan：A Conspectus》Cambrideg University Press；中譯本《漢藏語概論》，樂賽月、羅美珍譯（北京：中國社會科學院民族研究所語言室，1984 年）。

併入到人稱代詞「之」中一併討論。王力先生：「之用於指示詞的時候，是用作定語的，它是近指的指示代詞，等於現代漢語的『這』。」〔註58〕

（2）是，《廣韻》承紙切，*g-di-ɦ

《論語・學而》：「夫子至於是邦，必聞其政。」王力先生：「如果說它們（斯、此、是）之間是有形態變化的關係，那完全是有可能的，只是現在還不能證實罷了。」而此處「是」指現代漢語的「那」。

（3）然，《廣韻》如延切，*g-nan

《論語・先進》：「然則，師愈與。」《墨子・兼愛中》：「雖然，不可行之物。」《孟子・梁惠王上》：「然而不王者，未之有也。」

從上述例子我們可以清楚地看出上古漢語指示詞一個很明顯的特徵，那就是附加了*g-前綴。而這個*g-前綴不僅出現在指示代詞之前，也廣泛出現在其他類型的代詞前，比如上古漢語的人稱代詞。例如：

（1）汝，《廣韻》人渚切，*g-na-ɦ

爾也，作為第二人稱代詞，金文中也作「女」，就第二人稱而言應該讀「汝」，「汝」可以作為第二人稱代詞的標準形式。這個「汝」在藏緬語諸語中有廣泛的同源詞，如獨龍語 na^53。除此，藏緬語語言第二人稱代詞有個鼻音韻尾的，如景頗語 naŋ^33、載瓦語 naŋ^51 等，這個舌根鼻音很有可能是喉擦音 ɦ 的鼻化形式。

（2）若，《廣韻》人灼切，*g-nag〔註59〕

周法高先生：「甲骨文、《書》、《詩》中未見，金文中亦少見，列國時代《莊子》較常見。」〔註60〕《莊子・齊物論》：「我勝若，若不我勝。」王力先生亦指出《論語》的「吾語女」到了《莊子》〈天運〉、〈秋水〉、〈庚桑楚〉都作「吾語汝」，而在《莊子・人間世》卻作「吾將語若」和「吾語若」，由此可見「若」就是「汝」。

（四）前綴*g-的肢體名詞標記功能

上文提及之的上古漢語*g 前綴的代詞成分意義擴展後而用於親屬名詞、

〔註58〕王力《漢語史稿》（北京：中華書局：1980 年），頁 279。

〔註59〕上古漢語的輔音韻尾-g 有弱化現象，詳見鄭張尚芳〈漢語聲調平仄分與上聲去聲的起源〉，《語言研究》1994 年增刊。

〔註60〕周法高《中國古代語法》（北京：中華書局 1990 年），頁 92。

肢體和動植物名詞前，如沃爾芬登所提到的這個前綴在克欽語是一個親屬名詞前綴而在孔亞語和庫基－那加語裡是肢體名詞前綴。〔註61〕馬提索夫（J.A. Matisoff）也接受了沃爾芬登（Stuart N. Wolfenden）的看法，認為藏緬語諸語中出現在名詞前的*g-前綴是一個肢體名詞前綴。〔註62〕不過在上古漢語的材料中，尚未發現*g-是一個親屬名詞前綴的例子，但肢體名詞在上古漢語中附加*g前綴的卻有不少例子，如：

（1）止，《廣韻》諸市切，*g-te-ɦ

《儀禮‧士昏禮》：「皆有枕北止。」《注》：「止，足也。」《爾雅》郝懿行義疏：「止者，足也，止、趾古同字。」

（2）踵，《廣韻》之隴切，*g-toŋ-ɦ

跟也，《釋名》：「足後曰跟，又謂之踵。」《孟子‧盡心上》：「墨子兼愛非攻，摩頂放踵，利天下為之。」

（3）耳，《廣韻》而止切，*g-ne-ɦ

《說文》：「主聽也。」《莊子‧齊物論》：「無聽之以耳，而聽之以心。」耳朵一詞，藏語 rna-ba，布拉木語 kəna、坦庫爾語 khəna，原始藏緬語*g-na。〔註63〕

四、上古漢語前綴*r-

就原始藏緬語的 r-前綴而言，學者有涉及但並沒有做過較詳細的討論。原始藏緬語的*r-前綴保留在藏語、克欽語、博多－加羅語和米基爾語裡，偶爾出現在其他語言中，它可以出現在名詞詞根前也可以出現在動詞詞根前。〔註64〕不過，名詞詞根前的*r-到底有什麼功能，代表什麼意義，本尼迪克特（K.P Benedict）並沒有予以明確的解釋；而動詞之前的*r-前綴，本尼迪克特基本上繼承了沃爾芬登（Stuart N. Wolfenden）的看法，認為動詞之前的*r前綴是一個「命令」成分。

〔註61〕本尼迪克特 K.P Benedict《漢藏語概論》，頁 119。

〔註62〕J.A. Matisoff, 2003, *Handbook of Tibeto-Burrman,* U. C. Press.

〔註63〕本尼迪克特 K.P Benedict《漢藏語概論》，頁 120。

〔註64〕本尼迪克特 K.P Benedict《漢藏語概論》，114 頁。

龔煌城先生提出上古漢語有 *r-前綴的假設，是由於李方桂先生在《上古音研究》中把知莊系聲母的上古音構擬爲 *tr-、*tsr-而引發。龔先生以李先生的上古音構擬爲基礎，進行漢藏語的比較研究，確認了二等介音-r-在唇牙喉聲母之後正是對應於藏緬語的-r-，而在藏語中 r-並非出現在舌音與齒音聲母後面，而是出現在它們之前。〔註65〕在下文中，我們將看看 *r-前綴有哪些語法功能。

（一）前綴 *r-的表受事動詞標記

龔煌城先生在〈從漢藏語的比較看上古漢語的詞頭問題〉一文中依據藏語的前綴 r-可以和前綴 s-替換構成致使動詞的事實，提出 r- 詞頭的假設。龔先生認爲這個詞頭可以將自動詞轉爲他動詞，即上古漢語 *r-前綴跟 *s-前綴一樣也有致使化功能，它附加在動詞或形容詞詞根之前或替換原始詞的詞綴而構成一個致使動詞，並舉了「至 *tji-：致 *r-tjits（使動式）」與「出 *thjət：黜 *r-thjət（使動式）」。

不過金理新先生卻發現「上古漢語的趨向動詞往往有一個同根動詞存在，而這一個同根動詞卻是一個帶受事賓語的及物動詞。它們彼此之間的語音差別僅在於 *g-前綴和 *r-前綴的不同。趨向動詞帶 *g-前綴而同根動詞帶 *r-前綴。」〔註66〕金理新先生同樣舉「至：致」、「出：黜」爲例，認爲「至」（到也）是一個主體能作的不及物動詞，因而是一個施事動詞，而「致」（至也）則是一個明確受事對象的及物動詞，因而是受事動詞；「出」（自內而外）的主體是一個施事者，而「黜」（貶下）的主體則是一個受事者，兩者是施事動詞和受事動詞的關係：

施事動詞	受事動詞
至 *g-tid-s（到）	致 *r-tid-s（致）
出 *g-thud（自內而外）	黜 *r-thud（貶下）

這樣看來，龔煌城先生所說的他動詞前綴 *r-應該是一個受事動詞而非致使動詞的標記，與施事動詞前綴 *g-相配的是受事動詞前綴 *r-。

上古漢語的趨向動詞往往帶有不同的前綴，同一個動詞詞根帶上相對的兩個前綴後分別成爲施事的動詞和受事的動詞，兩者的差別只在於前者帶 *g-前

〔註65〕龔煌城〈從漢藏語的比較看上古漢語的詞頭問題〉，頁 167～168。
〔註66〕金理新《上古漢語形態研究》，頁 184～185。

綴，而後者帶*r-前綴，如上文中所舉的「至：致」、「出：黜」。

（二）前綴*r-的名謂化功能

　　*r-前綴除了是一個受事動詞前綴外，它還具有將名詞轉變爲動詞的功能，例如：

　　田，《廣韻》徒年切，定紐眞部。《說文‧田部》：「田，敶也。樹穀曰田。象形。口十，千百之制也。」段注：「各本作陳，今正。敶者，列也。田與敶古音皆陳，故以疊韻爲訓，取其敶列之整齊謂之田。凡言田田者，即陳陳相因也，陳陳當作敶敶。陳敬仲之後爲田氏，田即陳字，假田爲陳也。」

　　陳，《廣韻》直珍切，澄紐眞部。《說文‧阜部》：「陳，宛丘也。舜後嬀滿之所封。从阜从木，申聲。」段注：「毛傳譜曰：『陳者，大皞虙戲氏之墟。』……大皞之虛，《正字俗》假爲敶列之敶，陳行而敶廢矣。」田、陳可構成一個如下詞族：

>　　田　　*din：陳列＋田地（名詞）
>　　陳　　*r-din：陳列（動詞）

很明顯，詞根「田」*din 本爲名詞，加上*r-前綴之後就轉變爲動詞「陳」*r-din，可見　*r-是一個具有名謂化功能的構詞前綴。單就這一「名謂化」功能看來，上古漢語*r-前綴和*s -前綴功能相同，但兩者語法意義並不完全等同。它們彼此之間最爲明顯的差別是，名詞附加*s-前綴可以構成「動詞」或「形容詞」，而附加*r-前綴的則不能構成形容詞而只能構成「動詞」。

五、上古漢語前綴*m-

　　詞根相同而詞綴不同可以構成諧聲關係，詞綴相同而詞根不同則不可以構成諧聲關係。通過諧聲字的分析，可以發現上古漢語有哪些詞綴，也正因爲諧聲要求詞根相同而不要求詞綴也相同，同一個聲符的諧聲字所記錄的詞語，往往由於上古所帶的詞綴不同，演變自然也不盡相同，因而在《切韻》、《廣韻》中往往不同音。諧聲系統中，鼻音與非鼻音之間，尤其是「同部位」輔音聲母之間往往構成廣泛且有規律的諧聲關係。陸志韋〔註67〕、嚴學宭、尉遲治平〔註68〕等先生則認爲這些和同部位塞輔音諧聲的鼻音聲母上古漢語爲

〔註67〕陸志韋《陸志韋語言學著作集》（北京：中華書局，1985 年 5 月），255 頁。

〔註68〕嚴學宭、尉遲治平〈漢語“鼻－塞”複輔音聲母的模式與流變〉，《音韻學研究》

帶鼻冠音的複聲母，如同苗瑤語、藏緬語等中的鼻冠音。然而，同源語言中有鼻冠音的語言，通過學者的比較發現，其鼻冠音事實上是後起的，本來也來自前綴，這些鼻冠音實際上是發展過程中的產物，它們來自上古漢語的鼻音*m-前綴，這個鼻音*m-前綴由於受到後面塞輔音聲母的影響，遂演變成同部位的鼻冠音。

因此，跟古藏語一樣，上古漢語也有一個鼻音前綴*m-，它的語法功能有以下幾點：

（一）前綴*m-的動轉化功能

沃爾芬登（Stuart N. Wolfenden）認為，在藏緬語中 m-前綴是一個動轉化前綴，這個 m-前綴附加在動詞或形容詞之前使此動詞或形容詞改變詞性而成為名詞。〔註69〕沃爾芬登的這一觀點得到本尼迪克特（K.P Benedict，1984）、謝飛〔註70〕等學者的支持。俞敏（1984）發現上古漢語的*m-也是一個動轉化前綴，由動詞附加*m-前綴構成名詞，而且*m-前綴可以出現在任何輔音聲母前面。

王力先生曾指出：「《孟子·離婁上》：『既不能令，又不受命。』『令』字一般作動詞，『命』字一般作名詞。注釋家於特殊清況則加注，如《書·說命》的『稟令』，『令』作為名詞，《呂氏春秋》的『命田舍東郊』，『命』用作動詞，則加注。其他注解往往類此。」〔註71〕不然如此「命」與「令」在古文字中往往還是一個字；所以兩者可以構成以下的詞族關係：

命　*riŋ-s：命令（動詞）

令　*m-riŋ-s：命令（動詞）

附加*m-詞綴與不加*m-詞綴有何不同呢？朱熹《四書集註》對於《孟子》的「既不能令，又不受命」是這樣解釋的：

令，出令使人也。受命，聽命於人也。

第二輯（北京：中華書局，1986 年 7 月）。

〔註69〕沃爾芬登（Stuart N. Wolfenden），1929 *"Outline of Tibet-Burman linguistic Morphology"*, The Royal. Asiatic Society.

〔註70〕Rober Shafer, 1974, *Introduction to Sino- TibetanOtto Harrassowitz.*

〔註71〕王力《同源字典》，頁 329。

蔣伯潛《廣解》說：

> 「不能令」，謂齊已衰弱，不能命令諸侯。「不受命」，謂不肯受吳之
> 命令。

這裡可以看出，「令」是命令，是動詞；「命」是吳王之命，是名詞。可見*m-是具有動轉化功能的構詞前綴。又如：

樂　*lɯg：喜樂，《廣韻》盧各切，動詞。

　　*m-lɯg：音樂，《廣韻》五角切，名詞。

讀「盧各切」的「樂」本爲動詞，本義爲喜樂，後附加了*m-前綴之後則成爲名詞的「音樂」，讀成「五角切」。

（二）前綴*m-表生命名詞

生命體名詞在藏緬語中附加鼻音*m-前綴是極其普遍的語言現象，比如藏語。〔註72〕藏語中的生命體名詞尤其是肢體名詞附加前綴*m-最爲普遍，對此沃爾芬登（Stuart N. Wolfenden，1929）、本尼迪克特（K.P Benedict，1984）、馬提索夫（2003）都有討論過。例如：

（1）眼，《廣韻》五限切，*m-klɯn-ɦ

《說文》：「目也，從目艮聲。」《廣雅》：「目謂之眼。」眼字從艮聲，而艮《切韻》見母。《釋名》：「眼，限也。」用「限」來訓「眼」，可見眼跟限音本可相通。《考工記·輪人》：「望其轂，欲其眼也。」鄭玄注引鄭司農云：「眼讀如現切之限。」「眼」就是「限」，而《切韻》中限爲匣母。

（2）齦，《廣韻》語斤切，*m-kɯn

《說文》：「齒本也，從齒斤聲。」斤，《切韻》見母。齦齦，《漢書·地理誌》注：「分辨之意。」《史記·魯周公世家》集解：「齦，魚斤反，東州語也。」《爾雅》：「明明，斤斤，察也。」「齦齦」其實就是「斤斤」。

承認並接受上古漢語同時擁有原生複聲母與形態變化，對於古音研究絕對是有幫助的，因爲傳統的古音研究已經習慣中古的構擬形式往上推，中古有什麼，上古就應該有什麼，否則很難交代中古的形式是如何出現的。甚至只要能夠解釋上古漢語的諧聲關係、通假行爲等就感到滿足，並不要求所構擬出來的

〔註72〕金理新《上古漢語音系》，頁286～287。

古音系統或個別音值除了合理之外是否更能接近於眞實,雖然突顯了方法的嚴謹與成果的可信,卻也是傳統古音學美中不足之處。而上古漢語複聲母與詞綴形態的研究,正好可以彌補這一項缺陷的不足,它讓古音研究有一個可靠的起點,由複聲母與詞綴之形態與功能的展示,進行古音系統的修正,同時也是對前賢所做出的努力給予定和支持。

借助漢藏語的比較,不但漢藏語的同源詞足得以建立,甚至還可以進一步分析出它們的前綴形態。而本文參照古藏語、緬語、彝語、苗瑤語、侗台語等的詞綴形態,以瞭解詞綴的組合方式及其派生功能。這樣,在構擬上古漢語的詞綴形態時,就有了可靠的內部與外部根據,而免於虛浮不實。遺憾的是,到目前爲止,上古詞綴的研究還很有限,想要取得豐碩的成果並得到學界的普遍認同,恐怕還有一段路要走。

第六章 結 論

　　回顧前文，我們觀察了世界上其他不同於漢藏語系之語言殘留的複聲母痕跡，如：印歐語系中的希臘語、梵語、拉丁語、原始印歐語，並由「語言普遍性」的角度切入看待上述印歐語系複聲母之結合系統問題。由於歷史語言學長足的發展，印歐語關於複聲母的記錄要比漢語詳實的多，因此借著觀察印歐語系及其它語系複聲母結構與系統共性的情況，可以使我們在上古漢語複聲母系統性研究上獲得一些啟發。

　　其次，在本文的研究中，特別重視親屬語。它們是今天用以查證古漢語複聲母的活材料。而本文第三章所觀察之親屬語如藏語、彝語、基諾語、野雞坡苗語、臘乙坪苗語、水語、泰語等語言複聲母的現存狀態，並且歸納其類型與分析該語言複聲母結合的規律、組成之方式，企圖總結親屬語複聲母系統之結構與共性。

　　第四章中，我們將前文所得之結論套用到上古漢語中。眾所皆知，語言是具有普遍性的，大體上說來人類的發音器官——口腔所能發出的聲音也具有普遍性。同樣地，上古漢語的複聲母系統除了本身的特殊性之外也具有這樣的普遍性。於是本章中對李方桂、龔煌城、鄭張尚芳、潘悟云、金理新等先生們所構擬的複聲母系統作一比較，檢視這些被構擬出來的複聲母是否符合語音結合的規律與原則，而它們所組成的複聲母系統是否具有語言的系統性與普遍性。此外，在本章最後部份則利用觀察親屬語及印歐語系複聲母所得出之結論來檢

視目前學者們對於苗瑤語、侗台語擬構出的複聲母系統，看看這樣的構擬是否符合語言的一般性、音位的對稱性與系統性，能否與歷史的音韻演變吻合。

由於上古漢語除了有複聲母之外，亦具有詞綴的形態及語法功能。學界對於上古漢語的形態與詞綴也取得了一定的成就，因而在本文第五章中對學者們所提出之上古漢語前綴作系統性的整理、分析。此外，甚至嘗試對學者們所提出的前綴進行了檢討，期望透過語義的比較分析，進一步探討它們的語法功能，指出附加哪一種前綴，就會出現哪一種功能的轉換。

最後在本章中，前半部分我們總結本文所提出之若干構擬古漢語複聲母原則與針對上古漢語的複聲母系統與輔音群的類型、來源以及結合規律提出說明。而最後一部分，我們則將針對上古漢語複聲母系統與結構研究的未來展望提出些許看法。

一、應重視輔音的系統性與對稱性

在語言的結構層面中，語音結構的系統性最爲明顯。而語音系統的最小單位是音位。音位由一束區別特徵構成，有某一共同區別特徵的音位可以構成一個聚合群，例如國語的「p、ph、m」可以構成一個「雙唇」聚合群。聚合群是音系結構的基礎，在聚合群中，各個單位互相處於對立關係中，每一個單位的價值主要取決於它與其他單位的關係。

簡單來說也就是一套音位總得成一個簡單整齊的系統。「系統性」是語音的一個基本性質，例如國語有「ts、tsh、s」、「tʂ、tʂh、ʂ」、「tɕ、tɕh、ɕ」三組塞擦音和擦音，它們構成「不送氣－送氣－清擦」的整齊局面。大多數語言有 p 往往就有 t 和 k 和它相配，有 b 就有 d 和 g 和它相配，而這就是輔音系統的「對稱性」。複聲母也一樣，例如：英文有 sp-就有 st-和 sk-相配。我們擬定上古有 kr-複聲母，同時也考慮 pr-和 tr-的可能性。同樣地，如果擬定ʔt-複聲母而不能發現其他帶ʔ-複聲母的痕跡，那麼這個擬音就很可疑了。又比方在日本音裡頭，有 a、i、u、e、o 五個母音，輔音有 kh、t、s，在理論上配起來應有〔kha，khi，khu，khe，kho〕，〔sa，si，su，se，so〕，〔ta，ti，tu，te，to〕。但事實不然，它沒有〔si〕沒有〔ti〕沒有〔tu〕。如果把〔ɕi〕規定在〔si〕裡頭，在音位上說裡來，認爲它是／si／，把〔tsu〕認爲音位上的／tu／，這樣對補的拼起來結果就滿足了「簡單整齊」的系統條件了。

　　語音系統的另一個特點是它的對稱性，意即一個音位包含有幾個區別特徵，就可以同時包含在幾個不同的聚合群中。比方說國語中的／p／音位同時處於兩個聚合群中；按發音部位，它屬於「雙唇」這一個聚合群；按照「發音方法」它則是「不送氣塞音」聚合群〔p，t，k〕的成員：

$$
\begin{array}{ccc}
p & t & k \\
ph & 0 & 0 \\
m & 0 & 0
\end{array}
$$

　　直行是「雙唇」聚合群，橫行是「不送氣塞音」的聚合，／p／處於雙向（發音部位和發音方法）聚合中，而處於這種聚合群中的音位，結構上具有對稱性的特點：／p／的「雙唇」聚合群既然有送氣塞音／ph／、鼻音／m／與之對立，那麼／t／、／k／兩行定也會有對應的送氣塞音／th／、／kh／、鼻音／n／、／ŋ／與之對立，相互間呈現平行的、對稱的系統。這樣上表中的「0」就可以用／th／、／n／和／kh／、／ŋ／去填補，成為：

$$
\begin{array}{ccc}
p & t & k \\
ph & th & kh \\
m & n & ŋ
\end{array}
$$

縱行與縱行平行、對稱，橫行與橫行平行、對稱。聚合群之間的這種平行、對稱的特點是音位結構系統的具體表現。我們知道聚合群中某個音位的特點，也就可以據此推知與它處於同一個聚合群中的其他音位的特點了。如果，在這種對立——對稱的結構中缺了一個成員，那就構成結構的空格（slot）可以成為觀察音變的一個窗口。

　　由上述我們知道音位總得成一個「簡單整齊」的系統，不過為了整齊簡單也不能做得太過份，語言究竟是一個社會自然發展的現象，社會特別常常有很複雜的情形，所以如果事實比理論複雜——如果事實並不規則，那麼就不能夠削足適履，把事實硬放在太整齊簡單的框架中。換言之，音系中的單向對立和雙向對立的相互轉化似乎應該要建立起一種裡想的、對稱的、內部和諧一致的音系，但是實際情況卻不盡如此，音系中總有一些不對稱的現象，破壞了結構的系統性，而這種破壞在語音的演變中卻有重要作用。

　　故此，當我們在擬構上古漢語複聲母時，就必須注意到語音系統的「對稱

性」與「系統性」。那麼，若碰到有例外的狀況發生，基於音位的「系統性」與「對稱性」，我們認爲那應該是「條件音變」所導致，而這樣的輔音叢就應該是在某些特殊的條件下演變所產生，絕非其原始面貌。

二、複輔音系統應以單輔音系統爲基礎

我們知道一套音位總得成一個簡單整齊的系統，單聲母系統如此，複聲母系統當然也不例外。一個語言的單聲母系統有多少個音位，按「音理」說來，就可能會有多少個單聲母所構成的複聲母。例如：在原始印歐語中有單聲母 s、b、bh、t、d、dh、l、k 等音，按照音理則應有 sb-、sbh-、st-、sd-、sdh-、sl-、sk-等複聲母；而古漢語有單聲母 s、b、t、th、d、l、k、kh 等音，依理應有 sb-、st-、sth-、sd-、sl-、sk-、skh-等複聲母。從上述例子中我們可以看出原始印歐語與上古漢語單聲母系統皆有清、濁對立；這理不同的是原始印歐語濁塞音有送氣與不送氣之對立，而上古漢語的濁塞音則無送氣與不送氣的對立。因此在原始印歐語中我們可以看到 sdh-、sbh-、sgh-等清擦音 s 加上送氣濁塞音的複聲母類型，而在古漢語裡頭我們卻找不著 sdh-、sbh-、sgh-等 s 加上等送氣濁塞音類型的輔音叢。由此可知複聲母系統的音位區別與該音系語音特點皆與該語言之單聲母系統相同，萬一有不同的情況發生，基於音位的「系統性」與「對稱性」，我們認爲那應該是條件音變所導致，而這樣的輔音叢應該是在特定條件下演變而生，絕非其原始面貌。例如：從拉達克方言裡，前置輔音 s 因受基本輔音清濁影響而分化爲 s-和 z-的例子。〔註1〕讓我們確信古藏語複聲母輔音叢中的前置輔音 s-因爲受後面基本輔音的影響而有 s 與 z 的變體，因此我們認爲複聲母 zbj-並不是它原始的面貌，而是由更早期的複聲母 sbj-演化而來。

又如在本文第三章與第四章中提及根據親屬語史研究顯示「塞擦音」聲母多屬後起，原始漢藏語是沒有塞擦音的，塞擦音是原始漢藏語分化以後陸續產生的語音現象。〔註2〕此外，本文第四章中我們亦從藏緬語各語言同源詞的對比

〔註1〕 馬學良主編《漢藏語概論》，頁 125。

〔註2〕 孫宏開〈原始漢藏語輔音系統中的一些問題——關於原始漢藏語音節結構構擬的理念思考之二〉，《民族語文》2001 年第 1 期。

情況，參照藏文、緬甸文等歷史文獻，初步發現中古時期藏緬語的塞擦音是較少的，或者說是沒有，它是在長期的歷史演變過程中才逐漸發展起來。〔註3〕

又比如說，從親屬語觀察，我們發現小舌音在羌語支語言分布比較廣泛，它與舌根部位的塞音是對立的不同音位。再者，這些小舌音語苗瑤語族、侗台語族部分語言中的小舌音也有一定的對應關係。〔註4〕況且，七世紀的古藏文和十一世紀的緬甸碑文，都是拼音文字，但都沒有小舌音的遺跡，藏緬語族部分帶小舌音的詞，不僅藏緬語族內部是同源的，某些漢語也有同源關係，如果說藏緬語族部分語言中的小舌音是歷史的遺留，這就意味著上古漢藏語也應該有小舌音。〔註5〕同時，李永燧先生《漢語古有小舌音》〔註6〕與潘悟云先生〈喉音考〉兩文中，〔註7〕旁徵博引，證明上古漢語存在小舌音。發現漢語中的舌根音既和苗語中的舌根音相關，也和苗語中的小舌音相關，並認為從苗語語音演變的過程看，小舌音要比舌根音古老。不論是漢語和苗語的關係詞是同源還是借貸，都證明古漢語有小舌音，漢語現在沒有小舌音是因為「早在漢語和苗語與分化為不同語言時，漢語的小舌塞音已經演化為舌根塞音了。」

擬構複輔音聲母的原則裡，其中一項則是「複輔音系統須以單輔音系統為基礎」，由於我們認為上古漢語應具有小舌音，而以單聲母系統為基礎的複聲母系統也應具有小舌音所構成的輔音群才是。同樣地，正因複輔音系統以單輔音系統為基礎，所以上古漢語會有帶小舌音的複聲母而不會有帶塞擦音的複聲母。是故，當我們在擬構上古漢語複聲母時，應當同時顧及上古漢語的單輔音之音位系統與特性，才不會構擬出一個單、複輔音聲母相互矛盾的奇怪語言。

三、「響度原則」影響輔音群的類型

人們發現，音節結構以及音節化（syllabification）過程，與語音的音響度有直接關係。一個音節中，音節開頭的音響低，主要元音音響高，而韻尾音

〔註3〕孫宏開編《藏緬語語音和詞彙》，頁20。

〔註4〕孫宏開編《藏緬語語音和詞彙》，頁30。

〔註5〕孫宏開編《藏緬語語音和詞彙》，頁30。

〔註6〕李永燧〈漢語古有小舌音〉，《中國語文》1990年第3期。

〔註7〕潘悟云〈喉音考〉，《民族語文》1997年第5期。

響低，這是音節的最主要規範，也就是一個音節裡的響度必須是先升後降。因此，若將音節可以分成兩部分，以主要元音為分界線，前半部份音響度上升，後半部分音響度下降。

舉例來說，三合複聲母位於音節的前半部份，想當然爾響度必須是漸次升高的，那麼聲母輔音叢中的最後一個音素就勢必得是一個響度僅次於元音的輔音，而流音 r、l 自然是不二的選擇，因此基於「響度原則」在三合複輔音中輔音叢中最後一個音素只能是流音 r 或 l，而不能是其他的輔音。又如 Kn-型複聲母起首為舌根塞輔音，根據上述音節化過程與響度原則之關係，K 後面只能接響度大於舌根塞輔音的非元音音素才能組成複聲母，然而這個音又不能是流音，否則就成了 KL-型複聲母，因此鼻音是不二的人選，這也就是 Kn-型複聲母何以可能的原因之一。

四、「發音機制」影響輔音間的結合與演變

輔音群的結合除了由「音節」角度切入思考之外，我們還可以從人類一口原則下的「發音機制」來談。語音是發音器官以一定方式協同動作的結果，這種協同動作就是我們所謂的「發音習慣」，而語音的變化往往就是這種發音習慣的變化。發音器官各部分的協同由於受到一些生理條件的限制，其協同發音的能力是不一樣的，有些強，有些弱，而破壞音系結構的對稱性特點的恐怕與這種發音的生理能力的不平衡、不對稱有關。發音的生理能力的不平衡性與不對稱性的表現是從語言現象中概括出來的，大多是一種「量」的統計，而不是質的規定。這意味著，有些發音器官的協同動作比較「易」，而有些則比較「難」，但是「難」並不等於「不能」。所以發音的生理能力盡管有這種「難」與「易」的不平衡性和不對稱性，但仍有可能在高低前後和語音組合方面建立起大體上的平衡。這表示，音系的結構雖然以雙向對立和單向對立的音位為主流，具有對稱性的特點，但卻是以發音的生理能力為基礎的。也由於語系結構的平衡、對稱性的要求，音系中可能會出現一些比較「難」的發音器官的協同配合，在語言的發展上，如果要避「難」就「易」，或使「難」變「易」，那麼音系就會發生變化，使得音位的聚合關係或組合關係 的結構對稱性發生一些調整，而人類「發音機制」這樣的特性同樣也是影響複聲母

結合與演變的重要因素之一。

例如：輔音叢長度越長，輔音因素之間協同發音作用限制也就越多，因此數量跟種類也越少。我們在第四章中曾提及學者對於上古漢語複聲母系統極少觸及三合複輔音，亦不見四合複輔音。而這樣的現象也見於本文所觀察之親屬語中，在這些語言中三合複輔音占少數，同樣也不見四合複輔音。

又如：舌根音起首之複聲母，舌根塞輔音後按「響度原則」可接的有鼻音有雙唇鼻音與舌尖鼻音兩個，然而事實上複聲母 gn-存在而 km-、gm-卻不存在？我們認為這與雙唇鼻音的發音機制有關。眾所皆知，發雙唇鼻音時舌體是平放的，並無其他協調動作牽連其中，這意味著發唇音時舌體是靜止狀態的，這種靜止狀態使它傾向於「一次動作」而不利於前後來回的「連鎖動作」。相反地，舌尖發音舌體處於活動狀態，在發完聲母後再接上元音的調度上比唇音更方便，而這也是何以 Kn-型複聲母存在而 Km-型複聲母不存在的原因。

又「聲門的壓差」與「氣流上升速度」是造成複聲母 kn-比複聲母 gn-較廣泛地在英語裡維持不變的關鍵。複聲母 kn-比複聲母 gn-兩者間有如此不同演變的原因在於舌根清塞音 k 和舌根濁塞音 g 發音時。濁音靠聲帶顫動與肺部呼出之氣流在聲門造成的壓差而發聲，同時發濁音時氣流上升速度慢，一般說來發清輔音時氣流上升速度較濁輔音快。複聲母 kn-由舌根清塞音 k 與帶濁音成份之舌尖鼻 n 音所構成，這兩個輔音在發音時氣流上升速度並不一致，前者快而後者慢。因為發音時氣流上升速度的不一致，造成輔音叢 kn-彼此間的結合較不穩定，反觀複聲母 gn-，g 與 n 兩者皆是屬濁音性質，發聲時氣流上升速度一致，輔音叢 gn-間結合情況亦較 kn-穩定，因而在現代英語中，複聲母 gn-才能較廣泛地維持不變，而複聲母 kn-則大多消失了。

五、上古漢語複聲母類型與結合規律

（一）古漢語具有的輔音群的類型

在這一小節當中我們將討論的是上古漢語複輔音的類型。首先，我們得在「複聲母以單聲母系統為基礎」的原則上來談。在這之前，我們必須確認上古漢語的單聲母系統具有哪些輔音。若以發音部位來看，我們認為上古漢語具有雙唇音 P、舌尖音 T、舌根音 K 等發音部位的輔音外，還同時具有小舌音。

關於小舌音的存在，上文中以論及李永燧先生在《漢語古有小舌音》與潘悟云先生在〈喉音考〉分別比較了漢語和侗台、苗瑤、藏緬等語族之民族語言中小舌音的資料，還引用了古代譯音資料（包含漢代借詞與西域譯音）和諧聲資料等，證明上古漢語存在小舌音，也因此本文傾向於在上古漢語裡也應該構擬小舌音，只是後來在演化的過程中部分語言保留小舌音，而部分語言分化為舌根音和喉音。還記得我們在本章中第一節曾論及構擬複輔音聲母的幾個原則，其中一項則是「複輔音系統須以單輔音系統為基礎」，基於於此我們認為上古漢語應具有小舌音，而以單聲母系統為基礎的複聲母系統也應具有小舌音所構成的輔音群才是。

至於，上古漢語到底存不存在著塞擦音呢？我們認為原始漢藏語是沒有塞擦音的，塞擦音是原始漢藏語分化以後陸續產生的語音現象。張均如先生《壯侗語族塞擦音的產生和發展》（1983）、孫宏開先生編《藏緬語音和詞彙》（1991）及其〈原始漢藏語系統中的一些問題——關於原始漢藏語音節結構構擬的理念思考之二〉（2001）都主張：原始漢藏語是沒有塞擦音的。

鄭張尚芳更主張苗瑤語族、侗台語族，甚至藏緬語族的塞擦音都是後起的，而三者與上古漢語對應的同源詞多數讀為擦音。〔註8〕同時，鄭張尚芳先生還指出：「在結構較古老的和藏語言中，墊音 r、l 一般只在 k、p 類和擦音 s、z 後出現，而不在 t 類塞音和 ts 類塞擦音後出現。如果出現在後者，一般是後起的。」〔註9〕基於以上原因，我們認為上古漢語不存在塞擦音，那麼這也代表了我們在早期的上古漢語複聲母系統中將不會看見帶有塞擦音複輔音聲母。

再來，我們要討論的是上古漢語輔音叢的長度。古藏文中的唯二的四複合複聲母 bskr-、bsgr-經筆者證實為「前綴＋基本聲母」而非單純的複輔音聲母；野雞坡苗語的 mʔpl-、mʔphl-、mʔpz-、ŋʔql-四個複聲母，這類的帶鼻冠喉塞音四合複聲母在結構上幾乎全為「鼻冠喉塞三合複聲母＋流音 l」。而我們又發現這些帶鼻冠喉塞音複聲母單讀時，輔音叢中的鼻冠音和喉塞音往往不出現，成為單純的塞音聲母，而當它位於第二音節，而第一音節又沒有鼻音韻尾時，鼻冠音就移作第一音節的鼻音韻尾，這些現象是說明了此類鼻冠喉塞音複聲母其

〔註 8〕鄭張尚芳《上古音系》，頁 93～97。

〔註 9〕鄭張尚芳《上古音系》，頁 93。

實是條件音變的結果，因此野雞坡苗語中所謂的鼻冠喉塞三合複聲母其實只是單純的塞音聲母，而帶鼻冠喉塞音四合複聲母 mʔpl-、mʔphl-、ŋʔql-實際上是「單純的塞音聲母＋流音 1」型式。換言之，這類鼻冠喉塞四合複聲真面目應是帶流音-l-的二合輔聲母，而非所謂的四合複輔音。如此，本文中所觀察親屬語皆不具四合複聲母。我們以為親屬語中存在之少數四合複輔音的現象是否暗示著：上古漢語其實是不存在著四合複輔音呢？我們這個問題值得未來繼續深入探討。

（二）古漢語輔音群的結合規律

還記得我們曾在本文第二章及第三章中觀察了印歐語系之希臘語、梵語、拉丁語與藏語、彝語、基諾語、野雞坡苗語、臘乙坪苗語、水語、泰語等親屬語現存之複聲母概況；而在第五章中則介紹了上古漢語可能擁有的前綴。現在我們將由實際語言裡所觀察到的複聲母狀況以及語言普遍性與人類發音的一口原則來印證上古漢語的複聲母與詞頭問題，而這也使我們發現到上古漢語應具有帶清擦音 s-、帶喉擦音 ɦ-；帶塞音 g-、ʔ-；帶鼻音以及 CL-型等類型之複聲母的存在，而在下文中，我們將對上述類型複聲母輔音搭配與結合規律提出說明。

1、擦音起首之輔音群的結合規律
（1）清擦音 s 起首之輔音群

由觀察親屬語及印歐語，我們發現舌尖清擦音 s-幾乎可與除了擦音、塞擦音之外的所有輔音結合。而這類以清擦音 s-起首的複聲母實際上就是帶*s 前綴的輔音叢詞頭凝固而來，即「*s-前綴＋單輔音」或「*s-前綴＋複輔音」這樣的輔音叢而來，只是後來*s-前綴與單輔音或複輔音融合在一起後，才變成了我們今天所謂的以清擦音 s-起首的複聲母。不過，是不是今日我們所見之 s 起首的輔音群全由「*s-前綴＋單輔音」或「*s-前綴＋複輔音」形式而來呢？這個答案是否定的，例如：從諧聲字族來看，我們似乎不能否定上古漢語確實存在像*sb-這樣的複聲母類型。潘悟云先生提及與唇塞音諧聲的精、莊組字，他舉「自」、「鼻」諧聲證明上古有複聲母*sb->dz。

> 「自」為「鼻」之初文，原來應有*bl̆its 和 sbl̆its 兩種形式，北京話
> 和吳語等方言有入聲來源，好像來自*bl̆it，蒲氏認為可與藏文的 sbrid

打鼾比較。第一個讀音發展為中古的並母至韻，第二個發展為中古的
從母至韻。第二個讀音還借用作意義為「從……」的介詞。後來「自」
的鼻義失去了第二個讀音，為了跟介詞的「自」相區別，在「自」
的下邊加了與鼻子的讀音更近的聲「畀」。〔註10〕

　　由發音方法與部位來看，s 屬舌尖清擦音，在「異化作用」的前提下，s 後
面基本上不與發音方法近似的「塞擦音」、「擦音」結合成複聲母，而卻能夠與
發音部位相同的「舌尖音」結合，我們認為這與 s 的發音機制有關。當 s 發音
時，舌尖或者舌葉抵住上齒齦顫動，這兩個器官彼此靠近，形成狹窄的通道，
氣流通過時造成湍流發生摩擦，發出聲音。換言之，清擦音 s 發音的過程中只
有「成阻」與「持阻」的步驟而沒有除阻的步驟，也可以說既是持阻又是除阻，
因此當後面接除了擦音之外的輔音，發音器官只需要再做一次除阻的步驟就可
以發聲，相形之下比發兩個都得經過「成阻→持阻→除阻」步驟才發得出來的
輔音輕鬆許多，故清擦音 s-可與除了擦音之外的任何輔音組成複聲母。

　　接著，我們由系統性與對稱性角度觀察前綴 s 與輔音結合的情況：

　　（a）s 起首之二合複輔音聲母的組合限制

　　在印歐語系的希臘語、梵語、拉丁語可見 sb-、sbh-、sp-、st-、sd-、sn-、
sm-、sk-……等；目前親屬語中藏語尚有 sb-、sp-、sph、st-、sk-、sg-、sn-、sm-……
等複聲母，而在現在彝語、基諾語、野雞坡苗語、臘乙坪苗語、水語、泰語等
親屬語中則幾乎消失殆盡。而這類 sC-型複聲母，由「音理」上來看，s 可與除
了擦音、塞擦音之外的所有輔音結合，即 s 後可與雙唇音 P、舌尖音 T、舌根
音 K 與小舌音組成二合複輔音。由發音方法看來清擦音 s 不與發音方法相近的
擦音、塞擦音結合；由發音部位看來，舌尖音 s 則可與同是舌尖流音的 r、l 結
合，同時更可以與舌尖音塞音 t、th、d 及鼻音 n 結合。而這裡令我們感到疑惑
的是：在「異化作用」的影響之下，同是舌尖音的 s 竟然能夠與 t、th、d、n
等音結合成複聲母，為什麼呢？從發音部位來看，s 與 t、th、d、n 雖然都屬舌
尖音，不過仔細區分它們仍有差異。發 s 音時，是舌前與齒齦接觸，而發 t、th、
d 等音時則是「舌尖」與齒齦發生接觸，因此實際上 s-與 t、th、d 的發音部位
是並不盡相同的，也因為這個原因 s-能與同是舌尖音的 t、th、d 構成以 s 開頭

〔註10〕潘悟云《漢語歷史音韻學》，頁314。

的複聲母。

（b）s 起首之三合複輔音聲母的結合限制

s 起首之三合複輔音聲母即 sCl-型與 sCr 型複聲母。此處，我們要解釋的是：爲什麼帶 s 前綴的三合複輔音最後一個音素只能是流音 r 或 l 呢？

我們三合複輔音聲母裡，輔音組成的順序則爲「s＋塞音＋流音」，輔音叢最音素不是 r 就是 l。在音節結構以及音節化的過程中，與語音的音響度有直接關係，這更是與「響度原則」密切相關。一個音節，音響度是「低－高－低」這麼一個形狀；起首音響低，主要元音音響高，韻尾音響低，這是音節的最主要規範條件，也就是音節的響度必須是先升後降。元音響度大於介音，介音響度大於流音，流音響度又大於鼻音，而輔音響度最小。因此，音節可以分成兩部分，以主要母音爲分界線，前半部份音響度上升，後半部分音響度下降。

換句話說，起首音響低，主要母音音響高，韻尾音響低，這也是音節的最主要規範條件；簡言之，音節的響度必須是先升後降。倘若我們以主要元音爲分界線，將音節分成兩部分，會發現音節前半部份音響度上升，而後半部分音響度下降。而三合複聲母輔音叢恰好處於音節中前半部分，響度又必須由音首向主要母音漸次升高，在這樣的條件限制之下，輔音叢的最後一個音素就必需是一個響度大的輔音，而流音 r、l 的響度僅次於介音與母音，自然是不二的選擇，因此在三合複輔音中輔音叢中最後一個音素只能是流音 r 或 l，而不能是其他的輔音。

（2）濁擦音 ɦ 起首的輔音群

這類的複聲母在本文所觀察的彝語、基諾語、野雞坡苗語、臘乙坪苗語、水語、泰語等親屬語與希臘語、梵語、拉丁語等印歐語言中反映薄弱，僅在古藏語中見其痕跡。

目前些學者認爲藏語中位於基輔音之前的輔音 ɦ-更早的時期爲鼻音 *N-，如張琨、龔煌城先生等人，他們主要的依據是藏語帶這種輔音 ɦ-的語詞在現代藏緬語族的一些語言以及一些現代藏語方言中往往表現爲帶鼻冠音。然而，這個前加字 ɦ-在藏文中卻有三種不同讀音：在單讀作聲母時讀 ɦ 或不發音，如 ɦog「光」，拉薩話讀 ɦoʔ[12]，夏河話讀 ol；在作韻尾時不發音，如 dgaɦ「喜歡」，拉薩話讀 ka[12]；在作前置輔音時，除了已經沒有複輔音的藏語方言外，有複輔

音的語音和基字的語音基本是一致的，因此對於這個字母究竟讀什麼音，歷來看法則有不同，認為讀濁擦音是根據基字讀音，認為讀鼻音是參考方言，似乎都有道理，因而我們認為著實難以據此認定藏語這個 ɦ-更早期就是鼻冠音*N-〔註11〕。目前在藏語安多方言的拉卜楞話中還看的到帶 h-的 hC-型複聲母，在拉卜楞話中，濁塞音和濁塞擦音前往往帶有一個輕微的的濁送氣音 ɦ，這或許是古藏語*ɦ-前綴的遺留。〔註12〕

據此，我們認為上古漢語很可能也擁有這個前綴。從發音方法上來看，喉擦音 ɦ 實際上並無特別的發音方式，它的發音方式自成一格，並不屬於任何的發音方式類型的任何一種，於是我們認為影響 ɦ 與其他輔音結合為複聲母的限制在於後接輔音的「發音部位」而非發音方法。如此，我們可以推斷 ɦ 應可與發音部位為喉音以及靠近喉部的小舌音之外的其他輔音結合，例如：唇音、舌尖音、舌根音等等。

2、塞音起首之輔音群的結合規律與來源

（1）CL-型複聲母

流音-r-、-l-前可加唇音 P、舌尖音 T、舌根音 K、小舌音等構成複聲母。然而，引起我們注意的是：為何 TL-型複聲母（舌尖音＋流音）在「異化作用」的前提之下卻還能夠與同是舌尖音的流音結合？

放眼親屬語，舌尖塞音＋流音的 TL-型複聲母比起 KL-型或 PL-型少見，且擁有 TL-型複聲母之親屬語亦占親屬語的相對少數。此外，和上古漢語關係密切的在古藏語中也不見 TL-型複聲母的蹤跡，就連原始印歐語也不存在 TL-型的複聲母。鄭張尚芳先生就曾經主張上古漢語的知系二等 tr 與知系三等 trj-等形式的複聲母屬於上古晚期後起的形式。再者，就發音時「舌體高低」（tongue-body hierarchy）的七個層級看來，t／d 與 l 分別屬於第四級與第三級（舌體由低至高為 p＜n＜l＜t＜ts＜tʂ＜k）。這意味著發音時 t／d 與 l 舌體高低成度相當接近，加上 t／d 與 l 三個輔音又都是舌尖音，因同質性頗高而排斥不相結合。因此，本文認為 TL-型複聲母實際上是後起的，而非上古漢語的就存在原始複聲母形式。

〔註11〕金理新《上古漢語形態研究》，頁 262。

〔註12〕馬學良主編《漢藏語概論》，頁 169。

（2）舌根塞音與鼻音之 gn-型複聲母的結合規律

從本文第二章關於印歐語系複聲母的討論，我們知道在印歐語中有舌根塞音 k、g 與舌尖鼻音 n 組成 Kn-類型的輔音叢，藏語中也有 gn-型複聲母，例如：希臘語 gnōmōn「智者」、gnōme「格言」；藏語 gnam「天」、英語。巧合的是金理新先生在《上古漢語音系》書中，認為在上古漢語時期，泥母與日母詞根聲母相同，兩者的差別僅在於日母較泥母多了構詞前綴*g-，故此日母可構擬為複聲母*g-n。姑且不論前綴*g-在日母與泥母間扮演著怎樣的構詞功能，而從「語音」角度切入來看的話，舌根塞音 g 的確有與舌尖鼻音 n 構成複聲母的可能性。

眾所皆知，語言是具有普遍性的，大體上說來人類的發音器官——口腔所能發出的聲音也具有普遍性。同樣地，上古漢語的複聲母系統除了本身的特殊性之外也具有這樣的普遍性，即使在本文所觀察的古藏語、彝語、基諾語、野雞坡苗語、臘乙坪語、水語、泰語等親屬語中已不復見 gn-類型的輔音叢，我們相信上古漢語極可能也擁有這類型的複聲母。

接著談談關於輔音叢 gn-的結合規律，我們認為下列「異化作用」、「響度原則」、「舌體位置」三個因素影響了 gn-型複聲母的組成。

（a）「異化作用」的影響

語音變化的另一個方向是「強化」，而強化是為了增加音之間的差別。兩個音互相排斥的「異化作用」（dissimilation），目的就是為了辨義：唯恐原來的差別還不夠，再予以增強。〔註13〕這意味著輔音叢中相鄰的兩個輔音發音部位與發音方法不能相同或相近，例如：舌根音 g 後不與舌根音（k、g、gh）搭配，舌尖音 d 不出現在舌尖音（d、t、n、s）之前組成複聲母，雙唇音 b 也不出現在雙唇音（b、p、m）之前，舌尖音 T 不與流尖流音 l 構成 tl-與 dl-複聲母等等。

但為什麼輔音相鄰的兩個輔音發音部位與發音方法不能相同或相近，就相互排斥呢？第二章中筆者曾提及所謂的複聲母是一個詞位（morpheme）中的兩個或三個連續的聲母音位（phonemes），因此當我們發複聲母時，輔音叢中的每一個輔音彼此都不能間隔太長，否則聽起來就會像兩個（或以上）的音節。

〔註13〕何大安《聲韻學中的觀念和方法》（臺北：大安出版社，1993 年 8 月），92。

對於發音器官來說，在短時間內發出好幾個不同發音方法的輔音，的確是一項沉重的負擔。因此複聲母輔音結合必須得在異化作用的前提之下，否則無法結合成複聲母。而基於「異化作用」的影響，g 舌根塞音後只接「不同」發音部位的輔音。

（b）「響度原則」的影響

而我們除了從輔音的發音機制來看，還可以從音節角度著眼觀察 gn-型複聲母。由於一個音節中響度由聲母、主要母音至韻尾呈現「低－高－低」的曲線分布，又 gn-複聲母起首為舌根塞輔音（「母音＞介音＞流音＞鼻音＞輔音」）。根據響度原則，舌根塞音 g 後面只能接響度大於舌根塞輔音的非母音音素才能組成複輔音，然而這個音又不能是一般輔音與流音，否則就成了 gL-型複聲母，因此鼻音是不二的人選，這也就是 gn-型複聲母何以可能的原因之一。

（c）聲母舌體位置的影響

舌根音後可選擇的鼻音有雙唇鼻音與舌尖鼻音兩個，為什麼複聲母 gn-存在而 km-、gm-卻不存在？筆者認為這與雙唇鼻音的發音機制有關。眾所皆知，雙唇鼻音的發音舌體是平放的，並無協調動作牽連其中。換言之，發唇音時舌體是靜止狀態的，這種靜止狀態使它傾向於「一次動作」而不利於前後來回的「連鎖動作」。這表示發舌尖音時舌體處於活動狀態，在發完聲母後接元音的調度上比唇音更方便，而這也是何以 Kn-型複聲母存在而 Km-型複聲母不存在的原因之二。

基於上述幾項理由，我們認為上古漢語應具有 gn-型之複聲母，而這類複聲母極有可能是由「前綴＋基本聲母」凝固而來，即 *g-前綴加上詞根為舌尖鼻音 n 之輔音叢 *g-n-，後來因語音的演變而變為複聲母 gn-，而這類 gn-型複聲母又有兩條演變途徑。其一：舌根塞音 k 消失，保留鼻音聲母 n-，成為中古的鼻音聲母；其二，鼻音 n-消失而變成中古的舌根音聲母。

（3）喉塞音ʔ起首之輔音群的來源

在本文所觀察之親屬語中野雞坡苗語、侗台語族之泰語、水語都還看得到帶喉塞音的複聲母，如：雞坡苗語ʔmoŋ^A「痛」、ʔnen^A「蛇」、ʔnen^B「這」、ʔȵen^A「媳婦」、ʔȵen^B「哭」、ʔȵoŋ^A「住」、ʔlaŋ^A「個」、ʔlaŋ^A「短」、ʔlu^B「折

斷」；水語、ʔdan¹「腎」、ʔdaːi¹「好」、ʔdaːn¹「名字」、ʔna¹「厚」、ʔna³「臉」、ʔnam¹「黑」、ʔnja¹「河」、qam⁴ ʔn̩a³「雷公」。然而，在李方桂、龔煌城、鄭張尚芳、潘悟云、金理新等先生中，僅有鄭張尚芳先生爲上古漢語構擬了「ʔ冠音」。本文中我們認爲喉塞音起首之輔音叢並非原始形式，而是語音演變的結果。

潘悟云先生對喉塞音有過這樣一段敘述：

> 喉塞音聲母聽起來與其說是個塞音聲母，還不如說是一個零聲母。漢藏語專家在作語言記錄的時候，是把喉塞音聲母與零聲母同等對待。從語音學角度來說，一般塞音屬於發音作用（articulation），而喉塞音則屬於發聲作用（phonation）。發聲作用就是聲門狀態對語音音色的影響。各種語言發母音的時候聲門狀態是不太一樣的。有些語言在發一個母音的時候，習慣於先緊閉聲門，聲帶振動時伴隨著聲門的突然打開，在母音前會產生一個喉塞音。所以，喉塞音與其說是塞音，不如說是發一個母音的時候，聲門打開的一種特有方式，與耳語、氣聲一樣屬於一種發音作用。〔註14〕

由潘先生的對喉塞音的描述，我們可以知道喉塞音就聽覺上而言與零聲母幾乎相同。因此筆者認爲輔音叢起首之喉塞音爲前綴脫落前的最後階段，如：清海果洛藏族自治州的甘德話次濁基本輔音前的喉塞音即由古藏語不同的前置輔音演變而來，例如：ʔŋu＜dŋul「銀」、ʔa＜rŋa「鼓」、ʔŋa＜lŋa「五」、ʔleʔ＜klag「雕」、ʔla＜gla「工錢」、ʔjə＜g-ju「松耳石」等。〔註15〕又苗瑤語中石頭的ʔt＜*ql，可知喉塞冠音本來源於小舌音 q。〔註16〕此外，載瓦語、阿昌語的-ʔ與古代緬語的-k 對應。緬語支的ʔ在古代藏語裡與-g 對應。又例如近代漢語入聲的-p、-t、-k 韻尾，在宋代歷經了弱化爲喉塞音的階段，然後到元代才消失。鄭張尚芳又指出入聲韻尾未-ʔ化而且聲母還有濁塞音的方言中，入聲韻尾往往是濁塞音。〔註17〕從塞音往往「弱化」爲喉塞音的最後消失的趨勢看來，

〔註14〕潘悟云〈喉音考〉，《民族語文》1997 年第 5 期。

〔註15〕張濟川〈藏語拉薩話聲調分化的條件〉，《民族語文》1981 年第 3 期。

〔註16〕馬學良主編《漢藏語概論》，頁 529。

〔註17〕丁邦新、孫宏開主編《漢藏語同源詞研究（一）》（廣西：廣西民族出版社，2000

筆者認爲鄭張尚芳先生所構擬的ʔ-冠音很可能是由某個塞音前綴弱化而成。

除此，馬蒂索夫（James A. Matisoff）在《再論彝語支的聲調衍變》曾指出在語根爲塞音聲母前面，前綴*s-和*H-在原始彝緬語的時代已經完全混合了〔註18〕，原始藏緬語的*sb-和*Hb-，變成原始彝緬語的*ʔb-；而原始藏緬語的*sp-和*Hp-則變爲原始彝緬語的*ʔp-。〔註19〕除此，馬蒂索夫又指出，原始藏緬語有大量的語根，都呈現*N-型前綴和*ʔ-型前綴的轉換形式；顯示這是原始藏緬語很普遍的詞首變異類型。通常動詞語根如果帶有鼻音前綴，表示該動詞爲靜態動詞（stativity）；反之若帶有喉塞音前綴，則表示其爲趨向（directionality）、或使役動詞（causativity）。〔註20〕

無獨有偶，金理新先生於《上古漢語形態研究》中提及趨向動詞帶的賓語只是動詞指向物件而不是受事物件，因而趨向動詞自然也是施事動詞，而上古漢語的*g-前綴就是這樣一個施事動詞的標記。而金理新又主張作爲動詞前綴，上古漢語的*s-前綴和*g-前綴本來意義不相同，*s-前綴在上古漢語表示動作行爲的持續性。隨著表示動詞持續性意義的漸漸喪失，原本意義不相同的*g-前綴和*s-前綴也就合二爲一，*g-前綴取代了原先的名謂化*s-前綴而有了名謂化意義。〔註21〕正如本尼迪克特（K. P. Benedict）所指出的，博多－加羅語藏緬語前綴*s-不如在藏語或克欽語中保存得那樣完整，部分原因就是藏緬語前綴已爲較晚近的代名詞成分*g-和*b-所取代。〔註22〕上古漢語*g-前綴的這一意義通過「語法類化」蠶食鯨吞了原先*s-前綴的領地而保留在上古漢語中。

基於上述種種理由，我們大膽推論帶喉塞音的複聲母實際上來自於早期某

年9月），頁154。

〔註18〕柏林（Burling, Robbins）1967《原始彝緬語（Proto-Lolo-Burmese）》，國際美洲語言學報33卷2期第二分冊（International Journal of American Linguistica 33, No.2, Part II，同時是印地安那大學考古學及語言學出版品之43，The Hague：Mouton and Co），頁6-8。

〔註19〕馬蒂索夫（James A. Matisoff）著，林英津譯：《再論彝語支的聲調衍變》（臺北：中央研究院語言學研究所籌備處，2002年），頁14。

〔註20〕馬蒂索夫（James A. Matisoff）著，林英津譯：《再論彝語支的聲調衍變》，頁49。

〔註21〕金理新《上古漢語形態研究》，頁180。

〔註22〕本尼迪克特（Paul K. Benedict）《漢藏語概論》，頁110。

個塞音前綴的複聲母,只是這個塞音前綴後來弱化成喉塞音ʔ。同理,親屬語中帶喉塞音的複聲母早期也很可能是來自於某個帶塞音前綴的複聲母,而這個ʔ-冠音的前身很可能就是 *g-前綴。換句話說,原始漢語應無帶ʔ-冠音的輔音群,而ʔ-冠音前身應是由 *g-前綴演變而來,而在漫長的時間流之下,一步步地弱化,最後變成了目前我們在親屬語中所見的ʔ-,而原本帶 *g-前綴的輔音叢則變成了今日以喉塞音ʔ起首的複聲母輔音叢。

3、鼻音起首之輔音群的結合規律

在本文所觀察的希臘語、梵語、拉丁語等印歐語中,沒有鼻音起首的複聲母輔音叢。在漢語之親屬語彝語、野雞坡苗語、臘乙坪苗語、侗台語的水語則有此種帶鼻冠音 m-、n-、ŋ-之複聲母,例如:彝語 ndu^{33}「挖」、n̩dʐi^{33}「矛」、ŋgu^{31}「蕎」、ŋge^{33}ʂ̩^{33}「說謊」、ŋgu^{33}「愛」;臘乙坪苗語 mpe^3「粉末」、mpe^5「雪」、mpu^{35}「翻倒」、ntu^5「樹」ntso^{44}「早」、n̩tɕhi^{35}「幹淨」、ŋkwi「頑皮」、ŋkwhɛ^{35}「小狗叫聲」;水語 mba^3「靠攏」、mbjaːŋ^1「穗」、mbaːn^1「男人」、mbiŋ^1「貴」、mbjia^1「栽」nda^1「眼睛」、ndaːu^3「蒸」、ndjai^3「買」、ndaːŋ^1「香(花香)」、ndwaːŋ^1「磨石架」、ndaːu^1「青苔」……等。而中世紀所記錄的藏文中有 m-冠音、n-冠音〔註23〕,如:mtho「高」、mtsho「湖」、mnar「迫害」、mgo「頭」;nbu「蟲」、nphur「飛」、ndod「欲」、nkhor「轉」……等。其中除了藏語之外,我們可以發現其他親屬語的鼻冠音後面所接的都是「同部位」的塞音或塞擦音。

基於「異化作用」影響輔音是否結合為輔音叢的前提下與複聲母中輔音彼此間的「同化作用」等因素之影響,我們認為 mp-、nt-、ŋk-等鼻冠音複聲母中的 m-、n-、ŋ-應是受到後面輔音的影響而「同化」為發音部位相同的鼻音,它們原來應分屬不同的發音部位,否則 mb-、nt-、ŋk-中前後兩個輔音將因發音部位相同而互排斥而無法組成複聲母。此外,這些不同的鼻冠音 m-、n-、ŋ-、n̩-……等彼此間還呈互補分配的情況,所以筆者認為這些鼻冠音實際上是同一個鼻冠音的音位變體,而這個鼻冠音很可能是 m-,它的前身則是鼻音前綴 *m-,這意味著親屬語中帶鼻冠音的複聲母最早是由帶鼻音前綴 *m-加上單聲母或複聲母組成的輔音叢。換句話說在複聲母 nt-、ŋk-中,前面的鼻冠

〔註23〕 即 a-chung,亦可標作ɦ,龔煌城先生亦標作 N。

音 n-、ŋ-原本應該是帶鼻音前綴*m-的輔音叢*m-t-、*m-k-，後來因詞頭的凝固而變爲複聲母*mt-、*mk-，由詞頭加單聲母凝固成複聲母後，*mt-、*mk-中起首的鼻輔音又受到後面所接之輔音 t-、k-等的影響而分別同化爲發音部位相同之鼻音 n-、ŋ-。

由於親屬語中存在著爲數不少的鼻冠音的複聲母，因此我們認爲上古漢語也具有此種類型的複聲母，只不過這類帶鼻冠的複聲母是由早期的鼻音前綴加單聲母或鼻音前綴加上複聲母所凝固而來，而這個鼻音前綴我們認爲是雙唇鼻音 m。

4、帶*r-詞頭輔音群

*r-詞頭的假設，是由於李方桂先生把知照系聲母的上古音構擬爲*tr-、*tsr-而引發。龔煌城先生在李先生的上古音的基礎上，確認二等介音*-r-在唇、牙、喉音聲母之後正是對應於藏、緬語的-r-。〔註 24〕然而在舌音與齒音聲母後面，情形並不完全一樣。藏語中 r 並非出現在 t-、th-、d-、ts-、tsh-、dz-等音之後，而是出現在它們之前。除此，從「諧聲」的觀點來看，像*rtan 與*tan、*rtsan與*tsan 的諧聲，遠較*tran 與、*tan、*tsran 與*tsan 的諧聲接近；而*rtan 與*tan、*rtsan 與*tsan 的諧聲也遠較*tran 與、*tan、*tsran 與*tsan 的諧聲令人滿意。〔註25〕又龔煌城、鄭張尚芳、潘悟云等學者主張*r-前綴多半與舌尖音 T 組成*r-T-型複聲母，僅有金理新主張前綴*r-尚可與唇音 P、舌根音 K 等類型的輔音組成複聲母。

*r-C-型複聲母在個別藏語方言裡保留至今，如道孚藏話裡 rta「馬」、rkɛ pa「腰」、rŋa ma「駱駝」。若我們由語音學角度切入來看 r-會發現它是以舌尖抵住上齒齦發音，透過顫動靠近齒齦的舌頭而發音的輔音，可說是一種中央輔音。當發 r-T 與 r-K 類的複聲母時，舌頭的協同作用較 r-P 型複聲母明顯（因唇音的發音舌體平放，並無協調動作牽連其中）。換句話說，發唇音時舌體是靜止的，而這種靜止狀態使它傾向於「一次動作」，而不利於前後來回的「連鎖動作」，這也代表了發 r-T-型與 r-K 型複聲母，舌尖、舌根發音時，舌體處於活動狀態，在完聲母後緊接著在元音的調度上比唇音更方便，也因爲我們可以較輕鬆地發

〔註24〕龔煌城〈從漢藏語的比較看上古漢語的詞頭問題〉，頁 168。

〔註25〕龔煌城〈從漢藏語的比較看上古漢語的詞頭問題〉，頁 171。

出 *r-T-、*r-K-型複聲母。

　　看完了上古漢語可能具有的輔音群類型及其結合規律之後，接著我們試著將上文中的文字敘述形諸於表 53，藉由表格的呈現，我們可以更清楚地看出上古漢語的複聲母系統。

表 53　上古漢語複聲母系統的可能組合

前綴 ＼ 輔音類型	雙唇音 P	舌尖音 T	舌根音 K	小舌音 U	鼻音 N	擦音 F	流音 L
*s-前綴	*s-P-	*s-T-	*s-K-	*s-U-	*s-N	—	*s-L-
*ɦ-前綴	*ɦ-P	*ɦ-T	*ɦ-K	—	—	—	—
*ʔ-＜*g-前綴	—	*g-T-（？）	—	—	*g-n	—	—
CL-型複聲母	PL-	—	KL-	UL-	—	—	—
*m-前綴	*m-P-	*m-T-	*m-K-	*m-U-	—	—	*m-L-
*r-前綴	—	*r-T	*r-K	—	—	—	—

　　然而，上古漢語複聲母系統與前綴問題的研究，最終還得回歸到古音系統層面。無論是複聲母系統的建立，還是詞綴形態與語法功能的探索，最後也是得回歸到音韻的層面，將研究成果全面反映在上古音系統上。換句話說，本文的研究成果必須照顧到上古音系統的整體而非只能解決局部問題，也就是說並非僅僅把上古漢語的複聲母系統與詞頭全都納入一個歷史平面，因為詩韻與諧聲所反映的上古音系統包含了五、六百年來的歷史音變成分，和橫跨各區域的方音雜質。而本文使用歷史層次這一概念來解決後來的歷史音變，而不把每個字音視為一個平面，於是乎區別原生複聲母與「前綴＋基本聲母〔註26〕」就變得十分重要了，而前者與後者的不同則由是下文討論的重點。

六、須區分「形態音位」與「音韻音位」之異同

　　早期的研究認為，複聲母可能來自於詞頭的凝固，但其實複聲母也可以是原生的，它們不一定都是詞頭的凝固，因此我們沒有理由排除上古漢語的基本聲母具有複輔音的形式。而漢語書面文獻裡主要是諧聲字族的特殊諧聲現象、同族詞及文字異讀顯現出上古漢語的形態，上古漢語的形態變化主要是透過內

〔註26〕此處的基本聲母可能是單聲母也可能是複聲母，因此「前綴＋基本聲母」就有可能是「前綴＋單聲母」或是「前綴＋複聲母」的形式。

部屈折、附加詞綴和重疊三種方式呈現的。人們在處理諧聲關係時注意到在諧聲字族裡頭有發音部位差異甚大的聲母互相接觸的情形存在，認為部分的中古聲母前身其實是前綴，具有語法上的構詞或構形功能，後來這些前綴佔據基本輔音的位置而成為基輔音，因此造成單純的複聲母結構和「前綴＋基本聲母」結構必須區別的要求。

我們曾在第五章中談過，「詞頭」（前綴）與複聲母的不同。而它們的不同之處在於：複聲母是一個詞位（morpheme）中的兩個或三個連續的聲母音位（phonemes），其中任何一個音位都不能取消，否則就是另一個截然不同的字了。詞頭是一個字根（root）前面的附加成分（affix），這個附加成分是為了一種特定的文法作用，或某一種特殊意義而加上去的，把詞頭取掉，字根也還是個同類的字。〔註 27〕「前綴＋基本聲母」的結構屬於具有語法功能的「形態音位」，單純的複聲母結構則屬於語音形式的「音韻音位」，兩者在本質上有所差異，但是若是無法在親屬語或漢語書面文獻中找出詞綴所代表的語法功能，那麼就會造成形態與語音兩個不同層面的混淆，在構擬上古漢語複聲母的形式時，便容易忽略「詞綴」的構詞或構形功能而將其當作一般的複聲母看待，錯認上古漢語存在某種特殊的音韻音位，過度膨脹了古漢語的複聲母系統，因此有區分「詞綴＋基本聲母」的「形態音位」和「複聲母」的「音韻音位」的必要。

又如藏文的「穿」寫作 gjon、「左」寫作 g-jon，說明古藏語裡 gj-和 g-j-是有區別的，前者的基本聲母是 g-，後者的基本聲母是 j-，g-j-的 g 只是一個表趨向的前綴。這個前綴與基本輔音的差別本尼迪克特（Paul K. Benedict）認為 g-j-當為 gə-j-，古藏語的前綴 r-、l-、s-、b-、d-、g-、m-、n-在藏緬語言裡呈現出擦音化與失落現象，它們當是先擦化後失落的演變走向。〔註 28〕

此外，龔煌城先生亦指出：「自動詞和他動詞或動詞使動式的區別，前者加詞頭 N-，後者則加詞頭 s-表示。」N-（本文寫作 ɦ）作為自動詞的語法標記，s-則是使動詞的語法表記，參照龔先生提出的例證可以發現兩件事情：一是上古漢語的清濁聲母別義是次生的，其原本為詞綴不同的形態構詞方式；二是前

〔註27〕 竺家寧《古漢語複聲母研究》，頁 680。

〔註28〕 馬學良主編《漢藏語概論》，頁 117。

綴 s-加上濁塞音會使濁塞音清化，s-具有改變聲母清濁的能力。〔註29〕下文將舉屬於「前綴＋基本聲母」形式的＊s-b-、＊s-g-聲母爲例，而它們並非原生的複聲母。

表54　敗、別、降之自動詞與使動詞對照表

	自動詞		使動詞	
敗	＊ɦ-brads＞brads	自破	＊s-brads＞＊s-prads＞prads	破他
別	＊ɦ-brjat＞brjat	異也，離也	＊s-brjat＞＊s-prjat＞prjat	分別
降	＊ɦ-grəŋw＞grəŋw	降伏	＊ s-grəŋws ＞ ＊ s-krəŋws ＞ krəŋwss	下也，歸也，落也

然而，上古漢語裡的＊sb-聲母是否就只能是「前綴＋基本聲母」的形式呢？我們在上文關於 s 起首的輔音群結合規律曾經提及潘悟云認爲上古漢語中唇塞音與精莊組諧聲的例子，並舉「自」、「鼻」諧聲證明上古有複聲母＊sb-＞dz。這裡我們試著將兩種＊sb-聲母離析結構如表55所示：

表55　古漢語＊sb-聲母結構圖

	語音形式	形態標記	詞根聲母	語位數量
形式一	＊s-b-＞s-p＞p-	前綴＊s-爲使動標記	＊-b-	兩個
形式二	＊sb-＞dz	無	＊sb-	一個

從表55，我們可以發現形式一與形式二兩者的不同處在於一個處於語法層面，而另一個則處於純粹的語音層面，這也顯示諧聲字族或異讀雖然可以從構擬形式找出表示上古漢語形態的詞綴，但也有部分諧聲或異讀只單純地呈現語音上的關聯，而沒有顯示形態的作用，因此我們以爲諧聲關係未必全部都是形態關係的反映。〔註30〕然而更多的諧聲字族在處理諧聲關係時，依然無法區別所構擬的複聲母形式究竟是屬於「前置輔音＋基本聲母」的情形，還是屬於「前綴＋基本聲母」的情形。

不論複輔音聲母來自於詞頭的凝固亦或是原生之複聲母，今天在親屬語中，乃至世界其他語系所見複聲母其輔音叢形式並非都是原始形式。我們知

〔註29〕李長興〈談構擬上古漢語複聲母的幾個原則〉，頁42。

〔註30〕李長興〈談構擬上古漢語複聲母的幾個原則〉，頁42。

道，語音是會演變的，在漫長的時間軸之下，不僅僅單聲母會發生變化，原生複聲母會變，就連「詞頭＋基本聲母」形式的輔音叢也有著異於過往的巨大轉變，使得人們無法直接由表面的線索去探求它的本源，例如：在學者的接力研究下終於發現清鼻音有更早的來源，我們看到的清鼻音並不是最早的形式，這類清鼻音事實上來自早期的*s-n-輔音叢，是由構詞前綴*s-與詞根聲母 n-的凝固而來，即*s-n->*sn->*hn-；又如藏緬語的清鼻音、清邊音來自早期的*sN-、*sL-，後來演變爲*hN-、*hL-。

上述這些例子除了告訴我們單輔音加上詞頭可能凝固成複聲母也可能演變成單聲母，更暗示著不同的歷史層次有著不同的語音形式，這些不同的歷史層次，舉足輕重地影響了研究的結果，是學者們在作研究的時候必須注意的。由於今日親屬語中所見之複聲母最初的來源、演變各有不同，因此在本段的最後，筆者試著將上文中我們提及之複聲母與附加前綴輔音叢的關係用下方的表 56 呈現出來：

表 56　複聲母與附加前綴輔音叢的演變關係圖

原生複聲母 ＞複聲母或單聲母	如：上古漢語*kl＞k 或 l
詞頭＋單輔音＞複聲母或單聲母	如：上古漢語*s-n＞*hn＞h；*ns＞古藏語 ntsh-
詞頭＋複輔音＞複聲母或單聲母	如：古藏語「蟲」*nphu＞nba；拉卜楞話「牛毛帳篷」*s-bra＞pa[13]

七、上古漢語複聲母系統與結構問題研究的未來展望

由於上古漢語複聲母系統與結構問題的研究目前還處於起步的階段，對於它的未來展望，筆者充滿期待。畢竟，古音研究要進入漢藏語的比較已經不容易，現在還必須加入「形態學」的相關知識，針對上古漢語前綴的形態變化進行細部的研究，對於一般研究者而言，恐怕很容易造就心理上的壓力。的確，這項工作必須花費更大的耐心與精力，但它同時也是一項高難度的挑戰。

因此本文認爲，上古漢語的未來發展方向可以有下列四點：

一、積極建立具有音義關聯的同源詞族，從詞族內部發現上古漢語的各種詞綴，這是當前必須處理並解決的問題。能夠建立一組組的同源詞族，才能辨別出上古漢語複聲母與附加詞綴輔音叢之間的差異，並且釐清上古漢語的各種

詞綴形態及其語法功能。

二、同源詞族既已建立，上古漢語的詞綴形態就會逐漸浮現，這時候如果能夠加上漢藏語同源詞的比較，古藏語詞綴形態的觀察，就能彌補上古漢語系統研究的不足，同時也能得到雙倍的成效。

三、上古漢語的形態變化與古藏語是否同源？兩者之間是同源異流關係，還是異源同流關係？這是上古漢語詞綴研究逐步邁向系統化所必須反思的問題，也是形態研究進入高階段的象徵。

四、最後要處理的是，上古漢語的詞綴形態與南島語有沒有任何關聯？既然有不少學者認為上古漢語與南島語同源，那麼將上古漢語的詞綴形態跟南島語作一比較就勢在必行。通過兩者的深入比較，可望提供形態方面的佐證，幫助解決上古漢語與南島語是否同源的問題。

本文認為，上古漢語的研究未來不能再局限於漢語內部，只靠內部語料無法獲得準確的結果；必須借助於親屬語的比較，才能取得更大的成效。同時也不能滿足於「音近諧聲」的標準，「音近諧聲」只道出同源詞之間的關係及其親密，這也只是一種表象而已。應該深入看到同源詞族內部擁有相同的語根，語根相同決定了同源詞之間具有音義關聯的理據。同時，詞根相同而詞綴不同，反映出上古漢語詞綴的形態變化。透過親屬語言的比較，這些原生複聲母、詞綴形態及其語法功能將陸續浮現，最終為世人所知，著實令人期待。

徵引書目

一、專　書

1. 丁椿壽：《彝語通論》（北京：中國藏學出版社，1993 年）。

2. 王力：《漢語史稿》（北京：中華書局，1980 年）。

3. 王力：《同源字典》（上海：商務印書館，1982 年）。

4. 王力：《漢語音韻》（北京：北京中華書局，1991 年）

5. 王力：《漢語語音史》（北京：商務印書館，2008 年）。

6. 王士元主編，李葆嘉主譯：《漢語的祖先》（北京：中華書局，2005 年）。

7. 王均等：《壯侗語族語言簡志》（北京：民族出版社，1984 年）。

8. 王輔世主編《苗瑤語簡志》（北京：民族出版社，1985 年）。

9. 王輔世、毛宗武：《苗瑤語古音擬構》（北京：中國社會科學出版社，1995 年）。

10. 本尼迪克特（Paul K. Benedict，又譯作白保羅）：《漢藏語概論》（北京：中國社會科學院民族研究所語言室，1984 年）。

11. 包智名、侍建國、許德寶：《生成音系學理論及其應用》第二版（北京：中國社會科學院出版社，1997 年）。

12. 包擬古（Bodman N.C.）：《原始漢語與漢藏語》（北京：中華書局，2009 年）。

13. 布龍菲爾德（Leonard Bloomfield）：《語言論》（北京：商務印書館，2002 年）。

14. 朱駿聲：《說文通訓定聲》（北京：中華書局，1998 年）。

15. 江荻：《漢藏語演化的歷史音變模型——歷史語言學的理論和方法探索》（北京：民族出版社，2002 年）。

16. 江荻：《漢藏語語音史研究》（北京：民族出版社，2002 年）。

17. 何大安：《聲韻學中的觀念和方法》（臺北：大安出版社，1993 年）。

18. 何大安：《規律與方向：變遷中的音韻結構》（臺北：中央研究院歷史語言所，1997 年）。

19. 李方桂：《上古音研究》（北京：商務印書館，1998 年）。

20. 李佐豐：《古代漢語語法》（北京：商務印書館，2004 年）。

21. 沈兼士：《廣韻聲系》（北京：中華書局，2006 年）。

22. 沙加爾（Sagart, L）著，龔群虎譯：《上古漢語詞根》（上海：上海教育出版社，2004 年）。

23. 孟蓬生：《上古漢語同源詞語音關系研究》（北京：北京師範大學出版社，2001 年）。

24. 金理新：《上古漢語音系》（安徽：黃山書社，2002 年）。

25. 金理新：《上古漢語形態研究》（安徽：黃山書社，2006 年）。

26. 周及徐：《漢語印歐語詞彙比較》（成都：四川民族出版社，2002 年）。

27. 周法高：《中國古代語法：構詞編》（臺北：中研院史語所專刊之三十九，1994 年）。

28. 竺師家寧：《音韻探索》（臺北：學生書局，1995 年）。

29. 竺師家寧：《古音之旅》（臺北：萬卷樓圖書股份有限公司，1998 年）

30. 竺師家寧：《聲韻學》（臺北：五南圖書出版股份有限公司，2002 年）。

31. 周法高：《中國古代語法》（北京：中華書局 1990 年）。

32. 施向東：《漢語和藏語同源體系的比較研究》（北京：華語教學出版社，2000 年）。

33. 姚師榮松：《古代漢語詞源研究論衡》（臺北：臺灣學生書局，1991 年）。

34. 高本漢著、聶鴻音譯：《中上古漢語音韻學綱要》（濟南：齊魯書社，1987 年）。

35. 馬蒂索夫（James A. Matisoff）著，林英津譯：《再論彝語支的聲調衍變》（臺北：中央研究院語言學研究所籌備處，2002 年）

36. 馬學良主編：《藏緬語新論》（北京：中央民族學院出版社，1994 年）。

37. 馬學良主編：《漢藏語概論》（北京：民族出版社，2003 年）。

38. 徐通鏘：《歷史語言學》（北京：商務印書館，2008 年）。

39. 孫宏開編《藏緬語語音和詞彙》（北京：中國社會科學出版社，1991 年）。

40. 張均如《水語簡志》（北京：民族出版社，1980 年）。

41. 陸志韋：《古音說略》（臺北：臺灣學生書局，1971 年）。

42. 陸志韋：《陸志韋語言學著作集》（北京：中華書局，1985 年）。

43. 梁敏、張均如：《侗台語族概論》（北京：中國社會科學出版社，1995 年）。

44. 黃樹先：《漢緬語比較研究》（武昌：華中科技大學出版社，2003 年）。

45. 蒲立本：《上古漢語的輔音系統》（北京：中華書局，1999 年）。

46. 裴文：《梵語通論》（北京：人民大學出版社，2007 年）。

47. 裴特生：《十九世紀歐洲語言歷史》（北京：科學出版社，1958 年）。

48. 董同龢：《上古音韻表稿》（臺北：中研院史語所，1944 年）。

49. 董同龢：《漢語音韻學》（臺北：文史哲出版社，1968 年）。

50. 劉儀芬編著：《法語語音》（臺北：漢威出版社，1993 年）。

51. 蓋興之編著《基諾語簡志》（北京：民族出版社，1986 年）。

52. 趙元任：《語言問題》（臺北：臺灣商務印書館，2001 年）。

53. 趙秉璇、竺師家寧編：《古漢語複聲母論文集》（北京：北京語言文化大學出版社，1998 年）。

54. 潘悟云：《漢語歷史音韻學》（上海：上海教育出版社，2000 年 3 月）。

55. 鄧方貴〈現代瑤語濁聲母的來源〉，《民族語文研究》（成都：四川民族出版社，1983 年）。

56. 鄭張尚芳：《上古音系》（上海：上海教育出版社，2003 年）。

57. 戴維‧克里斯特爾編：《現代語言學詞典》（北京：商務印書館，2000 年）。

58. 顏其香、周植志：《中國孟高棉語言與南亞語系》（北京：中央民族大學出版社，1995 年）。

59. 瞿靄堂：《漢藏語研究的理論和方法》（北京：中國藏學出版社，2000 年 7 月）。

60. 羅常培《臨川音系》，（臺北：中央研究院歷史語言研究所，1940 年）。

61. 釋惠敏、釋齎因編著《梵語初階》（臺北：法鼓文化事業有限公司，1996 年）。

62. 龔煌城：《漢藏語研究論文集》（北京：北京大學出版社，2004 年）。

二、期刊論文

1. 白一平：〈上古漢語*sr 的發展〉，《語言研究》1983 年第 1 期。

2. 白一平：〈關於上古音的四個假設〉，第二屆中國境內語言暨語言學國際研討會論文，1991 年。

3. 包擬古（Bodman N.C.）：〈釋名複聲母研究〉，原為《釋名研究》第三章，哈佛大學出版：竺師家寧譯，收入《古漢語複聲母論文集》（北京：北京語言文化大學出版社，1998 年，頁 90～114）。

4. 何九盈：〈關於複輔音問題〉，《古漢語複聲母論文集》（北京：北京語言文化大學出版社，1998 年）。

5. 何九盈：〈*sr 新證〉，《中國語文》2007 年第 6 期（總 321 期）。

6. 何大安：〈古漢語聲母演變的年代學〉，《林炯楊先生六秩壽慶論文集》（臺北：洪葉文化事業有限公司，1999 年）。

7. 沙加爾（Laurent Sagart）著：〈關於漢語祖先的若干評論〉，王士元主編，李葆嘉主譯《漢語的祖先》（北京：中華書局，2005 年）。

8. 沙加爾（Laurent Sagart）著：〈沙加爾的評論〉，王士元主編，李葆嘉主譯《漢語的祖先》（北京：中華書局，2005 年）。

9. 沙加爾（Laurent Sagart）著：〈中古漢語發音方法類型來源——透過苗瑤語與漢藏

語看上古漢語的鼻冠音聲母〉,《南開語言學刊》2006 第 2 期（總第 8 期）。

10. 汪大年：〈藏緬語*a-詞頭探源〉,《國際彝緬語學術會議論文選》（成都：四川民族出版社，1997 年）。

11. 李方桂〈藏文前綴音對聲母的影響〉,《中央研究院歷史語言研究所集》第 4 本第 2 分（1933 年）。

12. 李永燧、陳克炯、陳其光：〈苗語聲母和聲調的幾個問題〉,《語言研究》1959 年第 4 期。

13. 李永燧、陳克炯、陳其光：〈漢語古有小舌音〉,《中國語文》1990 年第 3 期。

14. 李民、呷呷《梁山彝語鼻冠音的音變現象》（西昌：國際彝緬語學術會議論文，1991 年）。

15. 李長興：〈談構擬上古漢語複聲母的幾個原則〉（臺北：2010 年，未刊）。

16. 吳安其：〈與親屬語相近的上古漢語的使動形態〉,《民族語文》1996 年第 6 期。

17. 吳安其：〈漢藏語的使動和完成體前綴的殘存與同源的動詞詞根〉,《民族語文》1997 年第 6 期。

18. 吳安其：〈不同歷史層次的侗台語複輔音聲母〉,《民族語文》2008 第 2 期。

19. 吳世畯：《李方桂諧聲說商榷》,《聲韻論叢》第 6 輯（臺北：學生書局）。

20. 林語堂：〈古有複輔音說〉,《語言學論叢》（臺北：民文出版社，1982 年）。

21. 林燕慧：〈漢語詞綴音韻學：一些分析和理論上的討論〉,《語言暨語言學》2004 年 10 月。

22. 金理新：〈構詞前綴*m-與苗瑤語的鼻冠音〉,《語言研究》2003 年 9 月第 23 卷第 3 期。

23. 金理新：〈上古漢語*m-前綴的意義〉,《語言研究》2005 年 3 月第 25 卷第 1 期。

24. 金理新：〈上古漢語聲母清濁交替和動詞的體〉,《語文研究》2005 年第 4 期（總第 97 期）。

25. 金慶淑：〈試論*s-詞頭的語音變化〉,《第二十屆全國聲韻學學術研討會論文集》成功大學中國文學系，2002 年。

26. 竺師家寧：〈上古漢語帶喉塞音的複聲母〉,《漢城檀國大學論文集》,1983 年。

27. 竺師家寧：〈上古漢語帶舌尖塞音的複聲母〉,《中國學術年刊》第 6 期（臺北：國立臺灣師範大學國文系，1984 年）。

28. 竺師家寧：〈評劉又辛〈複輔音說質疑〉兼論嚴學宭的複聲母系統〉,《第五屆全國聲韻學研討會論文集》國立師範大學國文系，1987 年。,

29. 竺師家寧：〈大陸地區複聲母研究評述〉大陸政策與兩岸關係學術研討會，中山大學，1992 年。

30. 竺師家寧：〈上古漢語帶舌尖流音的複聲母〉,收入趙秉璇、竺師家寧編：《古漢語複聲母論文集》（北京：北京語言文化大學出版社，1998 年）。

31. 竺師家寧：〈論上古的流音聲母〉,《第十八屆聲韻學研討會論文集》輔仁大學中

國文學系，2000 年。

32. 徐世璇〈緬彝語言塞擦音聲母初探〉，《國際彝緬語學術會議論文選》（成都：四川民族出版社，1997 年）。

33. 孫宏開：〈原始漢藏語的複輔音問題——關於原始漢藏語音節結構構擬的理念思考之一〉，《民族語文》1999 年第 6 期。

34. 孫宏開：〈原始漢藏語輔音系統中的一些問題——關於原始漢藏語音節結構構擬的理念思考之二〉，《民族語文》2001 年第 1 期。

35. 孫宏開：〈原始漢藏語中的介音問題——關於原始漢藏語音節結構構擬的理念思考之三〉，《漢藏語言研究》（北京：民族出版社，2006 年）。

36. 耿振生：〈論諧聲原則——兼評潘悟云教授的「形態相關說」〉，《語言科學》2 卷 5 期。

37. 時建國：〈上古漢語複聲母研究中材料問題〉，《古漢語研究》2002 年第 2 期（總第 55 期。）

38. 倪大白：〈侗台語複輔音聲母的來源及演變〉，《民族語文》1996 年第 3 期。

39. 麥耘：〈潘悟云上古漢語複輔音聲母研究述評〉，《南開大學語言學刊》2003 年第 2 期。

40. 陳其光：〈古苗瑤語鼻冠閉塞音聲母在現代方言中反映形式的類型〉，《民族語文》，1984 年第 5 期。

41. 陳其光：〈苗瑤語鼻閉塞音聲母的構擬問題〉，《民族語文》，1998 年第 3 期。

42. 陳其光：〈漢語苗瑤語比較研究〉，《漢語同源詞研究——漢藏、苗瑤同源詞專題研究》（二），（南寧：廣西民族出版社，2001 年）。

43. 陳康：〈彝語鼻冠濁複輔音聲母考〉，《國際彝緬語學術會議論文選》（成都：四川民族出版社，1997 年）。

44. 梅祖麟：〈上古漢語*s-前綴的構詞功能〉，《第二屆國際漢學會議論文集》（臺北：中研院史語所，1986 年）。

45. 梅祖麟：〈上古漢語動詞濁清別義的來源——再論原始漢藏語*s-前綴的使動化構詞功用〉，《民族語文》2008 第 3 期。

46. 梅祖麟：〈甲骨文裡的幾個複輔音聲母〉，《中國語文》2008 第 3 期（總第 324 期）。

47. 張琨：〈The Tibetan Role in Sino-Tibetan Comparative Linguistics〉，《中央研究院歷史語言研究所集刊》第 48 本第 1 分（1977 年）。

48. 張濟川〈藏語拉薩話聲調分化的條件〉，《民族語文》1981 年第 3 期。

49. 喻世長：〈用諧聲關係擬測上古聲母系統〉，《音韻學研究》第 1 輯（北京：中華書局，1984 年）。

50. 游汝杰：〈中國語言系屬評述〉，《雲夢學刊》1996 年第 3 期。

51. 黃樹先：〈古文獻中的漢藏語前綴*a-〉，《民族語文》2003 年第 2 期。

52. 黃樹先：〈試論古代漢語動物詞前綴〉，《語言研究》1993 年第 2 期。

53. 馮蒸：〈漢語音韻研究方法論〉，《漢語音韻學論文集》（北京：首都師範大學出版

社，1989 年）。

54. 趙元任：〈音位論〉，《語言問題》（臺北：臺灣商務印書館，2001 年）。

55. 潘悟云：〈諧聲現象的重新解釋〉，《溫州師範學院學報》1987 年第 4 期。

56. 潘悟云：〈漢語歷史比較中的幾個聲母問題〉，《語言研究集刊》（上海，復旦大學，1987 年）。

57. 潘悟云：〈上古漢語使動詞的屈折形式〉，《溫州師範學院學報》1991 年第 2 期。

58. 潘悟云：〈喉音考〉，《民族語文》1997 年第 5 期。

59. 潘悟云：〈上古漢語的流音與清流音〉，《漢藏語研究：龔煌城先生七秩壽慶論文集》（臺北：中央研究院語言學研究所，2004 年）。

60. 鄭張尚芳：〈上古韻母系統和四等、介音、聲調的發源問題〉，《溫州師範學院學報》1987 年第 4 期。

61. 鄭張尚芳：〈上古漢語的 s-頭〉，趙秉璇、竺師家寧編：《古漢語複聲母論文集》（北京：北京語言文化大學出版社，1998 年）。

62. 鄭張尚芳：〈上古音研究的新進動態〉，《溫州師範學院學報》2000 年 8 月，第 21 卷第 4 期。

63. 鄭張尚芳：〈中古三等專有聲母非組章組日喻邪等母的來源〉，《語言研究》2003 年 6 月，第 23 卷第 2 期。

64. 鄭張尚芳：〈上古漢語的音節與聲母的構成〉，《南開語言學刊》2007 年第 2 期（總第 10 期）。

65. 薛才德：〈藏文前加字*ɦ和上古漢語的鼻音前置輔音〉，《民族語文》2001 年第 1 期。

66. 羅美珍：〈從語音演變看壯──侗語言和漢、藏─緬、苗─瑤語言的關係〉，《國際彝緬語學術會議論文選》（成都：四川民族出版社，1997 年）。

67. 嚴學宭、尉遲治平〈漢語「鼻—塞」複輔音聲母的模式與流變〉，《音韻學研究》第二輯（北京：中華書局，1986 年）。

68. 龔煌城：〈李方桂先生的上古音系統〉，《上古音專題學術研討會論文集》輔仁大學中國文學系，2002 年。

69. 龔煌城：〈The First Palatalization of Velars in Late Old Chinese〉，《漢藏語研究論文集》（北京：北京大學出版社，2004 年）。

70. 龔煌城：〈上古漢語與原始漢藏語帶 r 與 l 的復聲母構擬〉，《漢藏語研究論文集》（北京：北京大學出版社，2004 年）。

71. 龔煌城：〈從漢藏語的比較看上古漢語詞頭的問題〉，《漢藏語研究論文集》（北京：北京大學出版社，2004 年）。

72. 龔煌城：〈從漢藏語的比較看上古漢語若干聲母的擬測〉，《漢藏語研究論文集》（北京：北京大學出版社，2004 年）。

73. 龔煌城：〈漢語與苗瑤語同源關係的檢討〉，《中國語言學集刊》創刊號：第一卷·第一期（北京：中華書局，2007 年）。

三、學位論文

1. 丘彥遂：《論上古漢語的詞綴形態及其語法功能》，臺北：國立台灣師範大學國文系博士論文，2008 年。

2. 林美岑：《漢代複聲母的演化與發展》，嘉義：國立中正大學中國文學系碩士論文，2007 年。

3. 竺師家寧：《古漢語複聲母研究》，臺北：中國文化大學中國文學研究所博士論文，1981 年。

四、外文資料

1. Burling，Robbins（柏林），1967《原始彞緬語（Proto-Lolo-Burmese）》，國際美洲語言學報 33 卷 2 期第二分冊（International Journal of American Linguistica 33，No.2，Part II，同時是印第安那大學考古學及語言學出版品之 43，The Hague：Mouton and Co），頁 6～8。

2. 李方桂（Li Faug-Kuei），1959，*Tibetan glo ba 'drings,* Studia Serica Bernhald karlgren endedicata, Copenhagen：Munksgaard.

3. James A. Matisoff（馬蒂索夫），2003, *Handbook of Tibeto-Burrman*, U. C. Press

4. Marspéro. H（馬伯樂）1930 "Préfixes et dérivation en chinois archaïqye"〈上古漢語的詞頭與衍生〉Mem. Soc. Ling. de Paris 23：313-327 .

5. Pulleyblank, E.G.（蒲立本），1973 "Some New Hypotheses Concerning Word *Families in Chinese"*, Jourmal of Chinese Linguistics 1.1：111-125.

6. Stuart N. Wolfenden（沃爾芬登），1929 "Outline of Tibet-Burman linguistic *Morphology"*, The Royal . Asiatic Society.

五、工具書

1. 沈兼士主編《廣韻聲系》（北京：中華書局，2006 年，第三次印刷）。

2. 段玉裁《新添古音說文解字注》（臺北：洪葉文化出版有限公司，1998 年）。

3. 黃布凡編《藏緬語族語言詞彙》（北京：中央民族社學院出版社，1992 年）。